ハンドブック

日本近代文学研究の方法

日本近代文学会編

ひつじ書房

目次

まえがき

近代の文学作品に対するアプローチは近年多様化の一途を辿ってきました。かつては作家という主体の生活経験やそこで生まれる思索・思想を起点として演繹的に作品を捉える視角が一般的でしたが、七〇年代以降は西欧の批評理論を摂取する形で、作品を自立した宇宙として眺めるテクスト論的な把握が主流をなすようになり、さらに作品にはらまれた時代・社会的文脈や文化的な記号性を重視するカルチュラル・スタディーズ的な読解が多様に試みられるようになりました。また八〇年代以降は漫画、アニメといった媒体と文学との交渉も活発におこなわれるようになり、文学作品が漫画化、アニメ化されたりする一方で、漫画やアニメに触発されてもたらされた文学作品も珍しくありません。

反面、作品の起点に存在する作家という主体が閑却されているわけではなく、伝記的研究もむしろ現代の情報網の発達に後押しされつつ、より詳細におこなわれてきているといえるでしょう。それによって作品の読解に新しい視角がもたらされることもしばしばありました。けれども作品の主体としての作家もひとつの時代や社会の政治的・文化的環境のなかに生きていて、その主体自体がすでにその文脈に取り込まれている存在にほかなりません。そこから作家論的な考察がそのままカルチュラル・

スタディーズ的な探求へと連続していくといった運動性をはらみつつ、現代の文学研究がおこなわれているといってよいでしょう。

近代文学研究の歩みは哲学・美学・言語学・心理学といった隣接諸科学の方法論を貪欲に取り入れ、その援用をはかってきた歴史でもあり、その趨勢は七〇年代以降、より明確になっていきました。その領域はきわめて多彩なものがあり、ともすれば個々の発想を血肉化していく余裕を失いがちであった事実も否めません。「文学研究」という営為の自明性が問い直される状況において、あらためてその歴史性を問い直し、領域相互の連関を見直すことで、今後の可能性を展望してみることには大きな意義があるものといえるのではないでしょうか。

本書は、右の問題意識に添って、こうした多様化する近代文学研究において、この半世紀のうちに何が問題にされ、どのような切り口から研究がおこなわれてきたのか、という経緯を明らかにするとともに、広く近代文学に関心を持つ読者が、今後、研究、調査を始めるにあたって、基本的な知識、文献、問題の所在を把握するためのマニュアルとして編まれたものです。それぞれの項目の執筆者はいずれもその主題に深く通じた研究者であり、長年の研究の蓄積を生かしつつ、文学研究に足を踏み入れたばかりの人にも問題性の在り処が分かるように書かれています。

なお本書は日本近代文学会の機関誌『日本近代文学』の第八九集（二〇一三年一一月）から九一集（二〇一四年一一月）にかけて三回にわたって連載された「フォーラム　方法論の現在」に掲載されたコラムにそれぞれ大幅な改稿を施したものです。広く近代文学研究に関心を持つ方々が座右に置くべきハンドブックとして、本書が有効に活用されることを願う次第です。

I　テクストと読者

語り論

藤森清

研究方法としての語り論が中心的な分析概念として注目を集めるようになったのは、小森陽一が一連の仕事を一九八八年に『構造としての語り』（新曜社）、『文体としての物語』（筑摩書房）にまとめた頃からである。一九九〇年五月には『日本近代文学』が「小特集　語り」を組み（四二集）、翌年四月に『解釈と鑑賞』が「近代小説と「語り」」を特集し、その可能性を探っている。三年後の一九九四年四月に『解釈と鑑賞』が再び「近代小説と「語り」Ⅱ」を特集したが、このあたりから語り論は「ベーシックな研究方法の一つ」「それを足掛かりに研究を構築していく出発点の一つ」（金子明雄、特集Ⅱ）であることが確認され、語り論そのものに対する関心は下火になっていった。いずれの特集においても小森が重要な役割を果たしており、語り論は小森により先導されたと言っていいだろう。

言うまでもなく語り論は、構造主義に端を発した物語学（ナラトロジー）を援用している。しかし、日本文学の研究においては、「物語学」ではなく「語り論」という用語が定着することになった。これには様々な事情があるのだろうが、一つの要因として小森が日本の古典文学研究と意識的に協同しようとしたことがあげられよう。古典文学の領域では、主に物語文学研究会周辺で「語り」という用語が早くから使われ、すでに物語学も援用しながら分析概念として練り上げられつつあった。『解釈と鑑賞』の二回にわたる特集座談会には、それぞれ藤井貞和、三谷邦明が参加している。藤井によれば、国文学の領域で「語り」が研究用語として使いはじめられたのは、一九七〇年代前半だという。

こうした語り論は、その概念や目的について一貫した共通理解があったというわけではない。分析方法としての語り論には、時代状況や展開しつつあった近代文学研究の実情に応じて、様々なイデオロギーや役割が担わされたからである。どれくらいの論文を語り論に関係した論文とみなすか、その範囲の問題も含め、実際の語り論の動向はかなり複雑であった。この小文では、五つの観点から光を当てることで、語り論の実態を私なりに素描してみたい。五つの観点とは、物語学、受容美学、近代小説の表現研究、古典の物語研究、新批評である。最初の四つは、ほぼ同意を得られそうだが、五番目はかなり私的な見解になりそうだ。

物語学（内在的な科学を目指して）

物語学が語り論に援用されたのは、物語学が内在的な科学を目指すものであったからである。物語学は外部に指示対象を求めることを禁じ、内部の構造に焦点を当てる。新批評の成立については、後の項で詳しく述べるが、新批評は隣接領域の歴史学、文献学、あるいは作家論的研究から独立し、文学研究という学問領域を自立させる研究方法として成立した。ただアメリカの新批評やイギリスの分析批評の影響は、時期的な問題もあったのか、日本の文学研究の場合あまり顕著ではなかった。日本文学の研究が科学的であろうとしたちょうどその時期に内在批評の研究方法としてあらわれたのが、物語学であったという事情があるようだ。

ただし周知のように語り論は、ウラジーミル・プロップやA・J・グレマスの物語構造分析からはあまり影響を受けなかった。最も影響を受けたのは、G・ジュネット『物語のディスクール』（原著一九七二、翻訳一九八五、書肆風の薔薇）が示してみせた物語分析のための諸々の精緻な方法概念であった。ジュネットは物語を物語言説、物語内容、物語行為の三つの位相に分け、物語言説と物語内容の関係を時間、叙法、物語言説と物語内容に対する物語行為の関係を態と分類した。こうした精緻な分類に基づく精巧な概念操作が、物語内容から峻別された物語言説としてテクストを分析する視点を用意し、物語行為の位相を前景化する手立てを与えた。

谷崎潤一郎、芥川龍之介、泉鏡花などを対象にしてひとしきり小説の多様な語られ方が分析された後、ベーシックな研究方法としての語り論は歴史、人種、ジェンダー、階級などの社会的要素と接合されながら展開された。このうち、近代小説の語りに働くジェンダー・バイアスをフェミニズム批評やジェンダー論の観点から分析した研究として、金井景子、飯田祐子、久米依子、小平麻衣子などの仕事があげられる。また、語り論の物語学としての側面に対する関心は、認知科学を援用して理論的更新を目指す西田谷洋の仕事に受け継がれている。

受容美学（外在批評へむけて）

小説、物語をコミュニケーションとして捉え、語りの位相を前景化するジュネットの物語学は、必然的に物語外の読者の位相を呼び出すことになる。この点で、同様に基本的には内在批評的であるとはいえ、ドイツの受容美学、アメリカの読者反応理論は、語り論に外在的な読者という要素を加えた点で大きな影響があった。

ハンス・ロベルト・ヤウスは、期待の地平という概念を設定し、その生成と破壊からなる文学史を構想したが、語り論に援用されたのは、この通時的概念を読書行為という共時的な空間で展開してみせたヴォルフガング・イーザー『行為としての読書』（原著一九七六、翻訳一九八二、岩波書店）であった。期待の地平とは、読者が前提とする文化的規範、慣習、文学的知識のことである。イーザーの論は、基本的には閉じられたテクスト・モデルであり、読者は内包されたものと規定される。期待の地平の適用・改変・破棄、テクストの空白の発見・補充など読者の活動は、テクストの潜在性を浮上させるという範囲で許されている。

スタンリー・フィッシュの読者反応理論は、さらに現実的な読者集団を対象に読書に働く様々な力について考察した。語り論にもっとも大きな影響を与えたのが、「解釈共同体」という概念である。フィッシュ自身は、解釈共同体が客観的、実証的に記述可能かどうかについては口を濁している。

しかし、読者、期待の地平、解釈共同体という概念は、それ自体が本来、社会的歴史的なものに開かれる契機をもっている。中でも解釈共同体という概念は、「読者共同体」という歴史的、社会学的な用語に変換されて、語り論のなかで重要な位置を占めた。規範的読みの生成、時代の読みの体制との関係の中でなされる作品創作、複数の読者共同体の間の権力関係、ひいては文学という制度やそのイデオロギー性の歴史記述が期待の地平や読者共同体という概念を使って企図された。金子明雄、中山昭彦の九〇年代の仕事にそれがあらわれている。和田敦彦や日比嘉高の仕事の一部もこれに関係した仕事とみなせるだろう。

近代小説の表現研究

小森自身も一九九四年の『解釈と鑑賞』特集IIの座談会で認めていることだが、近代文学の語り論のもう一つの淵源として杉山康彦『散文表現の機構』(一九七四、三一書房)の「表現主体」に関する研究がある。杉山は実体的な作者、作家と区別するために表現主体(表現全体の言表の主体)という概念を提出し、様々な文学ジャンルの表現の特質を客観的に記述することを目指した。小森はこの概念に、最終的な語りの水準を統括するジュネットの「物語世界外の語り手」を接合させて二葉亭四迷の語り研究を成立させたと語っている。この意味で語り論の背景には、日本近代文学の小説表現の成立という文学史的な研究の文脈があったことがわかる。こうした表現史や文学史を意識した仕事としては、亀井秀雄や山田有策の仕事が先行したり同時進行したりしていた。小森自身もすぐにこの接合の理論上の限界や問題点を意識するが、その点も考慮した上で語り論の展開も意識しながら、近代小説の三人称の語り手や一人称の語り手が日本においてはどのような「小説表現」(宇佐美毅)、「表現機構」(安藤宏)として成立したかを論じた仕事が続いた。近年相ついでまとめられた宇佐美、安藤、高橋修の一連の仕事がそれに当たる。

古典の物語研究(イデオロギー批評)

小森が藤井、三谷、高橋亨らの物語研究に注目した一番大きな理由は、それがイデオロギー批評の側面をもつものだったからだと思われる。しかし、このイデオロギー批評の側面こそ近代文学の語り論からいち早く抜け落ちたものだった。

いかに近代小説の読みの規範、つまりイデオロギーなき芸術としての文学という規範から逃れながら読むかという課題から出発した物語研究会は、複数の声がイデオロギーの緊張関係をつくり出す場としての語りを発見した。そのテクスト生成の過程から考えても当然だが、平家物語や源平盛衰記には、王権的だったり反王権的だったりする複数の声がせめぎあう。源氏物語には、物の怪の語り(高橋）と形容したくなるような、統括しがたい複合的で変幻自在な語りがあらわれる。

ミハイル・バフチンの対話主義的思想を背景にもつ発話分析的態度によって小説表現の分析をはじめた小森にとって、物語研究会が見つけた対話的だったり、ポリフォニー的だったりする物語言説のありようこそ、近代小説の語りのモノローグ的な表層の下に見つけ出されなければならないものだった。語りの分析には「本質的には物語内容の中における二項対立をディコンストラクションしていく契機が内在している」（『解釈と鑑賞』特集座談会、一九九一）という見方は、自身も認めているようにやや性急であったが、その原初的ともいうべきイデオロギー批評性は重要である。今日から振り返ってみれば、語り論も決して無色透明でイデオロギーから自由なベーシックな研究方法でありえたわけではないからだ。

新批評（精読の政治性）

理論の季節の到来とともに始まった、語り論や様々な社会的要素と接合された語り論の試みも一応の展開を終えてすでに久しい。ポストセオリー時代といわれはじめてから、すでに一〇年が過ぎようとしている。語り論は本当に基礎的な研究方法として定着し、継承されているか。その概念・用語体系は整備され、研究方法として教育されているかなど、学会の現状からみて反省してみなければいけないことは多い。しかし、いま一番に問われなければならないのは、語り論にはどのようなイデオロギー的背景があったのかという問題だろう。これから語り論が文学のベーシックな研究方法、そして教育方法として社会的な効力をもつことがあるとすれば、それは自らのイデオロギー性を自覚してそれを引き受けた時ではないかと考えるからだ。もちろん、多様な社会的要素と接合された語り論の展開においてイデオロギーの問題が意識されなかったわけはない。問題にしたいのは語り分析という研究方法自体の政治的背景である。

最後に私見を述べさせてもらうならば、語り論は冷戦体制下のアメリカにおいて新批評が果たした政治的役割と同じようなものを担っていたのではないかというのが私の推論だ。ベーシックな研究方法としての語り分析は、どこか新批評の言語技術としての精読と似ている。新批評の背景には、アメリカ南部農本主義や文化的エリート主義、さらには、冷戦体制下のアメリカに生じたリベラリズムというイデオロギーがあることがすでに指摘されている。この文脈でのアメリカのリベラリズムとは三浦玲一によれば、アメリカにはどのような国家イデオロギーも存在しないという欺瞞的なイデオロギーのことだ（『文学研究のマニフェスト』二〇一二、研究社）。

語り論が一九九〇年代の日本の政治的状況を背景にどのようなイデオロギーを担ったのか、そしてこれからどのようなイデオロギーに与すべきなのかという問題は、そう簡単には答えが出ない。しかし、ポストセオリー時代とはそうした決断が迫られている時代であることは確かだ。

混迷する「テクスト論」

高橋修

前田愛は、いまだ存在感を失わない文化記号論の大作『都市空間のなかの文学』（一九八二、筑摩書房）をまとめあげようとしていた時期に、「テキストと現実」という文章を、当時最新の知のありようを示そうという意欲的なシリーズ『講座・記号論』の第一巻「言語学から記号論へ」（一九八二、勁草書房）に寄せている。そのなかで、前田は当時の研究状況を次のように述べていて興味深い。

一九八〇年代の初頭、書店の「文芸批評のコーナー」の棚の六、七割を占めるのは夏目漱石論、森鷗外論、中野重治論などの作家論の書物であるとし、「個々の作品の分析を伝記的事実と照合させながら、作家の人間像を刻みあげて行く作家論の形式は、文学批評ないしは文学研究のもっともオーソドックなスタイルとして考えられているのである」と述べている。書店によっては、文学批評の棚が消えてしまった昨今のことを考えれば隔世の感を持ってしまうが、作家論の書が並んだ情景を思い浮かべるのは、現在と照らしてもそんなに難しいことではなかろう。一方で、七〇年代からロシア・フォルマリズム、構造主義、記号論などの新しい研究方法が本格的に紹介されるのにつれて、「こうした批評と研究の王道が自明の理であるとは言いにくく」なると同時に、新しい研究の方向性・輪郭が現れてきた、すなわち、「一口にいえば、作品の向う側に見えている、あるいは見出されなければならないと考えられてきた作家の像を意識的に消去して行く方向」に時代は進み出したと述べている。むろん、ロラン・バルトのいう「作者の死」(『物語の構造分析』花輪光訳、一九七九、みすず書房)をめぐる議論を踏まえてのことであろう。一方、「文学テキストの記号論的解説は、せいぜい高級な知的遊戯の一種にすぎないという見方」が大勢だとも述べている。

まだフランス語風にテクストと呼ばず、「テキスト」と記述していることを含め、新しい時代の輪郭・予感を思い浮かべながらも、作家論・作品論に対立拮抗する概念として「テクスト論」が華々しく登場するとまでは考えていないようにみえる。

それが大きく様変わりしたことに気づかされるのは、九〇年代はじめ蓮實重彦と三好行雄の、これもいまは消えてしまった月刊誌『国文学――解釈と教材の研究』(一九九〇・六、学燈社)に掲載された、その名も「「作者」とは何か」という対談であろう。卒業論文の「ノウハウもの」として組まれたという特集の冒頭に掲げられたこの対談は、ようやく意識されてきた作家論・作品論の「方法論的な混迷」を打破するために、西洋の新しい文学理論に通じていて、『夏目漱石論』(一九七八、青土社)という斬新な書を著していた蓮實重彦に、三好行雄が「作者とはなにかという問題に対する回答をお聞きする」という意外なほど謙虚なスタンスで展開している。このなかで蓮實は、自らの書を次のように自己解説している。

(略)夏目漱石という個人がかつて間違いなく作者として存在して、彼がある意図をもって作品を書き、そしてそれが読者に委ねられてさまざまに解釈されたという歴史があるわけですから、あえてその夏目漱石を消してしまうということは、一種のフィクションになるわけですね。ただし、そのようなフィクションをまず提示しておいて読んだ場合に、仮に見えてくるものが面白ければ、そのようなフィクションも成立しうるのではないかというのがあの『夏目漱石論』でやったことであるわけです。

蓮實によれば、「夏目漱石を消してしまう」というフィクションのもとに『夏目漱石論』を書いたとされる。三好にはこのフィクションがどうしても腑に落ちない。三好は、次のように述べている。

（略）漱石という一人の人間の形成史にそれを押し戻してしまう、あるいは漱石の個人的遭遇、あるいはわれわれはよく原体験というような言葉を使うわけですけれども、その原体験を漱石が言語化していく、言葉の世界に連れ出してくる、その連れ出し方の固有性、特異性で解ける部分があるようにも思うのですが。

「一人の人間の形成史」「原体験」を念頭に置かなければ、漱石という作家は解けない。「作家という存在を、作品とのかかわりにおいてどんなに切り落としていったところで、最後に、作品の時空を統括する存在としての作者というものは残るのではないか」「作者は作品を統括する存在」と食い下がるが、記号論によって立つ蓮實にはまったく届かない。近代文学研究を表象・代行してしまった三好は、その後も「作品を統括する存在」である「作者」と「作者の意図」に強くこだわってみせる。論の当否はさておくとして、最後まで話は噛み合うことなく、どこか力弱い三好の反論の声に、一つの時代の終わりが象徴的に現れているように見えたものだ。

　この対談で作家論・作品論と「テクスト論」という対立が直接語られているわけではないが、最終的には作家論に至りつく作品論的な研究とテクスト論的なアプローチという二項対立的な問題認識のフォーマットは既にできあがっているように思われる。同時に「テクスト論」に対する大づかみな受け止め方もほの見えている。すなわち、「テクスト論」とは作者の存在を切り捨てる文学研究である、という理解の定式である。むろん、「作者の死」を宣言するテクスト論的なあり方の理解として誤っているわけではないが、それが「テクスト論」理解の唯一の堅固な入り口として、今日まで綿々と受け継がれていると思われる。こうした認識の枠組みの上に、いわゆる「テクスト論」者は文学研究の美しい花園を蹴散らす無法者のように煙たがられたものである。

　ただし、こうした強固な対立図式は作家論・作品論を守ろうとする側だけでなく、テクスト論を主導する側からも押し出されていたと思われる。自省を込めて言えば、分かり易い「テクスト論」の提示の仕方として戦略的に繰り返されていたように思えるのである。この例が適切かどうか躊躇するところもあるが、最近出版された石原千秋の意欲的な書『近代という教養』（二〇一三、筑摩選書）のなかで「テクスト論とは、「作者」という概念をあえて括弧に括り込む。つまり、無視する。そのことで「作者の意図」という名目で読みを一つに決めようとする志向を断ち切り、読者が自由に読む権利を最大限に確保するのである」と、初学者にむけて分かりやすく極論してみせている。ともあれ、構造主義、記号論と知の地殻変動が起きつつある時代に、文学研究が変わるのも時の必然で、「テクスト論」という立場から、硬直化していた研究を刷新し、旧来のアカデミズムに対抗するのは当然の成り行きだった。この意味で「テクスト論」は対抗概念として機能し、方法論争、世代間論争、ヘゲモニー闘争を巻き起こしていった。好い悪いは別にして、緊張感があった。

しかし、熱い論争の時代も通り過ぎて、もう大らかに作品論を唱える人もいなくなり、対抗概念としての機能を失うと同時に、「テクスト論」は伸縮自在の融通無碍の概念になって、便利に使われてしまっている。それが今日のテクスト論の不振と混迷にもつながっていよう。かつて作家論・作品論に固執し、テクスト論に抵抗した人たちが、むしろ「テクスト論」の旗を誇らしげに揚げている奇妙な光景と重なっている。「テクスト論」とは、作者の意図を考えない「作品論」である、もしくは、「作品論」とは作者の意図を考えない「テクスト論」であると言いたげである。また、「テクスト論」の刷新を試みようとする人々も、作者をテクスト論にどう組み込むかという問題に腐心しているようにみえる。作者の死を宣言したはずの「テクスト論」も作者の呪縛から逃れられないということか。

だが、いまはそれはどちらでもいい。むしろ、「テクスト論」の理念はそこにとどまるものではないことにこそ留意すべきであろう。冒頭にあげた文章のなかで前田愛は、ロラン・バルトの「作品からテクストへ」(『物語の構造分析』)の一節を引用している。『テキスト』の読書は、全面的に、引用と参照と反響とで織りなされている。つまり、それ以前また同時代の種々の文化的言語的活動が、広大な立体音響のなかで『テキスト』を端から端まで貫いているのだ」というバルトの言を参照しながら、クリステヴァの間テクスト性の概念を紹介し、テクスト外分析の重要性を喚起している。

今さら改めていうまでもないことだが、テクストとは「多次元の空間であって、そこではさまざまなエクリチュールが、結びつき、異議をとなえあい、そのどれもが起源となることはない」、まさに「引用の織物」(『物語の構造分析』)であるということになる。だからこそ、作者の意図を遡るべき唯一の起源とすることができないのである。ことばが単独で意味をもたないように、テクストも他のテクストと絡み合い、関係をもつことによって意味を帯びる。テクストは意味の生産の場であり、とどまることなく、中心のないまま流れ続ける。テクストが無数の文化からやってきた引用の織物である以上、テクストの内空間にとどまって内閉的に意味づけることはできない。テクストを読むとはテクスト同士の絡みつきに分け入り、その裂け目にみえるエロチックな意外性（外部性）に立ち会うこと、一つの意味に至りつかない、終わることのない「遊戯」であり生産行為である。

これがバルト風の「テクスト」論の根底にあるイメージであろう。この多分に隠喩的なイメージが文学研究としてどこまで実践可能なのか意見の分かれるところであろうが、文学テクスト同士の絡みつきを問題化させるだけでなく、テクストの置かれてきたメディア論・文化論的な位相、歴史的なコンテクストの掘り起こしによるコード変換と輻湊化、他の社会的なディスクールとの連続性と断絶の指摘という形で論じられてきており、一定の成果を上げているというべきだろう。「テクスト論」的な発想の可能性がいまだに失われたわけではない。

しかしながら、ここで、あるべき「テクスト論」、正しい「テクスト論」とは何かとか、「テクスト論」の「起源」に差し戻るべきだと言い立てるつもりはまったくない。「テクスト論」三〇年の積み重ねの上に、個々の研究者が、対象によって、関心のありようによって追求すべきことであり、実践の仕方はそれぞれが負うているはずだ。

だが、それにしても、「テクスト論」を語りながら、作品に対する思い入れや感想を書き連ねること（作品の絶対化ではなく自己の絶対化）は、およそ「テクスト論」と隔たっている。また、読みに倫理性という中心を求め、こぞって読みの帝国を構築しようとすることも、「テクスト論」の思想からすればなかなか受け容れ難い。繰り返せば、正しい「テクスト論」、本来の「テクスト論」をもう一度目指すべきだなどと言うつもりはない。また、すべての研究者が「テクスト論」を実践する謂れも必然性もない。しかし、「テクスト論」の識閾が下がってきているように見える現在、「テクスト論」をあえて試みようというのならば、「テクスト論」の理念にもう一度立ち返って考えてみることも無駄ではないのではなかろうか。

参考文献

ロラン・バルト『物語の構造分析』（一九七九、花輪光訳、みすず書房）
ロラン・バルト『テクストの快楽』（一九七七、沢崎浩平訳、みすず書房）
ジュリア・クリステヴァ『セメイオチケ1 記号の解体学』（一九八三、原田邦夫訳、せりか書房）
ミハイル・バフチン『小説のことば』（一九七九、伊東一郎訳、新時代社）

作品論

佐藤秀明

一九六〇年代に三好行雄によって「試み」られ、越智治雄、平岡敏夫、十川信介らが加わり、若い研究者を魅了して「流行」とまで言われ、二〇世紀を越えてその命脈を保つ作品論を、今どのように捉えて提言を付すか。その場合、三好行雄『作品論の試み』（一九六七、至文堂）、越智治雄『漱石私論』（一九七一、角川書店）およびその影響を受けた作品論を、研究史上の概念として鍵カッコをつけて「作品論」と呼び、作品読解を中心とする作品研究一般を広義の作品論として区別しておく方が便利であろう。ここではむろん広義の作品論について記さねばならない。

そうなれば、さしあたり次の三つのことを言うべきかと思う。一つは、作品論の存続問題はありえず、文学研究において今後も作品論は不可欠の領域であるから、その研究レベルを下げてはならないということ。二つ目は、作品論といわゆる「テクスト論」との対立を解消すべきだということ。三つ目は、これまでの作品論に蓄積されてきた、作品を読む技術を一般化して記述し、共有できるようにすること。私の考えはこの三点に集約できるが、とはいえこれらは相互に深く関連している。記述が錯綜することもあるだろうが、以下はこの三点に分けて私見を述べたい。

＊

『作品論の試み』を今回読み返してみたが、現在でも参照すべき点は多く、研究レベルはきわめて高い。かつて「作品論」が急速に担い手や継承者を失ったのは、周知のごとく谷沢永一の激しい批判（『牙ある蟻』一九七八、冬樹社）があったからだが、それだけではない。「文庫本一冊でできるお手軽な研究」と揶揄されたように、多くの「作品論」が研究に値しない安直なものに成り下がっていたためである。研究に流行があるとすれば、上昇機運は優れた個別の研究が作り出し、下降は無反省で低いレベルを理由に起こる。「作品論」の衰退が、構造主義や記号論の導入による新しい研究方法の台頭と、前田愛『都市空間のなかの文学』（一九八二、筑摩書房）や亀井秀雄『感性の変革』（一九八三、講談社）の追撃、山口昌男、多木浩二、中村雄二郎、浅田彰、中沢新一らの他領域から押し寄せた知の地殻変動がもたらした結果だったことも、その脆弱さの表れであった。作品論は、これらの新しい知を貪欲に取り込んで、ぎらぎらと脂ぎって太々《ふてぶて》しく生き延びる道を選ぶこともできたのだが、そうはならなかった。後に述べるが、ロラン・バルトのテクスト概念が舵を切らせたのである。研究状況に新／旧の対立軸が構成され、作品論は、保守的な旧派の論文として細い命脈を保つことになっていった。

しかし、それから年月が流れ、作品論が絶滅したかというとそうではない。作家名を付した単行本を除外しても、田中実『小説の力――新しい作品論のために』（一九九六、大修館書店）、細谷博『凡常の発見――漱石・谷崎・太宰』（一九九六、明治書院）、同『所与と自由――近現代文学の名作を読む』（二〇一三、勉誠出版）、高田知波『〈名作〉の壁を超えて――『舞姫』から『人間失格』まで』（二〇〇

四、翰林書房）、浅野洋『小説の〈顔〉』（二〇一三、翰林書房）などが作品論のすぐれた成果として挙げられる。実は私は、ここに石原千秋『テクストはまちがわない――小説と読者の仕事』（二〇〇四、筑摩書房）、『教養として読む現代文学』（二〇一三、朝日新聞出版）や高橋修『主題としての〈終り〉』（二〇一二、新曜社）も入れたいと思っている。著者からの抗議があっても、大方の賛同は得たいものだ。細谷、高田、浅野の著書は、練られた思考が作品へ切り込み、細部への目配りや巧みな論理の運びによって、情理を兼ね備えた大人の風格さえ感じられるものとなっている。

大人の風格と言えば、中島国彦が三好行雄の論文の印象をこんなふうに述べていた。「三好氏の論考の柔軟な文章は正に魔法のようにも思えた。明晰な知性といっても背後には鋭く研ぎすまされた感性と深い情念の存在が感じられ、単なる理知の現われとは違っている。そこには、大げさな言い方だが、ある生き方の選択すら感じられる」（「書評　三好行雄編『日本の近代小説Ⅰ・Ⅱ　作品論の現在』」『国語と国文学』一九八七・六）と。このオマージュが人格論的な言辞になっていることに、同時代の研究者たちが違和感を覚えたことはなかったであろう。三好行雄の論理には確かにそういうところがあったからである。それを今後の作品論に求めることは望蜀になるかもしれぬが、作品論が作品論であるためには、このような人格（の表出）と無縁な論文は、やはり成果が低いと言わざるをえない。それが作品論のレベルを保ち向上させる一つの指標であることは免れない。

中島国彦が三好行雄に感じたように、作品論が論者の「生き方の選択」と関わる読みを必要とするならば、それに引けを取ると感じた若い研究者が（年齢との関係は本質的ではないはずだが）、外在批評を武器として調達した理由も理解できないわけではない。三好行雄の文体には多くの人が魅せられたが、三好に責任を帰せられぬ仕方で、三好の文体が研究者の離反を誘導したところもあったのだ。越智治雄の文体も同断である。論証抜きの「手抜き工事」を衝いた谷沢永一の一連の批判が、即物的な滑稽味を醸し出していたのも、研究と人生知との癒着を警告したと見ることができよう。

　作品論は「めいめいの研究者の体質に深くくいいった病理である」と言い切ったのは前田愛だが（「作品論という幻影」『現点』一九八三・一〇）、「病理」とは論者の「文学主義」にほかなるまい。作者の人間性の反映としての作品に対し論者の「生き方の選択」を賭して論じる作品論を、「文学主義」として一蹴したのは、「作品からテクストへ」「作者の死」（『物語の構造分析』一九七九、花輪光訳、みすず書房）のロラン・バルトの影響であった。

＊

　バルトの言うテクストが、作者に還元されない「無数にある文化の中心からやって来た引用の織物」であり、作者の役割を「書き手《スクリプトウール》」と見なしたことはいまさら繰り返すまでもない。「作品論」の読解は作者の意図と結びついていたので、「作者の死」は、読解から作者を切り離して自由をもたらした。文化記号論を駆使し、作者の意図とは無関係に作品を解読する前田愛の『都市空間のなかの文学』や、作者とは次元の異なる語り手を前景化し、物語内容ではなく物語表現を分析することで従来の読みを改変した小森陽一の『文体としての物語』（一九八八、筑摩書房）、『構造としての語り』（一九八八、新曜社）、作品の文脈や作者の素養とは直接関わらない隣接領域の知見を援用し、作品を大胆に読み換えた石原千秋の『反転する漱石』（一九九七、青土社）などが、いつの間にか「テクスト論」と呼ばれるようになった。しかし、私に言わせれば、何のことはない、作者を読解の参照項としないだけで、作品を論じた作品論にほかならないではないか。テクストとして論じられているとは思えないからである。

　私の想像するテクスト論とは、エクリチュールである文学テクストを「解釈」せず、「ずらすか覆え」すかし、「通過」「横断」「爆発」「散布」するさまを記述し、その「立体的複数性」（以上ロラン・

バルト「作品からテクストへ」）を示すといったものだが、このようなテクスト論がこれまでに書かれたであろうか。高橋修は、いわゆる「テクスト論」は「隘路にはまりこんでいる」とし、「本来テクストは相互に置換される他のテクスト・言説を対照させることによって意味性を帯びることになるはずなのだが、テクストを取り巻く社会的、歴史的な諸言説と関係づける回路が十分見えていないことに、その原因のひとつがあると思われる」（「あとがき」『メディア・表象・イデオロギー――明治三十年代の文化研究』一九九七、小沢書店）と述べた。その状況は今も変わらないのではあるまいか。「テクスト論」は、テクストそれ自体を論じるよりは、「文学主義」を脱してカルチュラルスタディーズやメディア論に横滑りしたというのが私の見方である。

文学研究は、主に八〇年代の知の変革を取り込んで活気づいた。二項対立思考の脱構築、山口昌男の「中心と周縁」論、ヴォルフガング・イーザーの言う「空白」の発見とその読み込み、語り論、フェミニズム批評やジェンダー論による無意識な性差別、性役割の剔抉そして批判、ミッシェル・フーコーの内面化された権力論、個人的なことの中にある政治性を穿つ政治学などが、作品を読解する論者の思考や感性の枠組みを洗い直した。これらの知見は、作者の意図よりも読者の読解を重視する作品論（いわゆる「テクスト論」）に資するところが大きかった。テクスト論は、テクスト概念という問題提起の斬新さと原理的正しさを背景に持ったが、研究状況をリードする成果を示す以上に、「テクスト論」と呼ばれる通俗的方向として台頭した。そのためむしろ「テクスト論」は、広義の作品論に含み込まれる様相を呈したのである。

ところが、この時期の三好行雄は作品論と作者との結びつきを再確認し、いわゆる「テクスト論」に対し論陣を張るようになっていった。「作品論をめぐる断章」（『日本の近代小説Ⅰ　作品論の現在』一九八六、東京大学出版会）で、「バルトの理論はわたしには不要だという不遜な感想」を表明し、作品論の「究極」は「〈作家の姿勢〉を明らかにすること」だと明言するまでになっていた。これは三好行雄の変貌ではなかったか。それというのも、一八年前の「作品論の方法」（『国文学』一九六八・七）では、東京でのバルトの講演記録を引用し、「ここに示されている方法などにも、もう少し学ぶ必要があるだろう」と記していたからである。また『作品論の試み』に収録された「附・「剣」について」では、「作者の意図を無視して作品を語ることができるという可能性」に言及し、「作品論が作家論にのみ奉仕するものでないのも自明の理である」と述べていたことからの感想でもある。『作品論の試み』にあった緩やかさが消え、リゴリズムが現れ出てきた。それが作品論／「テクスト論」の益のあるとは言えない対立軸を煽ったように思えてならない。三好行雄も加わり形成されてきた作品論／「テクスト論」の対立は、解消されなければならない。

いわゆる「テクスト論」を作品論に含めると、読者の役割が重視され、理屈では読解の〝歯止め〟が後退することになる。〝トンデモ読み〟をも認めざるをえない「アナーキー」（田中実）が生じかねないのだ。田中実は、読む「主体」でも読まれた「客体」でもない「客体そのもの」である「〈第三項〉」を理論的に措定するが（前掲『小説の力』および『日本文学』二〇一三・三、同・八掲載の諸論文）、国語教育の前提としてこの理論の有効性は理解できるものの、〝歯止め〟の実効性があるわけではない。思うに恣意的な読みを規制することは、原理的に不可能である。石原千秋「宗教としての研究──教室で文学は教えられるか」（『日本文学』二〇一五・四）は、田中実の依拠するヴィトゲンシュタインの「言語ゲーム」論（いわゆる「言語的転回」）の理解の仕方から始めて、「〈第三項〉」に接近するが、私の印象では結局〝立場の違い〟を宣明し肯わない。この問題に深入りする余裕はないが、田中実は「現実は言葉で出来ている──『金閣寺』と『美神』の深層批評」（『都留文科大学大学院紀要』二〇一五・三）、「三好「作品論」との決別、『高瀬舟』再私考」（『都留文科大学研究紀要』二〇一五・一〇）などを精力的に発表し、恣意的な読みを理論的に越える考察を、具体的な作品論を通して継続している。

＊

　次に、作品論の積み重ねが蓄積してきた読む技術を、文化資源として整理したらどうかという提言に移ろう。渡部直己『日本小説技術史』（二〇一二、新潮社）は書く側の技術史であるが、読む技術は研究者から文学読者への提供と研究者自らの〝技術開発《イノベーション》〟につながるはずである。例えば田中実『小説の力』の「終章　新しい〈作品論〉のために」や安藤宏「作品論／テクスト論の進め方」（『別冊国文学』、一九九八・七）には、解説ゆえに個々の小説の読み方を一般化して記述した箇所がある。登場人物中心の読みから語り手による登場人物を相対化する読み、さらに語り手を読者が相対化する読み、具体的には語り手の「ウソ」や「語り残し」や「矛盾」を読む読みなどが示されている。換言することになるが、三人称の小説世界をつくることになる視点人物の認識の限界を見極め、その外部を取り込んで形成する読みもある。登場人物の嘘も読み解く必要があるし、衷心からの発言にもそれを望まぬ本音が潜むことはあり、ある決心や行動が、別の選択肢への心情を引きずることもあり、逆説が読まれたがっている場合がある。三人称小説における語り手の断定だとて、その断定に含まれる苦みを凝視すれば、それが反語的に読まれる期待を秘めている場合もある。あるいは、小説世界に微量に含まれる他者的視点を見逃さずに再構成し、そこから明示的な作品世界を捉え返すという読み、蓮實重彦『夏目漱石論』（一九七八、青土社）や高橋世織「『細雪』――〈耳〉の物語」（『文学』一九九〇・七）のように、話の筋を解体し表象の小単位から作品の性格を構築する読みもある。

　これらは一例に過ぎないが、作品が柔軟な思考によって鮮やかに読み解かれたときの晴れやかさは、作品論の醍醐味にちがいない。このような読解の技術が、すぐれた作品論には〝埋蔵〟されている。それを掘り起こし、汎用性のあることばに書き換え収集したらどうかという提言である。ある意味では職人的読解を得意とする研究者の今後の仕事を厳しくすることになるが、研究者の力の底上げにつながるはずである。もとより文学作品は技術だけで読めるものではない。読む人の人間性を作品に向かわせるほかはなく、たとえ「文学主義」と批判されようが、もはや文学が社会的に相対化されつくされているのだから怯むこともない。作品論は、文学を「文学主義」的に捉える宿命を背負っているのである。

＊

さらにもう一つ、四つ目の提言を加えさせていただく。作品論には、そのどこかに作品の良し悪し――論じておいて、悪しということもないが――思い入れもあればこそ注文もつけたくなるもので、作品のそういう評価がどんなふうであれ感じられるものでありたい。作品の評価は、その作品を論じる理由と結びつき、論じる理由は研究上の目的と意義とを明確にすることになり、ひいては問題設定を再検討することになる。対象作品の正典《カノン》化を反省するためにも必要である。読解だけでは、三好行雄が述べたように「出口のない部屋」（「あとがき」『作品論の試み』）になってしまう。そこに作者や文学史につなげる通路を考えるのもよいが、作品の評価を、読解内容に組み込んで下すことで、作品論が文学そのものの価値を示すものでありたい。

この点で付言しておきたいのは、作品の意味の解明とは、意味の文脈を見出す作業にほかならないということだ。作品の読解は、必ず既成の人文学的諸価値の文脈に結びつく。ときには作品内の事物の考証が、作家論的文脈に結びつくこともあろうし、文化史的文脈に結びつくこともあろう。あるいは作品周辺の考証が、文学史的文脈に結びつくこともあろう。文脈の提示は、読解された作品の主題の提示であり、それは必然的に既成の諸価値との関係を示すことになろう。

今、考証ということばを使ったが、考証＝調べる技術についても言及しておきたい。「文庫本一冊のお手軽な研究」の轍を踏まぬためにも、作品内の事物の考証は重視したい。前田愛の『都市空間のなかの文学』が読まれたのは、都市空間の考証の面白さにも要因があったのである。精緻な考証とその作品読解への援用が、作家論や文学史、文化史の更新にまで至れば、作品論は「出口のない部屋」にとどまることはない。要は研究の射程の拡大であるが、旧来の「作品論」が、考証や史的文脈との接続の手間を惜しんで、安易に「近代」の観念性やロマン主義的な人間性の深部に結びつけたような記述はもはや通用しない。考証やカルチュラルスタディーズの調査と批評とが、作品の読解に緊密に結びついたときに、作品論の射程は広がるのである。

このように作品論の枠組みを柔軟にしておきたいと考えるのは、作品ごとの蛸壺化から作品論を救い出すためだけではない。文学読書が、国語教育の中に残っているとはいえ、そこを離れれば、少数の趣味的な人たちの特殊な営みに限定されている現状があるからである。作品論には、文学研究と一般読者の趣味的な読書とを架橋する使命もあるという自覚が必要だと思われる。

読者論

日高佳紀

前田愛『近代読者の成立』（一九七三、有精堂出版）に収められた諸論は、現在においてもなお、多くの示唆と刺激に満ちている。〈読者〉の歴史社会的な階層とその変遷を追ったこの著作によって、日本近代文学研究に〈読者〉概念が本格的に導入されたことは、あらためて確認するまでもないだろう。なかでも、本書末尾の章に書き下ろしで収められた「読者論小史――国民文学論まで――」は、一九二〇年代から戦後に至る、文学をとりまく多様な状況が〈読者〉を切り口に捉え直されており、それまでの文学史観に一石を投じる内容と言ってよい。この中で、戦後の桑原武夫をリーダーとした大衆文化研究グループによる吉川英治「宮本武蔵」の読者調査の意義について触れた箇所がある。やがて『「宮本武蔵」と日本人』（一九六四、講談社）に結実する一連の試みは、アメリカの社会学理論に基づいた「内容分析」の方法による読者研究として「戦後のもっともすぐれた労作のひとつ」と評価されるものの、「いまだにアカデミックな文学研究者の側からはほとんど黙殺に近い扱いを受けている」といった指摘もなされている。

読者の研究は文学研究者と社会科学者の相互乗り入れを必要とする境界領域であるにちがいない。とすれば桑原や「思想の科学」グループの読者論を、文学論ないしは文学研究のコンテクストの中に組込むプログラムが当然考えられていいわけであるが、読者論的発想を異端視してきた文学研究者の側にはそのような用意が欠けていた。（『近代読者の成立』）

大衆文化研究グループの「読者論」が社会科学や自然科学の導入という「斬新な分析と豊かな知見をもたらした」まさにその点において、文芸批評や文学研究そのものではなく、「社会心理学やコミュニケーション論の一領域にすぎないという印象」をつくり出したというのである。むろん、桑原らが〈大衆文学〉を扱ったことが当時の「文学研究」との間に隔たりを生じさせた要因であることは否定できないが、それ以上に、一九七〇年代以前の「アカデミックな文学研究」が依拠していたものの強靱さが容易に想像されよう。

こうした状況は、現在からするとさすがに隔世の感が否めないものだが、先に引用した箇所には、読者論が本来もつべき可能性の地平と、今なお近代文学研究が抱える問題点が示されている気がしてならない。果たしてわれわれは現在、文学と社会科学の「相互乗り入れ」を可能とする「境界領域」において、彼らの読者論を組み込めるプログラムを持ち得ているのだろうか。

＊

近代文学研究における〈読者〉の位置に大きな変化が生じるのは、一九八〇年代のテクスト論によるパラダイムチェンジによってであった。〈作者〉という固定した表現主体を価値の起源とみることに疑いを持たなかった状況に対して、意味を生み出す一方の極に〈読者〉を据えることは、それ自体強烈なカウンターとなったのである。〈読者〉の存在は、作品言説からテクストを現象させる機能をもつものとして発見されたわけだが、それは、「作者の死」（ロラン・バルト）の宣言と同時であった。〈読者〉とは、従来の文学および文学研究の価値の中心、意味の起源と見なされていた〈作者〉の「死」によってあがなわれた何者かにほかならなかったのだ。

テクスト論で〈読者〉概念を重視することは、文学の意味解釈の起点を、〈作者〉という単一の主体から〈読者〉という複数性の磁場へと解放することを意味していたが、それは必ずしも、〈作者〉から〈読者〉への単純な移行ということではない。むしろ、〈作者〉もまた、その社会性において捉え直すことに繋がっていたのである。その意味で、「作者の死」は同時にまた、〈読者〉を経由させることで〈作者〉を別のかたちで生かすことになったとも考えられよう。

作家の存在を単一の固定的な意味の起源、同時にまた、容易にたどり着くことのできない聖域と見なしてきたことと比べると、見出された〈読者〉はどこか曖昧な存在であった。例えばそれは、〈いま・ここ〉でテクストを読んでいる〈私〉といった単一の主体から、メディアの向こうに見出される読者共同体、あるいは、一つの時代を共有することを前提にイメージされる同時代読者、……などといった多様なものであり、その概念は論じる者それぞれの立場と研究方法によって異なるような不安定さを抱えたものである。そしてまた、作家―作者の唯一性と対峙する意味で〈読者〉を設定することが目論まれているのだから、読者論がある一定の集団性を志向するのは当然の帰結でもあった。その点で、メディアやジェンダーを切り口とした社会学との親和性が高いものであるのも肯けよう。

こうした特性に対し、『読むということ』（一九九七、ひつじ書房）、『メディアの中の読者』（二〇〇二、同）などで読者概念を整理しながら研究をリードしてきた和田敦彦は、「読書、読者をめぐる諸論は、閉鎖的ではっきりとした領域を作り上げておらず、むしろ「領域」という考え方を失効させるような可能性をはらんでいる」と、その可能性の中心を指摘している（解説『読書論・読者論の地平』、一九九九、若草書房）。むしろ、「網羅的な収集と分類にはなじまない」のが読者論の特徴であるというのだ。

この指摘は、〈読者〉を研究対象とする際に陥りがちな問題を正確に言い当てている。先に述べたように、読者論はある一定の集団性を志向する傾向がある。だがそれを「領域」として区切ってしまうと、〈作者〉を実体論的に固定してきたあり方と同じ陥穽に陥ってしまうのである。〈読者〉は、〈作者〉という実体化されやすい存在との組み合わせによって発生した。それゆえにこそ、ある集団性を志向した際に、そのラディカルさを失効してしまう危険性も内包しているのだ。

一九九〇年代の文化研究的転回《カルチュラル・ターン》以降、文学研究の対象は、従来の自律的な価値が認められたいわゆる正典《カノン》のみではなく、「大衆小説」と呼ばれてアカデミックの外に置かれてきた作品はもちろん、マンガ、映画、その他サブカルチャーにまでおよび、むしろ、ジャンルの拡大と横断があたりまえのようになった。こうしたなかで、文学的言説の歴史性と権力性の所在を問うこと抜きには研究が成立しにくい状況となったのである。先に挙げた和田の指摘も、こうした動向と無関係ではない。

テクストの意味を〈作者〉に単純に還元したり、読みと解釈のパースペクティブの消失点としてそれを見なしたりすることがほぼなくなってしまった現在、もはや〈読者〉の存在は、文学研究の前提となったといっても言いすぎではないだろう。ここに至ってなお〈読者〉を議論の中心に据えるのであれば、それは単なる読書環境を生み出す存在（あるいは集団）といった意味ではなく、むしろ「読む」行為の現場性を発現する動的な行為体として想定しなくてはならないはずだ。その意味でこそ、読者論は、文学研究の、というよりも、文学それ自体の価値と可能性をひらいていく上での有効な手がかりとなろう。現在まで積み重ねられた読者論的研究を今後さらに展開していくためには、どのようなアプローチが考えられるだろうか。

まず、歴史に還元可能な〈読者〉イメージとの接続を図る上では、メディア研究をより多様かつ精緻に行うことが必要であろう。一九九〇年前後から行われてきた多くの研究が示してきたように、メディアに注目することは、歴史的に構築された読者集団を問い、その場で生じた力学を問題化する。この検討を通して、社会的な階層と教養レベル、さらには地域偏差など、ある程度〈読者〉を可視化して想定することが可能となったわけだが、単に読書環境としてメディアを捉えるだけではなく、そこに読みの現場性を含めて考えることで、読書行為のプロセスそれ自体が際立つはずである。文学テクストを対象とする場合ばかりではない。例えば、ある歴史的事象をめぐる文献資料を扱う際においても、そこにどのような〈読者〉が想定され、いかなる読みが期待と可能性としてあったのか。そういった問いを発する時、言説の権力関係や政治性の発生するメカニズムをその場で現象する力学として明らかにすることができるだろう。こうした〈読者〉を経由した文献資料へのアプローチは、史料《ドキュメント》の新たな意味と価値の拡大に繋がるであろうし、文学研究において鍛えられてきた方法論を歴史学や社会学の研究領域に開いていくことを可能にするであろう。

〈読者〉を歴史的な存在と見なすような研究に対し、ヴォルフガング・イーザーやウンベルト・エーコらの提示する〈読者〉イメージは、テクストの構成要素として見出されたものであり、より抽象度が高いものである。これらと文化研究的な方法論との接続をどう図っていくかということも、もう一つの重要な課題である。例えば石原千秋『読者はどこにいるのか』（二〇〇九、河出書房）は、「内面の共同体」という概念を提起し、理論上に設定された〈読者〉を時代の層で〈共同体〉として読み解くことを試みている。いわゆる「同時代読者」とされてきたものをより理論的に捉えることが目論まれているのだ。

こうした議論とはやや方向性が異なるが、文学表現の有効な解析のために〈読者〉を梃子として取り組むべきなのが、〈作者〉概念の組み換えではないだろうか。例えば、作家名を〈作者〉と〈読者〉が相互乗り入れする場として考えること、すなわち、いわゆる「内包された作者」をテクストの外部にあるべき作家名と接続することを試みた場合、表現主体としての作家は、〈読者〉という抽象的な回路を通過することで、単純な歴史性とはやや異なった枠組みで志向される対象となる。先に述べたように、もともと〈読者〉は、〈作者〉との組み合わせによってこそ、有効な意味発生装置となるものであった。むろん、単なる正典の読み直しをしようというのでも作家の特権性を担保しようというのでもない。例えば複数のテクストがある作家名のもとに集約される場合を考えてみると、既存の歴史的文脈に回収しきれない表現独自の価値体系をそこに浮かび上がらせることが可能となるであろう。

さらに、「読む」ことをめぐる単一の行為体として〈読者〉を考える立場を押し進めていくと、身体感覚を介した認知主体として検討するところに行き着くであろう。西田谷洋が『語り 寓意 イデオロギー』（二〇〇〇、翰林書房）および『認知物語論とは何か?』（二〇〇六、ひつじ書房）で展開したような、認知科学および認知言語学を語り論に接続しようとする試みは、〈読者〉を社会的存在として（あるいは複数性において）ではなく、身体を起点とした単一性において捉えうるような可能性を秘めている。こうした試みをも「読者論」に括ってよいかどうか躊躇がないわけではないが、言説を「読む」ことにいかにして接近するか構想するとき、認知論的に発想を転回させることの意義は決して小さくはないはずである。

以上みてきたように、〈読者〉という課題において、今、われわれが考えるべきなのは、「読む」行為の現場性をいかにして状況と文字テキストが交差する場から浮上させてイメージしうるか、ということに尽きるであろう。その際、例えばここに挙げた切り口に、言語や翻訳の問題、性差、階級、権力、政治性……といった多様な議論を横断的に交わらせることもできるはずだ。このような議論を可能にするような理論装置を、対象となる言説一つ一つに対してつくりあげること。それこそ、「読む」過程における様々な領域や要素の導入と拡散を同時に可能にする、〈読者〉への接近を果たす方法なのではないだろうか。

文学理論

中村三春

すべては言葉の定義と運用の問題であり、そして定義もまた運用の一つである。言葉は、うまく機能している場合でもモビールのように不断に形を変え、そのパーツは予告なく新たに作られたり消えたりする。アレクサンダー・カルダーのモビールを、「開かれた作品」の一つに数えたのはウンベルト・エーコであった*1。文学理論（the literary theory）という確定した実体が存在するわけではない。すなわち、文学理論もまた、一種のモビールにほかならない。

文学理論

文学理論とは何か。この言葉で多くの人が思い浮かべるのは、「文学を研究するための理論」ということだろう。日本近代文学も日本文学であるからには、その意味での文学理論は、第一義的には、日本文学（国文学）において伝統的に培われた研究理論と、その延長線上に考究された理論を指すことになるだろう。文献学、文芸学、民俗学、歴史社会学、文学史などのディシプリンと、それら個々の体系に現れた各種の理念・方針や操作・技術、例えば文献学ならば書誌学、本文批評、訓詁註釈学、文芸学ならば美学的基礎、解釈学、様式論などが含まれる。またそれらを基盤とし、あるいはそれらとの差異化を目指して、現代に至るまでの間に提案された多数の理論、例えば文体論、実存主義、精神分析、構造主義から、現在広く行われている多様な「方法論」と呼ばれる思想は、いずれも文学理論と呼んで構わないと言えるだろう。

ただし、とすぐに付け足さなければならない。本格的に学問体系的な理論は、概ね①対象概念、②分析手法、③評価理念の各分野に亙って自らを定義し、それらの各分野が相互に関連するように構築される。比較的に体系的でない理論にしても、それらのすべてを欠くということはない。その場合、まず文学理論の「文学」とは何かという①の対象概念、次いでそれと関係の深い③の評価理念の定義において、各種文学理論は対立するものとして現れる。鈴木貞美が、“literature”と「文学」の翻訳と運用に関わる錯綜した概念史を克明に分析した研究がある[*2]。それを参照すれば、どちらの言葉にも、おおよそ人文学（the humanities）や、文字で書かれたすべてのもの（文献）という広義の意味と、言語による芸術（文芸）という狭義の意味とが含まれる。狭義の場合、さらに芸術とは何かという問題が加わる。ここに、それらを対象とする研究・批評、つまり文学研究や文芸批評（Literaturwissenschaft, literary criticism）の意味での「文学」をも補わなければならないとすれば、「文学」概念の多様性、全体としての曖昧さが窺われるのである。

また、学界で用いられる「方法論」という言葉は、広義の意味では前述のように文学理論の総体と見合うものである。しかし、「方法論」の意味を②の分析手法（対象分析の技術）として狭義の意味にとらえるならば、「方法論」は文学理論の一部を占めるに過ぎない。今般通用している「方法論」には、対象概念と評価理念を棚上げして技術的な成果だけを求めるものが少なくない。いずれにしても、多様な理論の間を相互に通約することは難しい。そして現在一般に広がっているのは、理論への対応や相互のすり合わせを回避した上で、取りあえずは論述し、あるいは相手の論述を容認し、しかし真実に腑に落ちることがなくてもよいとする風潮ではないだろうか。すなわち、ことほどさようにも、理論の退潮が囁かれているのが現状なのである。しかし、理論は、それと言明されなくとも個々の論述の中に共示される。従って、それが体系的な理論でないにしても、論述に何らの理論もないということはありえない。

流行

「理論は死んだ、とそう耳にする」（ジョナサン・カラー）*3、「文学理論が人文的な知の玉座を離れて久しい」（貝澤哉・野中進・中村唯史）*4、「文学理論の最盛期は、おそらく一九八〇年代だった」（ピーター・バリー）*5などの字句を目にすることが多い。日本近代文学研究においても文学理論が盛んに議論されたのは一九八〇年代から九〇年代にかけてであり、今世紀に入ってからは、いわば「祭の後」の空気がある。その理由の一端は、この時期にカルチュラル・スタディーズの影響を受けた「文化研究」とその周辺の方法が大きく流行し、それまでの理論動向、特に「テクスト論」として概括された理論群をなし崩しにしたことにある。ここには少なくとも、二つの指摘すべき問題がある。

一つは、日本近代文学において広く流布した「テクスト論」という呼称は、誰が始めたのか知らないが、これはおよそ構造主義、記号学、文化記号学、受容美学、ナラトロジー、脱構築その他の、当時としていわば新傾向の理論群を、共通にテクスト概念を中心にするものと見なし、伝統的な研究法とは異なるとする観点から十把一絡げに括った杜撰な用語にほかならない。だが、それはどのような共通概念なのか？　それによって、例えばロラン・バルトの構造分析からテクスト分析への変異や、ポール・ド・マンのディコンストラクションの繊細な論法など、各理論に含まれる生き生きとした実態が捨象される結果が招かれた。ここには、理論がいずれも専ら右に述べたような「方法論」（②の分析手法）として導入・利用されたという実情も介在しているかも知れない。しかも、カルチュラル・スタディーズの泰斗スチュアート・ホールがフランス思想に入れ込んだように[*6]、本来カルチュラル・スタディーズがそれ以前の理論動向の否定ではなく止揚として展開したなどの経緯は、有効な寄与をなさないままに素通りされた。そのような寄与はなくてよいという見方はあって構わない。だが、無視や素通りではなく、向き合った上で態度を決めるべきではないか。ロシア・フォルマリズムにしてもディコンストラクションにしても、それ自体の研究は、今この時にも継続しているのである[*7]。

もう一つは、「文化研究」が流行した理由としては、幾つもの要因が挙げられるだろうが、ただ明確なのは、それが（理論として、結果として）正しいから流行したのではなく、流行する理由があったから流行したということである。それが正しくないと言っているわけではない。しかし、どのような理論でも、それが他のあらゆる理論を殲滅するかのように流行するのは、理論の本来的な多様性を尊重する立場からすれば好ましいことではない。日本近代文学において「流行」とはいったい何なのか、なぜ「流行」が起こるのか、「流行」によって何が結果したのか、そのようなメタ理論的な問いかけを行うべき時期に来ているのではないだろうか。けれども、それをしたところで、同じようなことはこれからもまた起こるのだろう。

理論

「文学理論」と別に「理論」の見出しを立てることには、違和感があるかも知れない。しかし、「理論」全盛期であった一九八〇年代、九〇年代には、確かに「文学理論」の代わりに「理論」という言葉が多く用いられたのである。これについて積極的に主張したのは、ジョナサン・カラーの『文学と文学理論』である。カラーの言う「理論」は、本稿の冒頭で定義した「文学を研究するための理論」でないのは勿論のこと、いかなる「〇〇の理論」でもなく、単に「理論」にほかならない。むしろこの場合、文学理論が文学研究に局限される限り、「理論」本来の強度は持ちえないものと見なされている。「理論は、分析的、思弁的、反省的、学際的であり、常識化した見解に対抗する」*8。カラーによれば、言語学の概念枠に依拠した構造主義、記号学、ナラトロジーなどの段階を経て、「理論」は哲学を基盤として展開した、というより右の定義から見て「理論」はあたかも哲学そのもの、それも先端哲学に近いものとなる。なぜ「哲学」と言わず「理論」と呼ぶかと言えば、それは何よりも根拠づけを嫌うためである。修飾句なしの、いわば何でもありの「理論」。実はそれこそが文学理論でもあることへの思い入れがカラーにはある。しかし、それを検証する前に見ておくべきことがある。

ピーター・バリーの『文学理論講義』は、「レズビアン／ゲイ批評」や「エコ批評」の項も含むまとまった教科書であるが、終わり近くに「十大事件で振り返る文学理論の歴史」の章が置かれ、二〇世紀後半の半世紀に起こった出来事を紹介している。その最後に挙げられた事項は、「ソーカル事件（一九九六）」である。アラン・ソーカルの、科学・数学の理論を散りばめた、でっち上げ論文が査読を通ったことを契機として、いわゆる「ポストモダニズム理論」の空疎さが告発された事件である。その主張をまとめたソーカルとブリクモンの『「知」の欺瞞』*9では、ラカン、クリステヴァ、ドゥルーズ、ガタリその他がやり玉に挙げられた。それらがいわゆる文学理論にも多大な影響力を行使していた思想家であったために、この問題は文学理論にも強く波及し、前述の「理論は死んだ」とする風潮に拍車を掛けたのである。バリーはそれがアメリカ人対フランス人というナショナリズムの側面で論議されたことを指摘するとともに、これを決定機として「いまや理論の全面的な敗北を示すもの」と見なす気運が、「九・一一以降の雰囲気」（テロへの恐怖など）の中で高まって行ったという。これを二度の大震災やオウム真理教事件などを経験した日本に重ねて見ることは、決して無理ではない。こうして「理論」のお祭騒ぎの時代は、終わりを告げたのである。

しかし、とやはり反論しなければならない。「理論」における科学や数学の安易な、誤った導入は当然戒めなければならないにしても、だからと言ってそれらの論理や有効性がすべて無に帰したわけではない。それらの核心部分に関するある種の捨象や回避が、この事件を受け止めた人々の間になかっただろうか。一方、ソーカル自身の立場が「素朴実在論」「素朴実証主義」の段階を出るものではないことは、野家啓一によって論じられている*10。素朴実在論だろうと何だろうと、いかなる立場を選ぶのも自由である。だが、その選択がそれこそ理論的な琢磨によらず、時流に引きずられたものでしかないとしたら、それは学問的な態度とは言えない。たとえそれが、抗しえない災厄の影響を被った結果であるとしても。

文学

カラーの『文学と文学理論』は、一九九〇年からの一〇数年間に個別に発表された論文の集成であり、読みやすくはなく、新たな情報の提供も多くはない。現今の文学理論を網羅的に通観したい方には、同じ著書の『文学理論』*11、前掲のバリー『文学理論講義』、あるいは最新かつ高水準の西田谷洋『文学理論』*12を推奨したい。ところでカラーの所説には非常にユニークな面がある。それは期せずして、「祭の後」以後の文学理論のあり方をも示唆している。

カラーの著書の原題は、『理論における文学的なもの』（*The Literary in Theory*）であるが、この「文学的なもの」（the literary）とは一種独特である。同書の折島正司の「訳者あとがき」を参照して敷衍すれば、それはクラス（類）とメンバー（個）との間の相互関係、いわゆる論理階型の違反や、時間的・空間的な反転の持続として表され、そしてそれは「理論」そのものにも自己言及的に当てはまるものとされる。しかも、カラーによれば、「どこから発生してきた理論的言説であろうとも、それはつねに、あらゆる種類の言説に文学的なものがさまざまな姿で潜んでいることを、したがって文学的なものが中心的な位置にあることを、われわれに気づかせるのである」[*13]。すなわち「理論」とは、あらゆる言説において「文学的なもの」を追究する理論なのである。つまり、言語活動によって行われる人間の営為は、全て「文学的なもの」がその中心にあるというのだ（！）。しかし、これは「理論」の野放図な拡張ではない。このように対象概念を完全開放することにより、逆説的にも「文学的なもの」が、何でもありであった「理論」にたがを嵌めることになるのである。折島が、「理論の中にその一部として含まれる文学的なものは、いつも全体である理論を包摂する共通構造でもある」[*14]という事態はこのことを指している。

　これは非常に野心的な主張であり、たぶんにデリダ、ド・マンに学んだ形跡はあるものの、これまで明示的には表明されたことのない立場である[*15]。ここにおいて明白に、対象概念・分析手法・評価理念などの理論構成は消え失せ、自己言及的な論述と、あらゆる外部の言説とが交通の中に置かれる。そこでは、文学作品のような特定の対象は、あってもなくても構わない。実のところ、これは最初に述べた「人文学」「言語芸術」「研究」の曖昧な幅を持つ「文学」に対処するための、最も包括的でかつ繊細なプランかも知れない。なぜならば「文学」はいずれにしても、研究者・読者・受容者の介在・参与を抜きにしては成立しえない、「開かれた作品」だからである。従ってそれは常に、「理論」であると同時に「メタ理論」でなければならない。こうして文学理論は、「開かれた作品」のモビールとして、自らを崩し続ける。

理論など要らない、という人もいる。おそらく、言葉や文学に熟達した人、概念枠に自覚的にならずとも発話できる人、大人《たいじん》には、文学理論は必要ないのだろう。そうではないような者、特に、自らの無学・未熟を意識し、自分の発話が常にふいになる経験と危懼を抱く者にとって、それは心強い杖となる。

＊注

1 ウンベルト・エーコ『開かれた作品』（一九六七、篠原資明・和田忠彦訳、一九八四、青土社）。

2 鈴木貞美『日本文学の成立』（二〇〇九、作品社）。

3 ジョナサン・カラー『文学と文学理論』（二〇〇七、折島正司訳、二〇一一、岩波書店）、一頁。

4 貝澤哉・野中進・中村唯史「序　文学理論の世紀のあとで——ロシア・フォルマリズムを新たな視点から読み直すために」（同編著『再考　ロシア・フォルマリズム——言語・メディア・知覚』、二〇一二、せりか書房）、六頁。

5 ピーター・バリー『文学理論講義——新しいスタンダード』（二〇〇九、高橋和久監訳、二〇一四、ミネルヴァ書房）、一頁。

6 中村三春「表象テクストと断片性——カルチュラル・スタディーズとの節合」（『フィクションの機構 2』、二〇一五）、及び『現代思想』（二〇一四・四臨増、「総特集＝スチュアート・ホール」増補新版）参照。

7 前掲書（4）及び『思想』（二〇一三・七、特集「ポール・ド・マン——没後30年を迎えて」）参照。

8　カラー前掲書（3）、五五頁。
9　アラン・ソーカル、ジャン・ブリクモン『「知」の欺瞞――ポストモダン思想における科学の濫用』（田崎晴明・大野克嗣・堀茂樹訳、二〇一二、岩波書店）。
10　村上陽一郎・野家啓一「対談　サイエンス・ウォーズ――問いとしての」（『現代思想』一九九八・一一）、四七頁最下段。
11　ジョナサン・カラー『一冊でわかる　文学理論』（一九九七、荒木映子・富山太佳夫訳、二〇〇三、岩波書店）。
12　西田谷洋『学びのエクササイズ　文学理論』（二〇一四、ひつじ書房）。
13　カラー前掲書（3）、六頁。
14　カラー前掲書（3）、四二九頁。
15　これに近い構想を、「自己言及システムの文芸学」（中村三春『フィクションの機構』、一九九四、ひつじ書房）において素描したことがある。

［付記］本稿は、推敲を加えて、中村三春『フィクションの機構2』（二〇一五、ひつじ書房）の「序説　根元的虚構論と文学理論」に取り込まれており、内容には重なる部分がある。

生成論／本文研究

松澤和宏

ミネルヴァの梟は夕暮れを待って飛び立つという哲学者の言葉を裏付けるように、活字文化の黄昏を迎えつつある今日、作家の草稿への関心と研究が徐々に本格化している。草稿は、作家の彫心鏤骨の執筆過程で破棄された下書きであり、所詮は創作の抜け殻のようなものと一般に考えられがちであったし、今日でも依然としてそうであろう。しかし作家の草稿は、この種の通念を覆す力を秘めている。とりわけ推敲の跡がおびただしい草稿を眼前にすると、創作の不穏な現場に立ち会っているような生々しい臨場感に襲われ、独特の感興をそそられるものである。白い紙の上では作家の胸の奥に湧いてきた表現衝動とそれを迎え入れる言葉とのせめぎ合いと一致の織りなす烈しい劇が展開されている。草稿は、整列した活字のとりすました表情からは窺い知ることのできない創作のドラマに満ちた貴重な資料なのである。もっとも草稿が作品本文の生成過程の所産として姿を現してくるのは、きわめて歴史的な現象であることを忘れてはならないだろう。近世以前の古典文学の領域では、作者の原本は存在せず、書写によって異同を含んだ諸々の異本が伝播していったのである。書写による社会的伝達過程において主要な役割を果たすのは写本者であって、作者ではない。そこでは本文の流通過程がそのまま異本の生成過程となっている。中世の写本から近世の古活字本、板本を経て近代の活字印刷が支配的になると、テクストの生産過程と流通過程は切り離されてくる。社会に流布する活字テクストと作家の私的な時空間で書かれる手書きの自筆草稿という二元体制が近代の活字文化とその下で開花した近代文学とを支えてきたのである。一人で白紙に面した近代的な書き手は、自ら書いたものを読み返しては書き直すという、いわゆる推敲と呼ばれる作業にはじめて本格的に従事することになったのである。活字本文の誕生には必ず本文を量的に凌ぐ草稿が費やされてきたはずであるが、その存在は久しく等閑視されてきた。活字の整列する作品本文の奥底には漆黒の闇が広がっていて、日の目を見ない無数の言葉がざわめいているのではないだろうか。近代の作家はむしろそうした広大な闇から創造の泉を汲みあげてきたと考えられよう。

生成論は書くという活動を経ずには作品の本文は誕生しないという自明でありながら久しきにわたって等閑に付されてきた「事実」を自覚的な出発点に据えると同時に、批判的討究の対象ともする——なぜなら「事実」とはそれを対象として措定する知的操作と無関係に存在しないであろうから——のである。日本では宮沢賢治研究を嚆矢とする生成論——フランス語圏では la génétique, critique génétique、英語圏では genetic criticism と呼ばれる——は、一九七〇年代前半のフランスで呱々の声をあげた。ラディカルなプログラムを掲げたパリの近代テクスト草稿研究所（略称 ITEM）を中心としたフランスの生成論は、そのポレミックな挑発性によって、今日の欧米での草稿研究に陰に陽に影響を及ぼしている。草稿の歴史的位置づけや生成論の意義や射程について考察したものとしては、作家別の研究書を除くと、松澤和宏『生成論の探究——テクスト・草稿・エクリチュール』（二〇〇三、名古屋大学出版会）や戸松泉『複数のテクストへ――樋口一葉と草稿研究』（二〇一〇、翰林書房）、『近代文学草稿・原稿研究事典』（二〇一五、日本近代文学館編、八木書店）がある。これらの研究成果を踏まえつつ、生成論の方法や理論とその歴史的背景を紹介し、いくつかの問題点を記しておこう。

フランスにおいても日本と同様に、草稿は幾つかの例外的な研究を除くと、本文校訂のための二次的な参考資料と見なされてきた。フランスにおける生成論的研究の誕生の経緯については、拙著『生成論の探究』で触れたので、ここではその主要な特徴について述べるにとどめよう。フランス生成論のラディカルな性格は、最終稿（作品本文）の物神崇拝の拒否と生成プロセスの自立化という点に顕著に見られる。書く営みとしてのエクリチュールと最終稿へ向かうテクスト化とを理論上区別して、前者を複数性の実践と捉え、後者を作家が読者に読まれることを意識した刹那に始まる目的論的過程と見なした。このパースペクティヴのもとでは、草稿は活字の整列する線条性の秩序を逸脱する複数の可能性が試行される特権的な場として出現し、それ自体が研究の対象となる一方で、テクスト化の過程は、エクリチュールが豊穣な複数性を失っていく色あせた過程として捉えられる。加筆や削除の存在は、書くという営みに漲る複数性を実証するものであり、無形の力に満ちたこのエクリチュールを最終稿の軛から解き放つことが課題として掲げられるのである。複数性の証言である加除のみならず文字の配置までも可能な限り忠実に復元するディプロマティックな生成批評版を顕揚し、従来の校訂版や生成資料の目的論的解釈を批判の俎上に載せてきたのである。

このように述べてくると、フランスのラディカルな先進性と日本の後進性というお決まりの構図が浮かんでくるように思われるかもしれないが、事態はそれほど単純ではない。そこにはフランスと日本での生成研究がそれぞれ置かれている歴史的文脈の相違が横たわっている。草稿と本文との位階を廃棄して、すべてのバージョンを等価なものと見なすという一見すると革命的でアナーキーなフランス生成論の背後に控えているのは、一九六〇年代後半から七〇年代にかけてバルト、デリダ、クリステヴァ等によって華麗に展開されたテクスト論である。最終稿／エクリチュールという対立は、バルトによる有限な作品／無限の意味作用を湛えるテクスト、あるいはクリステヴァによるフェノテクスト／ジェノテクストの二分法にほぼ重なると言ってよい。ここで注目しておきたい点は、テクスト論がこの二分法にフロイト的な意識／無意識的欲望の関係ばかりではなく、資本主義社会に流通する商品と生産的労働との関係を重ね合わせようとしたことである。フランス生成論におけるエクリチュールや生成プロセスという鍵概念の淵源は、まさにこの生産的労働という概念にある。この考え方を分かりやすい例をあげて説明してみよう。或る文字の連なりをどのような紙に何色で書こうと、またどのような大きさ、書体、筆記用具を用いようと、その意味は変わらないと一般には見なされる。この場合、表現面＝シニフィアンとしての文字および書くという行為は、意味＝シニフィエによって掩蔽される仕組みとなっている。テクスト論は、そこに資本主義社会における抽象的な交換価値＝シニフィエによる具体的な使用価値＝シニフィアンおよび生産的労働そのものの抑圧を看取する。交換価値に還元されて流通する商品が生産的労働の物化＝疎外の所産であるように、作品本文もエクリチュールの歴史的な疎外形態にほかならない、ということになる。こうしたテクスト論を継承したフランスの生成論にとって究極の標的は、大文字のテクスト、すなわち聖書の権威と伝統であった。我が国の文学研究者にはなかなか理解しにくい側面である。

ところが近年フランスでは、テクスト論の後退とともに、ITEM もトーンダウンを余儀なくされている。理論的には、「労働過程は、使用価値を生産するための合目的的な活動であり、(中略) 人間生活の永遠的な自然条件であり、(中略) 人間生活のどのすべての社会形態にも等しく共通したものである」(『資本論』第一巻第三編第五章第一節「労働過程」) というように、マルクスが合目的的実践として捉えた労働をテクスト論が「意味以前的なもの」「還元不可能な複数性」の実践と読み替えた点に大きな問題点があったと言えよう。テクスト論の理論上の難点は、生成論においては語の選択と配列における書き手の価値判断という精神の営みの軽視という形で現れているように思われる。ほとんどの作家は複数性を顕揚するために書くわけではなく、自分でも十全に意識化し明確にすることのできない表現と意味を探し求めている。光彩陸離たる未知の言葉はこの世に存在しない以上、作家は手垢にまみれた言葉のなかでの暗中模索を余儀なくされる。すなわち様々な表現を比較考量するしか方法はないのである。作家は、複数の可能性のなかに身を置きながらそれらの差異にその都度価値判断を下して語を選択し配列していく。ソシュールが説いたように、語の価値は差異によって生じるからである。こうした一語ごとの価値判断の連続的行為は、既成の言葉や制度の桎梏からの解放などといった俗耳に入り易い言葉で要約されるような性質の営みではない。水の抵抗を利用してこそ水の中を進むことができるように、既成の言葉は新たな表現を生み出していくうえで欠かせない条件であり、跳躍台のような機能を果たしている。このように執筆過程を捉えると、一切の目的論から解き放たれた、純粋な生成途上のエクリチュールを草稿に見て取ろうとすることには無理があるということになる。肝要な点は複数性それ自体を理念として顕揚することではなくて、「複数性のなかでの差異（価値判断）こそが問題となる」（戸松泉、前掲所、二四頁）のである。

日本では遺族や関係者が作家に寄せる敬愛の念に支えられて、草稿の散逸を防ぐ努力が重ねられ、作家に寄り添いながら、嘉部嘉隆、檀原みすず編『森鷗外「舞姫」諸本研究と校本』（一九八八、桜楓社）のような文献学的研究も孜孜として蓄積されてきた。しかしながら、だから批評的考察は無用だということにはならないだろう。ある作家の手書きの資料を眼前にして、それがそもそも刊行を想定したテクストの生成資料であるのかどうかを調査する必要がある。ついで生成資料であるとすれば、まずどの執筆段階に属する資料なのか、メモなどが書かれる構想段階なのか、下書きの書かれる前刊行段階なのか、初出や初版などの刊行段階なのか、資料相互の関係を押さえながら確定していく必要がある。このような執筆段階と資料類型の確定作業は、すでに作家論の枠組みを超えた本文と草稿との関係についての理解を暗黙裡に前提としているのである。

現在生成論的研究が直面している課題を二つほど指摘しておきたい。

まず草稿の生成批評版について。ここ一〇年余りの間に限っても『宮澤賢治　新校本全集』（一九九五―二〇〇九、筑摩書房）や『新編　中原中也全集　第一巻』（二〇〇〇、角川書店）、『決定版　三島由紀夫全集』（二〇〇〇―二〇〇六、新潮社）など草稿を丹念に収録した全集や「中島敦文庫直筆資料　画像データーベース」（二〇〇九、神奈川近代文学館）のようなデジタル・アーカイブの刊行が相次いでいる*1。文献学的な次元では、『校本宮澤賢治全集』（一九七三―一九七七、筑摩書房）をもってその嚆矢とする加除を復元する生成批評版は電子テクストのお陰で作成が容易になってきた。だが、草稿における文字の布置までも復元するディプロマティックな版を唯一最良のものとして崇める必要はない。精密さを自己目的化して追求すれば、研究者が引用することの不可能な複雑極まりない生成批評版に行き着くことになり、本文に代わって草稿を神聖不可侵な権威に仕立て上げてしまいかねない。そこにはやはり根深い作家崇拝が潜んでいよう。これはフランスで研究者が実際に直面している問題である。生成批評版は、その目的や読者、そして資料の状態に応じて様々な形態が柔軟に採用されるべきであろう。

第二に、生成資料をいかに解釈するか、というより文学的な問題がある。長い間本文校訂やいわゆる書誌学と解釈の営みとは分業を守ってきた。校訂作業が解釈に左右されずに、技術的な錬磨を重ねることに専心できたのもこの分業のお陰であるが、草稿は解釈の側からは久しく遠ざけられてきた。

フランスの生成論の歴史的意義は、ラディカルな理論の提示ではなく、草稿という新たな解釈の対象の発掘を通して、文献学と解釈学を架け橋する必要性を果敢に示したことにあったのではないだろうか*2。生成論に求められていることは、書くことが顕現させる複数性の明滅を見据えながらも、作家の執筆が追求した方向や模索していたものの輪郭を一歩一歩追尋し、理解に努め、さらに評価にまで進み出ること、すなわち文献学と解釈学を統合し総合することである*3。生成過程を本文の分析に直接投影する生成研究の乱用を防ぐためには、「本文の成立プロセスと成立後の本文の構造分析とは明瞭に区別されるべきである」*4。この区別を踏まえたうえで、成立プロセスの研究が本文だけでは見えにくいコンテクストを明らかにし、そのことによって本文解釈の更新や深化を促すことにこそ、生成論的研究の醍醐味があると言うことはできるのではないだろうか。言い換えれば、本文の成立プロセスと本文の構造分析との間には、本文解釈という第三の領域が存在している。そして解釈の拓く意味の地平の広がりとともに、生成研究は本文と草稿という枠を自ずと超えて、作家、文化、社会、歴史の重層化するコンテクストに開かれていく。この点で草稿を、生成過程の物質的痕跡としてエクリチュールの名において排他的に特権化するフランス生成論に、精神の次元を軽視する唯物論的テクスト論の負の遺産を見ることができよう。

　ここで研究者が最終稿Dに関する一定の価値評価を出発点にして、生成過程を遡っていくと仮定しよう。これを図式化するとつぎのようになろう。

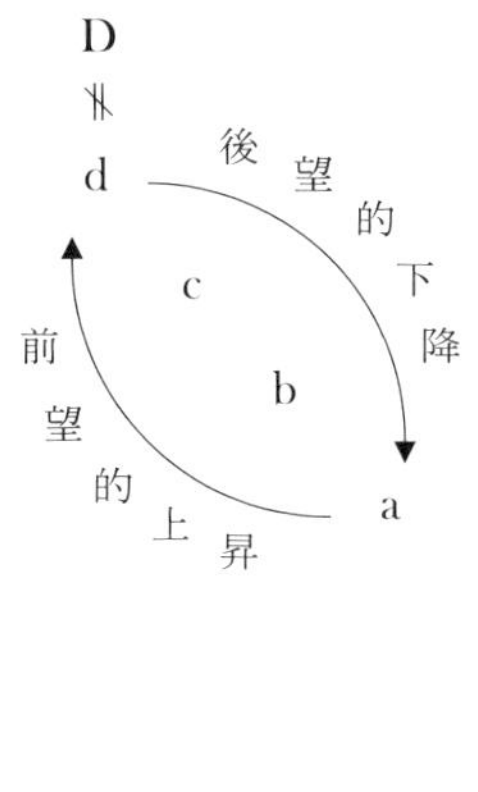

　最終稿Dはまずは生成過程の終局dとして位置付けられる（D=d）。分析的後望的な下降

の過程（d→c→b→a）を通じて端緒a（例えば初期構想メモやプラン）に辿り着き、そこから生成過程の復元としての前望的な上昇過程（a→b→c→d）を経て再び出発点であったdに還帰する。後望的な遡行過程とそれに媒介された前望的な生成過程とが縫い合わされるようにして生成研究は織り成されていく。二つの過程を経ることによって本文の解釈や評価に相違が生じる時、出発点Dと帰着点dとの間に不一致が生じたことになる（D≠d）。その場合には円環構造は螺旋的な展開に変貌を遂げたことになる。

こうした問題に取り組んだ論考として、戸松泉前掲書に収録されている「「たけくらべ」複数の本文」（季刊『文学』一九九九・一）や「註釈としての〈削除〉「山椒魚」本文の生成について」（『日本近代文学』第69集、二〇〇三・一〇）を挙げることができる。後者は、末尾に和解を読み取る通説に抗して、山椒魚と蛙との間に生じている齟齬を本文の改変に即して丹念に炙り出している秀逸な論考である。山椒魚との間には対等な関係がないがゆえに、和解は成立しないと蛙は命がけで判断しているのだが、頭でっかちの山椒魚はこのことに最後まで気づかない。後年の井伏による末尾の削除は、和解説に対する作家の側からの批判的註釈であるという大胆かつ緻密な仮説が提示されている。興味深いのは、山椒魚と蛙の関係が、結末に和解を読み取ろうとする読者と和解説を拒む作家との関係を鏡のように映し出していることである。作家と読者の間に生じる齟齬のアレゴリーとして、この短編を読むことができるのではないだろうか。栗原敦「「銀河鉄道の夜」最終形の生成と「「或る農学生の日誌」」（『實践國文學』二〇一三・一〇）は、最終形においてジョバンニの町での暮らしが付け加えられたのは、「「或る農学生の日誌」」ですでに志向されていた「写実小説」的な試みに先導されたものと分析し、その結果ジョバンニが天上の旅と地上の暮らしを二重に背負って生きるという重層的表現構造がもたらされたという最終形への生成の核心に迫る解釈を提示している。十重田裕一「分裂した本文の軌跡」（『文学』二〇一〇・九―一〇）は、横光利一「純粋小説論」が「感想」と「論」の間を揺れ動きながら執筆され、校正段階で表題「純粋小説について」の改変が行われた過程をたどり、「文芸復興」が叫ばれた当時の歴史的社会的文脈が本文改変を促す要因となっていたことを明らかにしている。渡部麻実の「堀辰雄「風立ちぬ、いざ生きめやも」」（『国文目白』二〇一三・五）は、万葉集関連蔵書への書き込み調査によって、堀が古代人とリルケとの間に死生観上の近似を発見したこと、そしてこの発見が鎮魂のモチーフとして『風立ちぬ』の生成プロセスに底流していることを明らかにした論考であり、『流動する本文　堀辰雄』（二〇〇八、翰林書房）以後の著者の研究の深まりが示されている。井上隆史「なぜ草稿を読むのか、どのように草稿を読むのか」（『文学』二〇一〇・九―一〇）および『幻の遺作を読む　もう一つの『豊饒の海』』（二〇一〇、光文社）は、『豊饒の海』の結末が草稿に書かれていたハッピーエンドの構想とは表向き正反対である点を掘り下げて検討している。私見では、末尾の一文「庭は夏の日ざかりの日を浴びてしんとしてゐる。」は改行されており、「記憶もなければ何もないところへ」来てしまったという本多の主観に必ずしも還元できない描写として読める。語り手は、清顕との不幸な過去を話題にすることを拒む聡子の気持ちを忖度できない本多の観念性を暴きながら、改行とともに、視点人物の本多から離れて微妙な距離を取ったように思われる。この庭は、救済か虚無かという二項対立に囚われている本多の観念世界をも相対化してしまう第三項を表象しているのではないだろうか。

以上駆け足で主に近年の生成研究の動向をみてきたが、書く営みの目的――すなわち作品の完成と刊行――ではなく、書くことを促す根源とは何なのかという問いがやはり最後に残る。草稿は、作家の精神と言葉との間で葛藤と一致のドラマが繰り広げられる現場である。書く行為において、作家の精神は書かれつつある言葉と無関係に超然と存在しているのではない。言葉は精神にとってたんなる道具ではなく、精神と言葉は手を介して密接に連動していて分かち難い。しかしながら精神と言葉は、魂と肉体がそうであるように、不可分でありながら同一ではない。二にして一、一にして二という幽遠な関係が、書くという行為を不断に促し導いている。草稿において顕在化してくる複数性は、直接的には精神の働きに由来するが、精神がその目的意識性によって複数性を完全に統御できるわけではない。しかしその複数性は意味以前の萌芽状態の混沌でもないだろう。書く営みによってその都度呼び醒まされるものとは、様々な陰影を帯びた意味や文化的記憶が幾重にも折り重なって沈殿している言語、ソシュールがラ・ラングと呼んだものにほかならない。作家個人の精神を遥かに凌駕し貫通する言語というこの存在に生成論者は思いを馳せなければならないのだが、これはすでに方法論の埒を超えた存在論的な問題と言うべきであろう。

＊注

1　作家研究の枠組みを超えて生成研究を考察した近年のものとしては、以下のようなものがある。「草稿とテキスト——日本近代文学を中心に」（『報告集1』、一九九九・一〇、大妻女子大学テキスト草稿研究所）、『日本近代文学』第69集（二〇〇三・一〇）の「特集「本文」の生成／「注釈」の力学」や、『文学』（二〇一〇・九—一〇）の「特集　草稿の時代」、フランス文学研究者の論文集『文学作品が生まれるとき』（二〇一〇、田口紀子・吉川一義編、京都大学出版会）振り返ってみると、季刊『文学』（一九九一・四）の「特集　手で書かれたもの」が近代の活字文化における草稿と本文の関係をめぐって再考を促すきっかけの一つとなったように思われる。

2　フランスの、特にITEMの生成論の歴史的思想的背景については、松澤和宏「草稿の解釈学」（『文学』二〇一〇・九―一〇）を参照していただければありがたい。

3　テクスト論と生成論の解釈学への統合を図った試みとして、松澤和宏「テクストの解釈学」（松澤和宏編『テクストの解釈学』二〇一二、水声社）を参照されたい。

4　安藤宏「「もう一つの物語」としての肉筆資料――『人間失格』を例に」、『文学』二〇一〇・九―一〇、一一一頁。

II

作者とその歴史

作者論

中村三春

ここでは、「作者」と「作家」との概念上の差異と、「作者論」及び「作家論」の理論的な定位を試みる。まず「作家論」の理念に対して検討を加えてみよう。

「作家論」の由来

「作家論」という言葉は広く用いられているものの、他の術語、例えば「文学」や「主題」や「批評」などの言葉にも似て、またそれら以上に、曖昧で不確定的な方法論を指すものでしかない。「作家論」という用語は、「この研究は作品論ではなく作家論だ」とか、「ここでは歴史的観点だけでなく作家論的な見方が必要である」などのように、他の方法との対比によって、ある範囲を漠然と指示する場合には、漠然としてはいるが有効性が高い。しかし、「作家論の方法とは○○である」と一義的に説明することは難しい。「作家論」とは、何らかの方法ではあっても特定の方法論ではなく、ましてや体系的な理論ではない。それはむしろ、一つの、または複数の理論や方法論に基づいて、総体として作家論として通用する結果を出すような方法にほかならない。従って、「作家論」の現在とは、それらの理論・方法論の現在に接続されるのであり、それらの理論・方法論の実践としての「作家論」という器そのものは、強弁すれば近代文学研究の出立以来、あまり変わらずに続いてきたとも言えないことはない。

平成二年のことであるから、四半世紀前に発行された學燈社の『國文學　解釈と教材の研究』（一九九〇・六）には、「作家論の方法　進め方と実例」の特集が組まれている。そこには、一五項目の方法論と実例が並ぶ。実例（作家）と論者は省略してトピックのみを列挙すると、「伝記研究」「風土と文学」「文学史のなかで」「思想の源泉」「宗教と文学」「方法をめぐって」「文体・表現から」「作品から作家へ」「反近代の作家」「文学と実生活」「異界と幻想」「古典と近代」「作品の構造から」「感性の形式」「歴史小説の方法」と並んでいる。ここには、およそ近代文学の研究において伝統的に行われてきた方法論の大半が含まれている。他方、一九九〇年であれば、語り論、テクスト論、ジェンダー批評、読者論や、あるいは都市論、身体論などの理論も既に広く普及していたが、それらは少なくとも見出しには挙がって来ていない。その後の九〇年代以降盛んになるカルチュラル・スタディーズやポストコロニアリズムなどはむろん入っていない。概ね、編集の傾向として、作家論の細目といえばこの特集で取り上げられた事項を指し、後に挙げた理論群とは対立するという感覚が看取できるかも知れない。

同誌の巻頭には、当時おそらく正反対の理論的立脚点に立つと見なされていた三好行雄と蓮實重彦の対談「『作者』とは何か」が置かれていて、案の定、両者の話はほとんどの話題においてかみ合っていない。三好と小森陽一らとの間でテクスト・作品・作家などの概念をめぐる論争が漱石の『こゝろ』を題材として行われたのは、たかだかその二年前であった[*1]。同誌のこの特集が、その論争の渦中もしくは余波の中にあって機能するように構想され、実際に機能したと考えても無理ではないだろう。しかし、それでは語り論・テクスト論・ジェンダー批評・読者論などは、当時、たぶんそう信じられたように「作家論」とは相容れないものかといえば、現在の観点からはあながちそうとは思われない。今、「作家論」の現在を問うならば、そのポイントはここにあるのではないだろうか。

「作者論」と「作家論」

その問題を論じる前に、現代における「作者」概念の転回の歴史について触れなければならない。「作者というのは、おそらくわれわれの社会によって生みだされた近代の登場人物である」とは、ロラン・バルトの有名な「作者の死」(一九六八)の一節である[*2]。ここからバルトが「作者の地位を読者に返すこと」によって作者の支配を揺るがすことを提起し、それらの思想が日本に渡って、前述のような論争を呼び起こし、諸方面に亙って理論再考の呼び水となったことは周知の事柄である。しかし、実際のところバルトは、「作品からテクストへ」(一九七一)の方向に従ってテクスト概念の精査へと向かったものの、作者・作家概念については、それ以上の理論化はなされていない。

一方、「作者の死」の次の年に発表されたミシェル・フーコーの「作者とは何か?」(一九六九)は、バルトと同様の出発点ながら、むしろ〈機能=作者〉(fonction-auteur)の発想を提起し、その機能を、〈作品中の事件の説明〉、〈統一性の原理〉、〈諸矛盾の超克〉、〈表現の中心〉などとして抽出した。ただし、今はその内実を検証することではなく、フーコーがそこで次のように述べていることを注視したい。すなわち、「機能としての作者は言説の世界を取りかこみ、限定し、分節する法的制度的システムに結びつく。それは、あらゆる言説の上で、あらゆる時代を通じて、文明のあらゆる形態において、一律に同じ仕方で作用するものではない」*3。この提言を考慮に入れるならば、次のような定義のあり方が成り立つだろう。すなわち、第一に「作者論」とは、対象において何らかの〈機能＝作者〉に着目する論である。ということは、第二に、その〈機能＝作者〉に求められる機能が覆う範囲に応じて、その理論・方法論は多様とならざるを得ない。「作者」をめぐる言説の幅の広さは、一つにはここにその淵源を認めることができるかも知れない。

ところで、バルトもフーコーも《auteur》の語を用いており、その訳はいずれも「作者」であった。「作家」と「作者」はどう違うのか。通例、広く「作家論」の言葉は使われていても、「作者論」には特殊用語（術語）のニュアンスがあるように感じられる。「作者」は右に述べた〈機能＝作者〉の意味で専ら機能として理解され、具体的には「ある作品（群）の作者」の意味となる。それに対して「作家」は、そのような作者概念を、その人の人生において（質・量の幅はあっても）相当程度に身に負った人であり、典型的には職業としての「作家」を指す。従って概ね、内包において作家概念は作者概念を必ず含むが、その逆は成り立たない。この区別はフランス語（あるいは英語）では文脈上で行われるのに対して、日本語では語彙の区別として比較的、明示的になされている。例えば、文〈『暗夜行路』の作者は志賀直哉である。〉に「作家」の語を用いることはできなくはないが、〈志賀直哉の職業は作家であった。〉の意味で「作者」は使えない（例外や時代による変化はあるだろう）。

従って、「作者論」は〈機能＝作者〉における一つの、あるいは多様な機能に論点を絞った技術的研究の要素が強いのに対して、「作家論」においては、むしろ書き手であるところの人間に対する興味が強くなるだろう。「作家論」に、右の特集項目でいえば「伝記」「風土」「思想」「実生活」などの要素が強くなるとすれば、それはこの〈作者＋α〉としての作家の伝統的な意味が注目されるためである。極言すれば、それは職業人としての、社会的存在者としての作家である。それらの要素が伝統的なものと感じられる限りにおいて、「作家論」はオーソドックスな、悪く言えば古めかしいものとして受け止められることになる。しかし、それでもなお、作家概念に包含されるところの作者概念における、何らかの現代的な〈機能＝作者〉の問題に配慮がなされるのであれば、「作家論」はそれに応じた現代的な説得力を獲得するだろう。ただし、繰り返すならば、例えばテクスト分析や地政学的観点などが必要な場合にそれを捨象するような「作家論」は、現在においては高く評価されることはないだろう。「作家論」は、「作者論」（〈機能＝作者〉論）を包含することを忘れてはならず、むしろそれに着目することによって、その強度を増し、その現在性を更新すると言わなければならない。

現代的な「作家論」

従って、「作家論」及び「作者論」の方法は、〈機能＝作者〉を論述する枠組みに応じて相対的となり、また時代や文化、あるいは人によって概念枠が変われば、その枠組みも、またそれが有効性を認められる枠組みも変化するのは当然のことである。すなわち、「作家論」「作者論」の現在は、〈機能＝作者〉論の現在と言い換えることができる。今日では、「作家論」と見なされる論考において、例えばポストコロニアリズムやジェンダー批評の要素が、それらを必要とする局面において全く介在しないということは考えがたい。また、かつて「作家論」とは対立するものとして受け取られた語り論、テクスト分析、読者論なども、多様な意味での語り、テクスト、読者などの要因が〈機能＝作者〉の機能の範囲にあるものと認められるならば、決して除外すべき必然性はない。要するに、「作家論」はその時代に行われる方法論の全般と交流する、総合的な方法なのである。ただし、その方法が、何らかの〈機能＝作者〉の問題と関わることを抜きにしては、その論は有効性と論争性を備えたものとしては成立しない。

別のところで既に述べたことであるが[*4]、「テクストとは、無数にある文化の中心からやって来た引用の織物である」（バルト「作者の死」）という文における「引用」の中身に、作者の情報や何らかの〈機能＝作者〉の要因が充当されても何ら問題はない。その意味で「作家論」は例えばテクスト分析とも、実は決して矛盾しない。あるいは「作家論」は、同時に作品論でもジェンダー批評でもポストコロニアル批評でもありうるのだ。だが、いかなる方法論的な手続きも踏まずに、無前提に作者の言い分（自作評や書簡・日記の記述など）をそのまま解釈としたり、作品に代えて論者が再構成した作者の意図なるものを自明の理とするなどは、「作家論」の見地から見てさえ、今や不十分なのだというだけである。

そして、「作家論」「作者論」であれ他の何々論であれ、方法や方法論の正しさだけから結果の正しさを予測することはできない。極端な場合、逆に、正しくない方法や方法論から正しい結果が得られることすらないとは言えない。このことは、理論というものがそもそもどのような性質の思想なのかというメタ理論的な領域へと、論者を連れ戻す問題でもある。そもそも、論述における「正しさ」（あるいは「有効性」）とは何であるかの評価もまた、理論的な係争のうちにある[*5]。方法論の現在は、常にそのように根元的な相対性において理解される必要があるだろう。従って、「作家論」「作者論」は勿論のこと、もはや「〇〇論」とか「〇〇批評」などのラベリングは不要であり、また無意味なのではなかろうか。「作家論」「作者論」がそうであるように、どのような方法（論）も、場合に応じて可変的であり、また複合的であるほかにないのである。

しかし、現在においては、そのように実践的な複合性を備えた「作家論」の研究には事欠かない。多数の例から一つだけ挙げれば、志村三代子の『映画人・菊池寛』（二〇一三、藤原書店）は、映画に関わる内容から、いわゆる「視覚芸術論」的な方法などということになるのだろうか。だが、映画が「総合芸術」と呼ばれ、また同書が取り上げているのが文学と映画との間のいわゆるメディア・ミックスであるからということだけでなく、そもそも同書は根底において総合的で複合的な方法に依拠しており、それでいて最終的には菊池寛という作家（文字通りの〈作者＋α〉）の全体像に迫ろうとするものである。同書は、小説家であると同時に文藝春秋社の起業家でもあり、またサイレントからトーキーに移行する時期に日本映画の製作と振興に深く関与し、小説を執筆することによって映画に原作を提供するのみならず、『映画時代』『日本映画』などの映画雑誌を発刊し、戦後も大映において占領軍＝ＣＩＥ（民間情報局）と渡り合った一人の人物の軌跡を一本の縒り糸として編まれていることは確かである。その点においてこれは確実に作家論なのだが、他方、そこには映画における恋愛や接吻の取り扱いに関わるセクシュアリティの文化史、堕胎した女優の処遇をめぐるメディア報道や母性にまつわるジェンダー批評、「昭和の軍神」や映画中の天皇表象についての戦時下文化論などが、映画史・映画分析・文献操作の基礎の上に展開されているのである。これは在来の方法のいずれをも受け継ぎ、しかもいずれにも束縛されない、優れて現代的な「作家論」の好例と言うことができる。

＊注

1　押野武志「『こゝろ』論争の行方」（小森陽一・中村三春・宮川健郎編『総力討論　漱石の「こゝろ」』一九九四、翰林書房）参照。

2　ロラン・バルト「作者の死」（一九六八、花輪光訳、『物語の構造分析』一九七九、みすず書房）。

3　ミシェル・フーコー「作者とは何か？」（一九六九、清水徹訳、『作者とは何か？』一九九〇、哲学書房）。

4　中村三春「〈作家／作者〉はなぜ神話化されるのか——文芸解釈の多様性と相対性」（日本近代文学会関西支部編『作家／作者とは何か——テクスト・教室・サブカルチャー』二〇一五、和泉書院）。本稿は、この内容の延長線上にある。

5　中村三春「係争中の主体——論述のためのミニマ・モラリア」（『係争中の主体　漱石・太宰・賢治』二〇〇六、翰林書房）参照。

作家研究

関口安義

なぜ、作家研究か

研究誌『日本近代文学』編集部からの依頼は、前号第九〇集の本欄「方法論の現在」に載った中村三春氏の「作者論」に内容的に重複しない形で書いてほしい、「個別の作家（作者）を研究する際にどのような要件（作品の読み、伝記研究、社会・時代的文脈等）が重視されてきたか、あるいは作者を研究することと作品を研究することの間にどのような連関があるのか」を、わたしの専門とする芥川研究を中心に述べてほしいというものである。そういえば本誌第八九集の本欄には、山崎一穎氏の「伝記研究」という項目もあった。むろんこの項との重複を避けることも含んでの依頼であろう。突き詰めるなら、わたしの芥川龍之介を中心とした研究の総括を含めての「作家研究」とはなにか、その目指す方法論を語れという注文でもあるようだ。

わたしはこれまで『芥川龍之介とその時代』（一九九九、筑摩書房）をはじめ、豊島与志雄・松岡譲・

成瀬正一・恒藤恭・藤岡蔵六・長崎太郎などの研究をまとめ、いままた彼らと同じ時期に一高に学んだ矢内原忠雄の研究を『都留文科大学研究紀要』に長期連載中である。対象とした人物は小説家ばかりでなく、フランス文学の研究者・法哲学者・哲学者・教育者・経済学者と部門を越えている。書物として最初にまとまったのは、『評伝豊島与志雄』（一九八七、未来社）であった。右に名を上げた人々は、豊島与志雄を除くと皆一九一〇（明治四三）年九月の一高入学で、豊島は前年の入学である。つまり一九一〇年前後に、当時の日本のエリート校、第一高等学校に入学した彼らが、その後どのような人生の軌跡を描いたのかに、わたしの関心は集中している。いうならば近代日本の知識人の精神史・思想史を、芥川龍之介を中心とした人物群像に焦点をあてて、考えようとするものであった。以下に〈なぜ、作家研究か〉を、わたしのばあいに即して述べることにする。

作品研究と作家研究

作品研究（作品論）と作家研究（作家論・作者論）は、決して二律背反のものではなかろう。文学の研究は、作品論が主で作家論は従などということもないはずだ。ロラン・バルトの『物語の構造分析』における「作者の死」の提唱には、それなりの意味があった。「読者の誕生は、「作者」の死によってあがなわれなければならないのだ」というバルトの提言には、重い問題が託されていた。それまで「作者」が「作品」の〈読み〉まで規定していた風潮に対し、「作者の死」の提唱は、〈読み手〉（読者）の〈読み〉の比重を増大させたことになる。これは文学の研究にとって画期的提言であったことは確かだ。ミシェル・フーコーも『作者とは何か』で、作者をテクストの創造者として権威づけることを否定する。

これらの提言に導かれた読者反応理論《リーダーレスポンスセオリー》の登場は、以後、作品論により有利に働くかに見えたが、文学の研究は作品研究（作品論）と作家研究（作家論・作者論）とが両々相俟って進展するものだとわたしは考える。一時テクストの〈読み〉は、作者をできるだけ遠ざけ、テクストの構造を体系的に説明すればよしという風潮を呼んだ。作家・作者の研究は、ここに後景化し、いわゆるテクスト論のもと読者の役割が前景化する。繰り返すがそれは〈読み〉の歴史において、画期的なものがあったのは確かである。わたし自身もそれらの理論の影響を受けて、『国語教育と読者論』（一九八六、明治図書）という本を書いている。

けれども、作家研究は、テクストの〈読み〉をより深める点でも重要である。「作者の死」を一方に意識し、新たに作者を復活することで見えてくるものがあるからだ。わたしは『評伝豊島与志雄』の前に、この作家のおおくの小説・童話・戯曲をとりあげて、『豊島与志雄研究』（一九七九、笠間書院）をまとめている。また、芥川研究では「羅生門」一作をとりあげて論じた『「羅生門」を読む』（一九九二、三省堂。新版一九九九、小沢書店）を書いているし、他にも、芥川のかなりの小説や随筆や紀行文について論じており、その上に立って前出の『芥川龍之介とその時代』や『芥川龍之介新論』（二〇一二、翰林書房）を刊行した。後者では検閲という公権力の介入との闘いが、テクストにいかにかかわるか、また世界文学という視点から芥川テクストを捉えようとする新しい視点を打ち出した。

近年批評活動の旺盛な柴田勝二に、『〈作者〉をめぐる冒険――テクスト論を超えて』（二〇〇四、新曜社）がある。そこで柴田は「機能としての作者」の視点を導入する。ここで扱われる谷崎潤一郎・大江健三郎・夏目漱石・大岡昇平・村上春樹らのテクストに関する論述は、作家（作者）の復権を意図し、「作者はテクストのなかで〈生き〉つづけている」ことを、そのテクストの〈読み〉を通して論証する。わたしは研究の基本として、作品研究（作品論）と作家研究（作家論）を部立てするのはよいが、両者は最終的には統一化されるものだと考えている。

学際的《インターディシプリナリー》な視点

では、個別の作家を研究するに際して、どのような要件が求められるのか。わたしは前述のように、近代日本の知識人の精神史・思想史を一九一〇年前後に第一高等学校に入学した人々に焦点を当てて研究を続けてきた。当初は芥川龍之介研究が中心で、彼をめぐる人々を後景として捉えることが目標であった。が、作家研究は、ターゲットとする作家一人を取り上げ、重点的に論じるだけでは、研究は深まらない。同時代の政治・思潮・哲学・宗教・教育を視野に入れて、周辺の人物をも群像として取り上げ、考えるのが必要条件だ。当然のことながらそこには学際的な視点が求められる。学際研究は作家（作者）研究の要諦である。具体的には同時代の哲学（特に新カント派やハイデッガー）・宗教（特にプロテスタントキリスト教と、浄土真宗の仏教）・歴史学・心理学などの成果に学ぶこと、さらには外国文学（中国文学・ロシア文学・英米文学・独仏文学など）の影響を精査することだ。

そうした中で、一高・東大では同期ながら、これまで芥川とのかかわりが、まったく無視されてきたような矢内原忠雄にも眼を向けるようになったのである。研究者の中には、芥川を研究対象としながら、矢内原忠雄が芥川と一高同期で、芥川の親友恒藤恭とその歩みに、生涯深い関わりのあることを知らない人すらいる。テクストの言説研究だけを自己目的化し、新資料の発見や学際研究に無関心な研究者は、意外と多いものである。それは、たこつぼ的日本の近代文学研究のもたらした弊害とも言えよう。

学際研究は、分野を超えて他の周辺人物研究にも及ぶものなのだ。それは芥川龍之介とは一見何のかかわりもないような、当時辺境とされた東北花巻を中心とする地で活躍した同世代の宮沢賢治を視野に入れることともかかわる。当初芥川を中心に置きながら、わたしの研究は次第にその周辺の人々に向かったのである。それは芥川という存在を確認する意味でも大事な行程であった。矢内原忠雄の研究も同様の意味からなのである。

わたしは矢内原忠雄研究を進める中で、無教会主義の人々の資料の多い今井館資料館（東京都目黒区中根一四―九）に通うようになる。ここに賢治と深い関係のある斎藤宗次郎の厖大な『二荊自叙伝』（その一部は、山折哲雄・栗原 敦編『二荊自叙伝』上・下として、近年岩波書店から刊行されている）をはじめとする関連資料があることを知るのであった。斎藤宗次郎は内村鑑三の高弟の一人とまで言われた。そして、言うまでもなく内村鑑三は矢内原忠雄の終生の師である。斎藤宗次郎はまた、矢内原忠雄と深いかかわりのある南原繁が終生信頼し、その東大総長就任の際や、困難に際しての祈りの会（総長室での）に招いた人物でもあった。わたしの賢治研究、広く言うならば、近代日本の知識人の精神史の研究は、こうした中で進展し、『賢治童話を読む』（二〇〇八、港の人）、『続 賢治童話を読む』（二〇一五、港の人）の二冊の賢治研究書を出すことにもなる。

詩人・歌人・児童文学者・教師・農業技師・鉱石研究家・宗教家の顔をもつ宮沢賢治と芥川は、どこに接点があるのか。これはちょっと立ち止まって考えて貰えるなら、すぐに分かることだ。龍之介と賢治は同時代を生きた人なのである。龍之介は一八九二（明治二五）年三月一日、賢治は一八九六（明治二九）年八月二七日の生まれ。その年齢差は四歳、まさしく同時代人である。近代日本の天皇制中央集権国家が急速に整えられつつあった時代に生を受け、生涯を送っている。

二人が生きた時代には、三つの戦争があった。日清戦争と日露戦争と第一次世界大戦である。時代は二人を含めた同時代人の文学や宗教や哲学に確実に刻印されていると言ってよい。彼らそれぞれの個性を対立・止揚させ、近代日本の知識人の精神史・思想史をさぐるという構想は、作家（作者）研究の新たな次元を拓く。龍之介と賢治という課題は、実に重く、興味窮まりない研究対象でもある。

これも学際研究の一つであろう。その基礎には的確なテクストの〈読み〉が求められる。ここに文学と歴史・宗教、科学、心理学などの研究が、対象とする存在との関わりの中で浮上してくる。一柳廣孝の好著『無意識という物語 近代日本と「心」の行方』（二〇一四、名古屋大学出版会）の第II部「芥川龍之介と大正期の「無意識」」は、心理学・宗教学・翻訳史など隣接諸学を踏まえて成立している。近年の学際研究の成果と言えよう。

国際的《インターナショナル》な視点

「作家研究」において学際的視点と共に大事なのは、国際的な視点である。それは従前からの比較文学的研究から、また、近年における日本文学の翻訳の〈洪水〉がもたらした現象としても認められる。芥川龍之介に関して言うならば、英語圏では二〇〇六（平成一八）年、ジェイ・ルービン訳 *Rashōmon and Seventeen Other Stories*（『「羅生門」ほか17編』）というアンソロジーが、イギリスの大手出版社、ペンギン社のペンギン古典叢書《クラシック・シリーズ》の一冊として刊行された。アメリカ・カナダ版も出て、英語圏ではよく読まれている。芥川の文学が新世紀に入って世界で再評価・再発見されるようになったのは、ひとえにジェイ・ルービン訳の英訳の出現による。以前から日本文学研究が盛んだったロシアでは、新世紀に入っての二〇〇二（平成一四）年には、ヒペリオン出版社から『芥川龍之介選集』が出ている。フランス・ドイツ・スペインでもアンソロジーの芥川龍之介選集の刊行は盛んである。

近隣の東アジアに目を向けると、中国では一九九〇年代から芥川作品の翻訳が相次ぎ、新世紀に入ると、二〇〇五（平成一七）年には、中国語訳初の『芥川龍之介全集』（高慧勤・魏大海編）全五巻が山東文芸出版社から一挙刊行されている。また紀行文『支那游記』（中国語訳『中国游記』）は、訳者の異なる三種類の訳本が大型書店の棚に並ぶ。その一冊、陳生保・張青平訳『中国游記』（二〇〇六、北京十月文芸出版社）の「導読」（解説）からは、学ぶものが多い。わたしは早く『特派員芥川龍之介』（一九九七、毎日新聞社）を書いて、芥川の中国旅行の意味を問い、『支那游記』再発見の先鞭をつけてはいたが、この解説には、日本の研究者には発想できない示唆に富む指摘がある。陳生保は「客観的に見て85年前の半植民地におかれた中国の実際の姿を捉え、記述している」と言い、「我々は芥川が一つ一つの場面を記録に残したことを感謝すべきだと思う。それらの場面は、当時の中国と中国人が蒙った苦難をドキュメントとして象徴的に示してくれた。これは我々中国人にとって忘れてはいけない歴史である」とも言う。芥川の冷静な眼が見た一九二〇年代はじめの中国叙述を的確に評価しており、ここには新たな歴史認識に支えられた芥川観が見られる。

韓国でも芥川全集（曺紗玉編、J&C出版社、全八巻の予定）のハングル化が進行中で、現在第六巻までが出ており、完成も間近だ。伊相仁《ユンサンイン》ほか著『韓国における日本文学翻訳の64年』（二〇一二、出版ニュース社）の書籍目録によると、韓国では早くから芥川の切支丹物が注目されていたが、いまやその全テクストが研究の対象下にある。しかも、質の高い研究が多い。ベトナム語にも、芥川作品は翻訳されている。一作家の文学が世界文学入りするには、すぐれた訳者による翻訳の数が条件とされるが、芥川テクストの翻訳は、今や世界四〇カ国を上回り、翻訳数は一〇〇〇点に及ぶ。こうした状況を意識した作家研究も出はじめた。

日本比較文学会編『越境する言の葉――世界と出会う日本文学』（二〇一一、彩流社）は、近年の比較文学研究上の成果である。本書中の姚紅「中国における芥川龍之介文学の翻訳――『支那游記』を中心に」は、中国における芥川評価の一端を語り、有益だ。芥川をはじめとする同時代作家のアイルランド文学受容に関しては、最近の鈴木暁世『越境する想像力――日本近代文学とアイルランド』（二〇一四、大阪大学出版会）が詳しい。作家研究における国際的な視点は、今後ますます重視されるのは、研究上の必然の成行きである。

新資料の発掘とテクストの〈読み〉

近代日本の知識人の精神史・思想史を探るわたしの旅は、新資料と新たな〈読み〉の方法に支えられ進展した。新資料の具体例には、日記と書簡の発掘があげられる。かつての旧制高等学校の生徒は、そのほとんどが日記を付けていた。わたしは聞き書きをするためご遺族を訪問する際には、必ずさりげなく日記の存在を問う。そうした中から成瀬正一・恒藤恭・長崎太郎・松岡譲らの日記と巡り合う。これらの日記が、わたしの評伝シリーズにいかに寄与したかは、言うまでもない。また、わたしの発掘ではないが、下島勲《いさおし》日記や森田浩一日記や矢内原忠雄日記にふれたことも、研究を静的《スタティック》なものから動的《ダイナミック》なものとするのに役立った。関係者の回想記なども作家研究に有用とはいうものの、日記における日付の信憑性や臨場感にはとうてい打ち勝ち得ない。蘆花の演説「謀叛論」が、当日聴講した青年に大きな影響を与え、後年、彼らが国家至上主義の天皇制国家に〈謀叛の精神〉で立ち向かう、というわたしの描く近代日本の知識人のドラマは、彼らの日記発掘なくしてはありえなかったのである。

書簡の発掘は、現在も続く。新書簡は年に何通かは必ず出て来る。芥川新書簡は、ここ二〇年余で百通を軽く超えるほどの勢いだ。中にはこれまでの芥川論に修正を迫るものすらある。没後八五年、生誕一二〇年にあたる二〇一二(平成二四)年にも、栃木県宇都宮市の旧家で、二通の重要な芥川書簡の発見があった。

他方、作家研究における新たな〈読み〉の導入には、一テクストの研究にとどまらず、多くのテクストから導かれる視点が求められる。それには近年平岡敏夫の提唱になる〈夕暮れの文学〉や〈佐幕派の文学〉が例としてあげられる。わたしのばあい、近代日本の知識人の精神史に、従来のマルクス主義やキリスト教を捉え直し、〈謀叛の精神〉や〈原罪意識〉として再考する。また、これまであまり考えて来られなかった新カント派の影響を打ち出す。芥川と新カント派との関係重視の考えは、松本常彦・小澤純・荒木正純らによっても構想されている。こうした新たなキーワードの発見が、作家研究には必須の条件として存在する。

それはまた、作家研究シリーズのネットワーク重視へと進む。索引はこのばあい大きな意味を持つ。索引が付くことで、研究書ははじめて立体化し、威力を発揮するものなのである。その労を惜しんではならない。近年刊行された富士川義之『ある文人学者の肖像——評伝・富士川英郎』（二〇一四、新書館）は、読売文学賞にも輝いた魅力に富んだ力作評伝、作家論である。わたしは本書を「詳細に掘り下げられた評伝」として評価（『週刊読書人』二〇一四・四・二五）した。しかし、最後にあえて索引のない本造りに、苦言を呈することになる。索引のない書物は、新しい時代の学術書としては、失格であるからだ。

ドナルド・キーンは、日本の学術書には索引のないものが多く、いかに苦労したかを実感を込めて何度も語っている。そういうこともあってか、現在刊行中の『ドナルド・キーン著作集』（全15巻、新潮社）の最終巻には、全巻を通しての「総索引」を付けるという。索引のない本は、研究界のネットワークから落ちこぼれる。逆に索引に配慮した書物は、他の同系統の書物と呼応し、その往還関係の中で新たな研究の磁界を形成するのである。

伝記研究

山崎一穎

はじめに

一九九二年一月一六日付の「朝日新聞　夕刊」の「文化」欄で、佐伯彰一は「伝記論、伝記批評のわが国における不振は、今に始まった話ではない」と言い、「伝記ジャンルを扱った通史、その史的展開のあとを曲がりなりにも跡づけた本が、なんと一冊も出ていない（!）。……自伝にツヨく、伝記にヨワい――これがどうやら日本文学史に通底する特徴の一つ」と指摘している。この言説は二十年後の今日も生きている。

伝記研究の意義やその方法について論述した文献に、『国文学　解釈と鑑賞』〈現代文学研究法〉（一九七八・一）掲載の榎本隆司『伝記研究へのアプローチ』（五〇頁―八五頁）がある。

「伝記」研究の現状

「伝記」研究の総論として二つの文献を挙げる。まず内田銀蔵の『伝記の研究』（『芸文』一九一四・一二）で、これは原論である。内田は「特定個人の伝を叙する者は、通常先づ其の父祖の世系を尋ね、而して屢々終りに其の子孫の事に及ぶ」と記している。森鷗外が『渋江抽斎』以下で主人公の没後を記す。その先駆的発言である。

次に大久保利謙『明治時代における伝記の発達――日本伝記史の一齣』（『大久保利謙歴史著作集』7〈日本近代史学の成立〉所載、一九八九、吉川弘文館）がある。伝記史という発想に立ち、伝記の源流から明治中期の民友社の伝記に及んでいる。（傍点山崎、以下同じ）大久保は歴史叙述の資料と客観性に立った実証的伝記を評価する。島田三郎の『開国始末』、勝田孫弥の『西郷隆盛伝』、『大久保利通伝』を評価するが、自伝に言及することが少ない。

伝記（含自伝）について考察する。

稲垣達郎は『自叙伝について――近代日本文学者の自叙伝を中心に』（杉浦明平・村上一郎編『記録文学への招待』〈一九六三、南北社〉所収）に於いて、アンドレ・モーロアの『伝記の諸相』やゲーテの『詩と真実』の序文を梃子に日本近代文学者の自叙伝は、個人の生活史を「複雑な社会的諸関係との必然的な関係において発展的に追求」することが十分でないと指摘する。

伝記（含自伝）研究を推進した佐伯彰一の功績は大きい。『伝記と分析の間』（一九六七、南北社）に於いて、伝記的事実から表現へ変わる瞬間（内的衝迫）にこそ、「作品の原質」があると記す。佐伯は『日本人の自伝』（一九七四、講談社）では、〈公と私〉〈聖と俗〉〈実行と表現〉等五つのキーワードを設定し、日本人の「我の自覚史」を探った。

次に『近代日本の自伝』（一九八一、講談社）では、日本の自伝は西洋のそれと比較して「作者と読者との間に、語りの自然共同体」が成立していると説く。そして福田英子の『妾の半生涯』の意識的な過去再現の「女語りの二重構造」を高く評価する。

さらに佐伯は『自伝の世紀』（一九八五、講談社）に於いて、自伝と小説との複雑な相関関係に言及しつつ、ユングと柳田国男の自伝に「去私」の理想を見出す。

矢作勝美『伝記と自伝の方法』（一九七一、出版ニュース社）は、伝記、自伝、評伝の定義をしつつ、具体的に作品を論じる。特に対照的な徳富蘇峰と、河上肇の自叙伝に言及している。

中川久定『自伝の文学——ルソーとスタンダール』（一九七九、岩波書店）の「I 自伝の理論的諸問題」は、最上の文献である。フィリップ・ルジュンヌの『自伝の契約』から、「自伝の定義」を引用する。そして「作者」「話者」「主要人物」の関係から自伝の定義に及んでいる。次に「自伝の話者と人称」の問題、「自伝と他のジャンルとの相違点」に論述を進める。そして「回想録」「伝記」「自伝小説」「自伝詩」「日記」「自己描写、あるいはエセー」を問題にする。

中川はルソーの『告白』とスタンダールの『アンリ・ブリュラールの生涯』を論じ、最後に「自伝」とは何かを問う。「過去の自分を描き出しながら、しかもその過去を自分の永遠の願望に従って意味付け、そしてそれを未来に差し出していくジャンルである」と記している。

A・モミリアーノ著、柳沼重剛訳『伝記文学の誕生』（一九八二、東海大学出版会）は、伝記文学の始原を探り、伝記文学の意味を問う本格的な伝記文学論であり、世界伝記文学史でもある。本書は伝記と自伝との関係、伝記と歴史との関係を考察しつつ、伝記・自伝・歴史叙述の微妙な関係を明らかにする。その結果、伝記作家と歴史家の葛藤が浮かび上る。巻末に「伝記文学への視点」と題し、佐伯彰一と訳者の柳沼重剛の対談が掲載されている。

新人物往来社の『日本歴史「伝記」総覧』（一九九二）に根占献一『西欧における伝記文学の伝統――ルネサンスの役割と貢献』が収録されている。

「伝記」の成果

◎平川祐弘『マッテオ・リッチ伝』〈東洋文庫〉Ⅰ―Ⅲ（一九六九―一九九七、平凡社）は、イタリア人のマッテオ・リッチ（利瑪竇《りまとう》）を「西洋文化と東アジア文化をはじめて一身に備えた最初の世界人Uomo Universale《ウオーモ・ウニヴエルサレ》」であると捉えて、従来のキリスト教布教者という見方を一新する。

◎河竹登志夫『作家の家　黙阿弥以後の人びと』（一九八〇、講談社）は、鷗外の『渋江抽斎』の趣がある。歌舞伎作者河竹黙阿弥の死後、娘糸女は独身で作家の家を守り、養嗣子繁俊は、演劇学者として黙阿弥を日本演劇史の中に位置付け、その子登志夫は本書を書き上げた。黙阿弥没後の人々の生活が、回想録や直話、日記類を基に、客観的に点綴される。

◎中村真一郎は「近世知識人の三つの型」を体した〈知識人山陽〉〈芸術家波響〉〈風雅の人蒹葭堂〉の評伝三部作を刊行する。『頼山陽とその時代』（一九七一、中央公論社）、新潮社刊行の『蠣崎波響《かきざきはきょう》の生涯』（一九八九）、『木村蒹葭堂《けんかどう》のサロン』（二〇〇〇）がそれである。

◎富士川英郎『菅茶山』上・下（一九九〇、福武書店）は、未公開の日記を基に詩文を交叉させ、茶山の生涯を追う。備後国神辺《かんなべ》に開いた学塾（廉塾）の塾頭を一時頼山陽が務めた。鷗外史伝の主人公北條霞亭は、茶山に招かれて廉塾の講師を務めている。

　森鷗外が拓いた『渋江抽斎』『伊澤蘭軒』『北條霞亭』の伝記世界は、中村真一郎の評伝三部作や富士川英郎の『菅茶山』に受け継がれる。この流れを包括すれば、これらは近世学芸史であり、近世文化人（知識人）の交流史として捉えられる。

◎松浦玲『勝海舟』（二〇一〇、筑摩書房）は、最上の伝記である。松浦は伝記の材料としての史（資）料の吟味から始める。松浦は「あとがき」で「（海舟の）記録能力の欠如による錯誤と、意図的な嘘と、その中間の紛らわしいものと、これを見分けなければ海舟文書は歴史の史料として」使用できないと記している。さらに「変な創作癖《へき》」や「舞文曲筆」も多々あり、「大政奉還から彰義隊戦争にかけての時期に二つの日記があり、相互に食違うことが多い」と記している。

松浦は海舟の性癖を事実経過を記録することよりも、言いたいことを優先させ、嘘だと分かることも言い切ってしまう点に見ている。それが政治的迫力となっているとも言う。

本書には巻末に膨大な注記（七五九頁―八七六頁）が付載されている。注記は史（資）料批判であり、考証であり、研究史でもある。「参考文献」欄は、史（資）料の「解題」であり、「二つの勝海舟全集について」は、テクストクリティックの問題を鋭く突いている。

近年質の高い自叙伝と、伝記が相続いで刊行された。

◎中村稔『私の昭和史』全五冊（二〇〇四、戦後篇上下＝二〇〇八、完結編上下＝二〇一二、青土社）を掲げる。

中村は一九二七年生まれで、詩人・弁護士である。

『私の昭和史』は、一九三六年一一月の日独伊防共協定が成立した折の担任教師の「日本は怖しく危険な道に踏みだしたのだ」との訓辞の記憶から語り始める。そして一九八九年一月の昭和天皇の死去に終るが、天皇の戦争責任に言及しつつ、東ヨーロッパの揺らぐ社会体制、金融システムの世界的危機に向かう予感を持って『私の昭和史』は終わる。激動の昭和を生きた一知識人がその人生を時代に添いながら記述した自叙伝である。

この自叙伝が優れている理由は、私語りが常に時代状況との関係で語られているからである。とかく自伝は私語りに終始しがちであるが、本書は私がある歴史的状況や事件にどう対応したか、私と社会的諸関係との往復の内に記述が進む。私の昭和史と名付けた所以であろう。ヒト・モノ・コトに対する回想は記憶にのみ依拠せず、関係者の証言や関係資料からの引用で客観性が保証される。記述が無味乾燥にならないのは、対象に対する距離は保ちつつも、中村の時代に対する怒りや痛みの情が、対象に近くなったり遠くなりもする。近づく時、中村の情念は激しく動く。なお、詩人である中村は、本書中に詩歌を引用する。また流行歌の歌詞にも無関心ではいられない。本書に引用された詩歌や流行歌詞が、時代のアクセントになっている。

◎松岡将《すすむ》『松岡二十世とその時代――北海道、満州、そしてシベリア』(二〇一三、日本経済評論社)を推す。

かつて友人栗坪良樹から母方の伯父に松岡二十世《はたよ》という労働運動家がいて、フリードリヒ・エンゲルスの『ドイツ農民戦争』の翻訳を出版していると聞いていた。その伯父はシベリアで死んだとも聞いている。その松岡二十世の伝記が子息によって刊行された。

松岡二十世(一九〇一―一九四八)は、東京帝大の新人会を経て北海道へ渡り、小林多喜二の『不在地主』(一九三〇、日本評論社)の現場である富良野争議や月形争議を指導する。一九二八年三月一五日、共産党員全国的大検挙〈三・一五事件〉で網走刑務所へ収監される。出獄後、再び北海道農民運動の戦線へ、そして全国農民組合北海道聯合会の組織内対立の渦中に巻き込まれる。

日中戦争が始まり渡満していた東大新人会の後輩石堂清倫の推薦で二十世は満州へ渡り、関東州労務協会調査部長として労働農村問題に取り組む。敗戦、ソ連軍に逮捕、シベリアの収容所へ送られる。二十世は〈きみがやに　むしろにいねて　かたらいし　ひやくしようのよきひ　すでにくるべし〉と詠み、それを夢見つつ、異郷の地で病死する。

『松岡二十世とその時代』の「前編」は「大正デモクラシーから二・二六事件の一九三六年まで」、

「後編」は「日中戦争の開始からシベリアでの抑留死まで」を記述する。二十世の伝記であるが、激動の昭和を身を以て生きた知識人松岡二十世の波瀾の昭和史でもある。当然ながら家族をも巻込む。一例を記す。

一九三五年末に、一九三六年秋陸軍特別大演習を北海道で実施し、来道した天皇が統監し、のち北海道各地を巡幸する旨が発表になった。北海道庁警察部特別高等課は「特高関係要警戒人物一覧簿」を作成する。その中に二十世の妻よい子の名がある。本書より引用する。

> よい子の場合も、この名簿に、氏名、年令、職業などが記され、あげく取締方法としては、随時監視よりも格段にきびしい自宅監視として、掲載されていたのであった。
>
> かくして、よい子は特高による自宅監視下にあって、一歳余の息子を背に、三歳余の娘の手をひきひき、特高の一覧表に記載してある職業、つまり小間物行商、に勤しむ日々の暮らしであった。（中略）これも、軍都でもあり全農北聯の所在地でもある旭川での、昭和十一年の現実の一こまであった。（傍点原文のまま）

文中の「一歳余の息子」は、この伝記の筆者松岡将である。

この伝記が優れているのは、父恋しの感情を一切排除し、あくまでも資（史）料によって客観的な事実を通して父二十世の実像を捉える実証的記述である。二十世の新人会の仲間、同窓生たち、農民運動に参加した人たちの証言や著書からの引用、公文書（モスクワ国立軍事公文書館所蔵の「松岡二十世登録文書」）等広範囲に及ぶ。その結果夥しい政財官界、軍人、労働運動家たちが登場する。伝記が「その時代」と名付けられた所以である。勿論「その時代」を「昭和史」と言い換えてよい。

なお、小林多喜二の『転形期の人々』（一九三三・六『改造』掲載・中絶）に松岡二十世は〈松山幡也《はたや》〉として登場する。

伝記の最後を桑田忠親『日本人の遺言状』（一九四四、創芸社）山田風太郎の『人間臨終図鑑』上・下（一九八六、八七、徳間書房）、大岡信『永訣かくのごとくに候』（一九九〇、弘文堂）、岩井寛編『作家の臨終・墓碑事典』（一九九七、東京堂出版）を以てこの項目を擱筆する。

なぜこれらの書物が伝記なのかと言えば、死こそ生の極北であり、臨終こそ、その人の生涯の象徴的姿であるからである。これらの諸本こそ、伝記集成の縮刷版ないしは伝記抄といってよい。

「伝記」研究の今後の可能性

（1）「自伝」から「伝記」への道

私語りの「自伝」を検討し、可能な限り客観性を帯びた第三者の記述による「伝記」へ変貌させる方法を模索してよい。杉本鉞子著、大岩美代訳『武士の娘』（二〇一一、〈第十九刷〉筑摩書房）から、内田義雄『鉞子《えつこ》』〈世界を魅了した「武士の娘」の生涯〉（二〇一三、講談社）への移行がその例である。長岡藩の筆頭家老牧野平助は、戊辰戦争で非戦論を唱え河井継之助と対立し失脚する。牧野の娘鉞子は東京で教育を受け、結婚のためアメリカに渡る。杉本鉞子が英文で執筆したのが、自伝『武士の娘』である。

内田義雄は『武士の娘』の自伝的小説を資料で修正し、省筆された箇所を補足する。その過程で、杉本の自伝執筆を蔭で支えたフローレンス・ウィルソンの存在を明らかにする。その功績は大きい。

（2）対比（比較）「伝記」への道

事例として平川祐弘『進歩がまだ希望であった頃——フランクリンと福沢諭吉』（一九九〇、講談社）

を挙げる。平川は『フランクリン自伝』と『福翁自伝』の対比分析という方法によって、「二人の生涯、その性癖、思考、行動」の相似点を洗い出す。平川は「日米比較精神史上の対比評伝」と位置付けている。

ルドルフ・K・ゴルトシュミット＝イエントナー／金森誠也訳『七つの歴史的対決』（二〇〇二、白水社）は、「シーザーとブルータス」に始まり、「イエスとユダ」に終る七組の歴史上の対立を問題とする。ニーチェのいう「地上の敵、星の友情」という視点から本書を読むと、「シーザーとブルータス」（古代）、「ワグナーとニーチェ」（一九世紀思潮）が注目される。〈完成者と変革者〉の苦悩に満ちた対決が、世界史上、あるいは世界文化史上の問題点として浮き彫りにされている。

（3）「伝記」研究を作品読解に援用する道

森鷗外の『本家分家』を例に論述する。この小説は本来鷗外の弟篤次郎が病死し、子供のいなかった篤次郎の家の相続を問題にする。冒頭で吉川家（森家と考えてよい）では「曽祖父に子がなかったので」（この文脈のみ虚構）、祖父が他所から来て家を継いだと述べる。そして、「冷眼に世間を視る」家風と「立身出世」への強い意志が語られる。

二〇〇四年森家の分家の家系図を入手した。家系図を読み解くと、森、本家の断絶、本家の家が分家に与えられたことが分る。同時に本家は馬廻の身分が徒士へ降格し、禄高は馬廻であった分家が高くなったことが判明した。それは森家の祖父の時代、十一世秀菴（源亮良、のち出奔。奥道与と名告る）の時起った擬装薬品事件に起因する。この事実から考察すると、先述した虚構の文脈の挿入は、森家断絶の元凶秀菴を默殺する意図から出たことが判明する。

最後に亀山郁夫『謎とき「悪霊」』（二〇一二、新潮社）を挙げる。読解の終りに伝記（1ドレスデンの日々、2帰国、3検閲、4『悪霊』後）を独立させる。モスクワの農業大学で起きた革命結社内ゲバ殺人事件（ネチャーエフ事件）をモチーフに『悪霊』の物語は一八六九年八月に始まる。作者は検閲を考慮して「三つの異稿」を記述する。亀山はそれを読み解きつつ、二十年前のペトラシェフスキー事件（一八四九年）に注目する。この事件にドストエフスキーは連座し、逮捕され死刑宣告を受けた。亀山は「その時代の記憶が一種の疼きとなって小説全体に脈打っている。それは、小説の物語層と歴史層そして作者ドストエフスキーの自伝層が混沌として一体化している時間帯である」と述べている。

それ故に、伝記と読解が各々独立し自律しつつ、なお読解の底流を伝記の水脈が流れている。この双方向性を評価する。

文学史──〈学問史〉という枠組み──

中山弘明

近代の「文学史」が、明確な「方法」意識を持って記述されてきたのかにはいささかの疑念もあるが、「近代文学研究」自体が消滅の岐路に立っている現在、自分がこれまで何を勉強して来たのか、その立ち位置を見直してみたいという強い欲求も感ずる。言われてみれば学部には当然の如くに文学史の授業があったし、大学院の入試では、とりあえず猪野謙二『明治文学史』をさらったりもした。そんな時代だった。

〈第一次大戦〉と〈戦間期〉というコンセプトで、大正から昭和期を問い直す拙著（『第一次大戦の〈影〉』、『戦間期の『夜明け前』』）をまとめたのも、どこかでそんな既成の元号による文学史を組み替えてみたいとの密かな欲望が潜在していたかとも思われる。もっとも〈第一次大戦〉後の文学という位置づけならば、古くは平野謙『昭和文学史』にその萌芽がみられる。「世界的同時性」とは、平野が命名した昭和文学の特質ではなかったか。世界史的に「一九三〇年代」のキーワードが「人民戦線」

であったことも周知の事実だ。こうした問題系を平野は「昭和十年前後」と呼んだ。しかし平野の巨視的な視野は、その後、次第に忘却され、元号による文学の区分けがいつしか自明視された。絓秀実が指摘するように、こうした「元号史観と世代による文学史記述が資本主義の問題を隠蔽する」(『ポスト『近代文学史』をどう書くか』『小説tripper』二〇〇一・秋)装置となる構造的疲弊が伏在した。「文学史」と国語教育の癒着が、それに拍車をかけたことも疑いない事実であろう。

文学史記述がいっそう困難になりつつある現在、そのありようが様々模索されていることも確かだ。もとより簡単な解答が準備されているわけではない。近くは『文学・語学』(二〇一一・七)が、特集「いま、日本文学史、日本語史はどのように可能か」を組み、各時代の論考が並んでいる。その中では、佐倉由泰が「リテラシーの動態を捉える文学史は可能か」の題で発した問いが重い。佐倉は「動態としての文学史」を挑発的に問いかけている。それは、レトリックとリテラシーとイデオロギーの連関を注視する「文学史」ということになる。その中には、従来の研究史とは違った文学研究を相対化する「学問史(リテラシー史)」が含まれる。隣接する問題系と相反する表現の知のありようは、拮抗する「文学環境」を捉え直すためには、なによりも異質なリテラシーの系脈を明らかにし、表現史や文化史を視野に置いた〈学問史〉の意義が重要になるだろう。

私の個人的感懐を少しばかり差し挟めば、学部、大学院で私が拙い勉強の歩みを始めた一九八〇年代は、未だに作品論の残映が色濃く残る時代であった。むろんテクスト論や都市論が脚光を浴びつつあったことも事実だが、私が選んだ対象が「島崎藤村」であったことも、そうした思いを強くする一因だろう。藤村が、作品論と文学史の絡みの中で戦後の近代文学研究の導きの糸であったことは、三好行雄、越智治雄らの「文学史の会」が、『若菜集』の作品分析にいち早く着手した事実にも表れている。「藤村なんかやってられるか」と長年思って来たが、先述の「学問史(リテラシー史)」としての藤村には、妙に気に掛かるものがある。そこで文学史記述をめぐって、大きなトピックとなった『破戒』／『春』論争」をここでは呼び出してみたいと思う。なぜなら藤村研究には、暗くいびつな自己の内面の発露としての文学幻想が深くからみついており、それこそがこの論争の本質とも関わるからだ。

この文学史上著名な論争の前提として、近年様々に注目されている「国民文学」論にも少しく触れねばなるまい。「国民文学」論は竹内好の〈民族〉の再定義がよく知られるが、日本文学協会、歴史学研究会は、当時、大会テーマに「民族の文学」、「民族の文化」を掲げて議論を活発化していた。いずれも〈日本文学〉を史的に問い直そうとする方向性をはらんだ議論である。これらが同時期の中村光夫『風俗小説論』（一九五〇、河出書房）や桑原武夫『文学入門』（一九五〇、岩波書店）の刊行とも深く関わり、文学史記述に大きな影響を残した。そこでは日本の「文壇文学」の「遅れ」が指弾され、その象徴として「自然主義」や「私小説」がフレームアップされたのは周知のところだ。花袋の『蒲団』と藤村の『春』の関連性が俎上に上った背景には、そうした問題意識が隠れていた。前田愛は「国民文学論の行方」（『思想の科学』一九七八・五）の中で、「国民文学論が潜在させていたさまざまな主題――近代主義ないしは自我意識中心の近代文学史観への批判、日本浪曼派の再評価、政治的、思想的規範の側からする文学へのアプローチ、文学の読者の問題等――は、昭和三〇年代以降の文学批評や文学史研究にひとつの方向性をもたらした」と指摘している。

現在の学会の出発点とも言える「近代日本文学会」が発足するのも、一九五一年である。日本の近代文学への批判的眼差しとは裏腹に、それが研究対象として自立的な学問領域となり、組織化されていくのもまさに〈国民〉と〈民族〉をめぐる議論が沸騰していた時代なのである。小森陽一は『歴史社会学派』に関する、歴史社会学派的覚え書」（『社会文学』一九九三・七）の中でいち早く、『日本近代文学会』において主軸となる研究動向が『国民文学』論争以降の『作家論』から、一九六〇年代後半から七〇年代にかけて『作品論』への転換をしなければならなかったのか」を問いかけている。こうした当時の〈国民〉、〈民族〉という主題浮上の背後には、近代市民社会の確立と、「歪み」としての日本近代の自覚、そしてその「主体性」を問う議論があった事実を忘れてはなるまい。この中に、くだんの「『破戒』／『春』論争」を置いてみるとどうか。この議論は、従来長く藤村作品の研究史の中でのみ議論されてきた。研究史が押し隠してしまうものがある。今、問いたいのは何よりも「学問史としての文学史」というテーマなのである。

まず整理しよう。議論の根は、やはり平野謙の戦前の「破戒論」（「明治文学評論史の一齣――『破戒』を繞る問題」『学藝』一九三八・一二）にある。平野は「社会的偏見に対する抗議と自意識上の相克」を取り上げ、「『破戒』が社会的抗議としての力を現実に把み得たこと」に力点を置く。戦後、これを大きくクローズアップしたのが先の『風俗小説論』であった。中村は『破戒』の社会性を評価し、『破戒』と『春』の間には『蒲団』の出現による屈曲があるというテーゼを展開。『春』は「藤村の花袋に対する降伏状」と位置づけた。こうしたやりとりの中にも一つの史的記述がみられることは疑いない。これに対して『春』構想を、「『蒲団』が発表された一九〇七年九月よりも一年前」とする事実を一九〇六年八月、一〇月の神津猛宛て書簡により立証した勝本清一郎の反論（「『春』を解く鍵」『文学』一九五一・三―四）が提出された。彼は「『降伏』や作者自身の見捨てを云々する説は到底成立し得ない」と明言。ここで議論は作家の書簡を介した、極めて書誌的な衣をまとうことになる。批評的な言辞の中から「近代文学研究」の学としての一つの起源が現れてくる事態と見て取ることが出来る。そして議論の背景に透谷――藤村の社会性を近代日本の源流とする猪野謙二らの「歴史認識」があることも押さえておくべきだろう。ここに介入するのが、三好行雄の論文「人生の春」（『文学』一九五五・九『島崎藤村論』収録）である。三好は、「明治四〇年九月という日付」の重要度を大きく問題化、『春』はこの時期「旧稿を破棄してあらたに起稿された」のであり、「藤村は『蒲団』のひらいた新鮮な方法をおそらく無視出来なかった」と言う。それは『春』後半に「自己告白的な性格がいちじるしい」事実によっても確認出来るとした。三好のこうした議論は、些細な作品認識の差異の如く見えるが、けしてそうではない。三好は『春』の「自己告白の性格」をむしろ肯定的に捉えている。それは『蒲団』の「新鮮な方法」という一語からも明らかだ。ここがなによりも重要な転換だろう。つまり『蒲団』の告白性を作家、ひいては読者の内的な「主体性」に引きつけ、作品を読み、書くことの〈ドラマ〉を浮上させる作品論の認識論的な出発といえるだろう。同時期、越智治雄も「藤村の変貌」（『文学史』一九五四・六）の中で、「人はいかにして生活の危機を克服し新生を得るかという問」いを強調していたことを考えれば、藤村研究が近代文学研究の始発期に果たした、ある決定的役割が明らかになってくる。

こうしてみてくると、『蒲団』に近代化の「歪み」や「遅れ」を見出し、日本的私小説の起源を『蒲団』の『春』への影響に見る意識が、「国民文学」論を契機に次第に退いていく様も見えて来るだろう。逆に『破戒』に強い社会性や政治性を見る見解もまた後景化していく。和田謹吾は「『破戒』の史的位置」（『国語語文研究』一九五一・五『自然主義文学』収録）の中で、明確に『破戒』は、『告白』に重点があるのであって『部落民』はそれを重からしめるための方法」だったと述べていた。こうした問題と交代に前景にせり出してくるものがある。自己告白と作家の内面のドラマを拡大し、普遍性の強い「人間の劇」として私小説を再定位する認識である。〈政治〉に汚染されることのない、文学の自立性と主体性のドラマ――作品論の時代が切り開いたものは、まさに文学の〈読み方〉をめぐる質的変換であった。

こうして藤村作品の〈読み方〉をめぐるモードは、五〇年代以降大きく転換する。作品の前半と後半に大きな「屈曲」や「断絶」を発見し、それを作家の私生活の中に探る『春』論や『家』論が数多く書かれた。それこそ自我の歪みと、近代化の負の面を投影した文学幻想であったことはもはや明白だ。これは例えば『浮雲』研究などにおいて、作品の構造を「四辺形」や「楕円形」に見て、それを作家の「生の根拠」とリンクさせた分析方法の顕在化とも響き合うものだろう。それは作家と作品との間に精神的な紐帯を見出す作品論の方法が要請した問題意識といえる。文学史記述が、こうした問題と無縁であったとは到底思われない。

ここでさらに考えたいのは、平野謙の藤村の〈読み方〉である。平野の藤村論には、知識人論の響きが濃厚にあり、そこから転向の影を読み取る議論がある。『新生』で犠牲となった姪の節子に対する、平野の過剰な肩入れも彼の大衆意識や庶民感覚のなせるわざだとする見解である。例えば磯田光一「平野謙論」（『戦後批評家論』一九六九　河出書房新社）を見てみよう。そこには藤村をめぐる一つの〈読み方〉が現れている。

『島崎藤村』の初版（昭和二二年刊）には「父上の霊前に本書を献ぐ」という献辞があり、またそのあとがきのなかで、平野は自分の両親について語り、自らを「わが家の歴史なぞ関心のそとに置いていた不孝もの」と呼んでいるが、「近代文学」派の批評家のうちで最初に「父親」と「わが家の歴史」に正当につき当たったのが平野謙であったということは、平野の思想がいかに大衆意識の基底部にまで錘鉛を下ろしていたかを示している。（中略）しかし平野自身があの藤村像を「私自身の精神像と呼び、『破戒』論から『新生』論にいたる道ゆきは、どんなに辿々しいものであろうと、やはり私自身の文学観の成熟を語ってくれるだろう」（初版あとがき）と述べているかぎり『破戒』を書くために三人の子供を犠牲にした島崎藤村の「悲しい、『必然悪』」の問題は、『新生』論では姪を翻弄した島崎藤村の「悪」の問題としてあらわれる。

作家の「主体」を見るに際して、自身を「不孝もの」と呼び、「『破戒』を書くために三人の子供を犠牲にした島崎藤村の『悲しい、『必然悪』』と、「『新生』論では姪を翻弄した島崎藤村の『悪』」の中に、「暗い庶民的現実」を見出した平野に目を凝らす磯田。それが作品の〈読み方〉にも関わっているという。『破戒』創出の影で「踏みにじられた」三人の子供達や妻の問題、そして『新生』――平野の私小説批判の中には、私小説を「大衆」の感覚で擁護せざるを得なかった平野その人の「主体性」が関与していたとする磯田の〈読み方〉自体、やはり「主体」の転換を大きくはらんでいるというしかないだろう。これはやはり一つの文学への幻想だ。

ここで重要なのは、何よりも私小説の読み替えに必要とされた「大衆」、「庶民」そして「国民」とは何なのかという問題であるはずだ。それを考える上で柳瀬善治の論文「転向論における『記者的姿勢』（上）――磯田光一『比較転向論序説』の戦略の脱政治性」（『国文学攷』一九九七・九）は参考になる。柳瀬は、「左翼知識人」の論理を相対化するものを、平野が模索していたとする。その証しが、「島崎藤村と転向問題を二重写しに書いた」平野の『破戒』論であり、『新生』論であった。そこに貫かれているのは、私小説の土壌を批判しつつも、根を張っている「庶民感覚」を手放さない平野の藤村論が、「左翼文学者への批判たりえた」とする、磯田流の一つの〈読み方〉である。柳瀬はこうした磯田には、「吉本隆明の『転向論』」が大きく影響していたとみる。なるほど、ここは〈学問史〉的になかなか重要だ。即ち〈文学〉によって〈政治〉を相対化する、あの主体転換のパースペクティブである。〈政治〉に汚染されることのない〈文学〉の自立性、そこに読者の「自意識」を投影させ、作家の「内面の劇」を作品から読み取る作品論の時代も、恐らくはここと関わるだろう。

しかし〈政治〉的な観念に回収されない抵抗体としての「国民」や「大衆」を措定し、文学作品はそれを容易に表象しうるという、「文学幻想」が透けていることも今となっては見やすい事実ではある。

今日、「文学史」を問うことで見えて来るのは、こうした「幻想」を相対化し人文知の根幹に関わる「学問史（リテラシー史）」に外ならないだろう。近代文学研究が消滅の危機の中にある今、もはや無謬の「国民」や「大衆」などいつの時代も期待し得べくもないことだけは明らかだ。時代の中で我々が何を読み、何を学んできたのかだけを、客観点にこつこつと問い直してみる必要性があるはずなのである。

文学史――生成と蓄積――

山田有策

もう半世紀以上も昔のことになるが、国文学科に進学した私は研究の方向について迷いを生じ、具体的に卒業論文のテーマをしぼりきれない状態にあった。もちろん物語や小説を読むことには無限の快楽を感じていた私にとって興味を抱く作家や作品はきわめて多く存在していた。だから、それらを対象にテーマを設定することはきわめて容易であった。例えば「高野聖」を対象にして論ずることも、さらには鏡花作品を幾篇か組み合わせて泉鏡花論とすることも可能であった。しかし、そう決定することに少し違和感を抱いたのはより根本的に文学研究なるものの方法と方向にいささかの疑念を感じていたからに他ならない。

もちろん、当時は三好行雄『作品論の試み』（一九六七、至文堂）によって作品の解読の方法が提唱され、読むということが方法的に純化されつつあった。この作品論は以降テクスト論へと発展するのだが、それはともかく、この作品論の提唱が期を画するものであったことは否定しがたい。もちろん作品論は作られた品すなわち作品を対象としているのであり、当然のことながら作った者すなわち作者ひいては作家をその背後に想定している。これがテクスト論との決定的な違いであるが、それはともかく作品論が当然のごとく最終的に作家論へと収斂していくのも明白であるとみてよい。つまり作品論から作家論への方向がここに確認できるのだが、ではこの方向の先にはいったい何が想定されているのか。

当時、私の愛読書の中に『座談会・明治文学史』（一九六一）と『座談会・大正文学史』（一九六五）の二冊があった。編者は共に柳田泉、勝本清一郎、猪野謙二で岩波書店から刊行されていた。当時の私にどれほどの理解力があったのか不明だが、碩学たちの情熱的で高度な議論に必死になって食いこもうとしていたことをなつかしく想い起こすことができる。ところでその内容だが『座談会・明治文学史』のオープニングの章立てをみると次のようになっている。

「幕末から明治へ」
「『新体詩抄』から『浮雲』まで」
「露伴」
「鷗外」

つまり、この明治文学史は露伴や鷗外といった大きな存在の作家を中心にして構成されており、それにいくつかの自立的な作品（『新体詩抄』や『浮雲』）を組み合わせて成立している。言いかえれば主要な作品や作家を組み合わせて文学史が成立しているわけであり、編者たちの脳裏にはそれが自明のこととして認識されているようである。とすれば作品を対象とする作品論やそのつみ重ねとしての作家論も終局的には文学史を構築するための一方法でしかあり得ないのか。こうした疑問について当時の私がどれほど自覚的であったかは不明だが、全てが文学史に収斂していくことに関しては何かしら不満な思いが残ったことは事実であった。確かに文学研究を近代科学としての人文科学の中に位置づけるとしたら、文学史という歴史学の一分野しかあり得ないのかもしれない。しかし、この位置づけは文学とは何か?という根元的かつ理論的な問いを疎外することになるのではないか。

この当時例えばサルトルの『文学とは何か』が学生たちの間でよく読まれていて、哲学や思想とクロスした形で文学を捉えようとする傾向がきわめて強かった。だから私などもルカーチやルフェーブルなどを読みかじり性急に結論にたどりつこうともがいていた。そうした愚かしい衝動にとらわれていた私にとって文学史の生成を最終目標とした研究はきわめてスタティックで、文学とは何かといった重大でダイナミックな思想的理論的問いを排除するもののように思われたのである。それどころか文学史像の生成へと向かう方向と文学とは何かを追求する文学理論生成の方向とは一体化せず、むしろ逆のヴェクトルを形成するように思われたのである。こうした観念に取りつかれた私は卒業論文の構想すらおぼつかなくなり、迷宮をさまようような気分に陥ったのである。そんな折、私たちの世代に圧倒的な影響力をおよぼしていた吉本隆明の『言語にとって美とはなにか』(第I巻　一九六五・五、第II巻　一九六五・一〇　勁草書房)が刊行された。文学は言語によって成立しているという基本的事実から論理を出発させた文学理論書でこの衝撃力はすさまじいものがあった。もちろん当時の私にはこの書を批評する力など全くなかったが、すぐれた友人たちとの読書会を重ねることで何とかこの書の持つ理論的先鋭さと重厚さは受感できたように思われた。そして、すぐさま、この発想を私なりに卒業論文に活かしてみようと思いついたのである。つまり、日本文学の近代化の一つとして文体改良を取り上げ、そのプロセスを史的に追求することをテーマとして掲げてみようとしたのである。もちろん、具体的な作家としても例えば山田美妙などを中心に取り上げ、また「武蔵野」などの作品をも対象とすれば、作品論も作家論も組み込めるではないか。つけ加えて美妙は新体詩、エッセイ、紀行文、翻訳などにも手を拡げているから、文学史の各ジャンルにも触れることができる。とすれば先記したような不満は全て解消できるのではないか。確かに文語文体から口語文体への転換を追うことは文学理論的でもあり文学史論的でもある。さらには作品論や作家論もそこにからませることが可能な上、様々なジャンルの問題も取り上げることができる。こうして私の卒業論文は強引に自らの矛盾を押しつぶすことでようやくにして出発することになったのであるが、その出発点でまず眼を通さざるを得なかったのが、先述したような碩学たちの重厚な礎石的大著の数かずに他ならなかった。

まず文体の改良すなわち言文一致運動のメカニズムについては何といっても山本正秀の次のような研究史のうち、最初の著を基礎にすえなければならなかった。

『近代文体発生の史的研究』（一九六五、岩波書店）

『言文一致の歴史論考』（一九七一、続篇　一九八一、桜楓社）

『近代文体形成史料集成』（発生篇　一九七八、成立篇　一九七九、桜楓社）

これらは資料的にも精度が高く、この分野での中心的位置を占めていると言ってよい。もちろん、山本の発想は国語学的であり、必ずしも文学理論あるいは文学史論に直接的にかかわるものではないが、だからこそ逆に私の想像力を大きく拡大させてくれる効力を発揮したのである。

ところで私の卒論は言文一致の運動を主流としているため、より幅広い明治文学史への眼配りを必要とした。そこで私は様々な文学史を読み漁ることに夢中になったが、その私に圧倒的な存在感で立ちふさがったのが柳田泉と本間久雄の二人に他ならなかった。まず柳田泉だが前述の『座談会・明治文学史』や『座談会・大正文学史』でその該博な知識に感動していたが、具体的にその浩瀚な研究成果を春秋社版の「明治文学研究」シリーズ全一一巻（うち二巻は未刊）で手に取り文字通りその重量感に打ちのめされた。当時はまだ四巻しか刊行されていなかったが、全体は次のようなものである。

第一巻　若き坪内逍遙（一九六〇）
第二巻　「小説神髄」研究（一九六六）
第三巻　明治初期の戯作文学（未刊）
第四巻　明治初期の文学思想　上巻（一九六五）
第五巻　明治初期翻訳文学の研究（一九六一）
第六巻　明治初期の文学思想　下巻（一九六五）
第七巻　西洋文学の移入（一九七四）
第八巻　政治小説研究　上巻（一九六七）
第九巻　政治小説研究　中巻（一九六七）
第十巻　政治小説研究　下巻（一九六八）
第十一巻　二葉亭四迷研究（未刊）

これらを一望するだけで、明治初期の文学情況が把握できるようで、柳田の巨視的展望の力を知ることができる。彼は具体的に作品や資料を収集することから研究を始めたのであり、まずそのことに感動を禁じえなかったが、その膨大な作品や資料を整理しつつ、その中を泳ぎわたる逍遙や二葉亭の姿を大きくクローズ・アップしてみせたわけで、その文学史的視力は圧倒的だと言わざるを得ない。今でも例えば『政治小説研究』の上・中・下三冊を手にするとかつての感動が甦えってくるように感じられてならない。

この柳田泉の研究は私にとって文学研究の基盤形成に大きく作用したとみてよく、作品や資料を精密に分析し整理する基本的な姿勢を受感したように思われた。この柳田とは別に本間久雄の『明治文学史』全五巻（東京堂）には具体的に美妙関係の資料の点で全面的に助力を求めざるを得なかった。

もちろん美妙個人については塩田良平の『山田美妙研究』（一九三八・五、人文書院）があり、それに負うところ多大ではあったが、次に示す本間の『明治文学史全五巻』ほどではなかった。

上巻　一九三五
下巻　一九三七
続上巻　一九四三
続中巻　一九五八
続下巻　一九六四

このうち明治二〇年代初頭までを対象とした上巻には本間自身が発見した美妙関連の資料が満載されているわけで、これに伴って当然のことながら美妙という作家そのものが異様に大きく取り上げられることになっていたのだ。私などは美妙の資料をいわば孫引きの形で利用できたわけで、これほど恩恵を被った書はこれ以外にはなかった。だから私にとってこれほど有難い文学史はなかったのだが、後の世代の吉田精一や猪野謙二らの遠近感の整った端正な文学史と比較すると、これほど本間個人の偏愛に満ちた奇怪な文学史はないと言ってよいのではないか。

もちろん私は吉田精一ら文学史家と呼ぶにふさわしい研究者たちの編みあげた緻密で体系的な文学史や文学史論に魅了されてきている。また読者論を組み込んだヤウスの『挑発としての文学史』（一九七六、岩波書店）などの方法的新しさなどにも大きな刺激を受けたりもしている。しかし〈文学史〉という言葉に接した時、必ず山本正秀、柳田泉、本間久雄ら三人の巨大な業績が想起されるのはいったい何故であるのか。

こうした問いに答える前に当時の私がこれら三人の研究者とは別に熱狂的に読みふけっていた長大な文学史的物語とでも呼べるシリーズを取り上げてみたい。

それは伊藤整が雑誌『群像』に一九五二（昭和二七）年一月から連載を始め、すぐに単行本化されていた『日本文壇史』で、一九六六（昭和四一）年頃には次のような八巻が講談社より刊行されていた。

1 開化期の人々 一九五三
2 新文学の創始者たち 一九五四
3 悩める若人の群 一九五五
4 硯友社と一葉の時代 一九五六
5 詩人と革命家たち 一九五八
6 明治思潮の転換期 一九六〇
7 硯友社の時代終る 一九六四
8 日露戦争の時代 一九六六

このシリーズは伊藤整が一九六九（昭和四四）年に病死したため、その遺稿を紅野敏郎と瀬沼茂樹が整理し、九巻の「日露戦争後の新文学」（一九七一）から一八巻の「明治末期の文壇」（一九七三）までが刊行された。そして伊藤の遺志を引きついで瀬沼茂樹が書き断ぎ、一九巻「白樺派の若人たち」（一九七七）から二四巻「明治人漱石の死」（一九七九）までを刊行している。さらにこの流れを引き継ぐ形で川西政明が『新・日本文壇史』全一〇巻を（二〇一〇―二〇一三）を岩波書店から刊行している。これで明治から現代に至る文壇史が完結したわけだが、この意味や価値はいったいどこに求められるのか。

山田美妙を対象として卒論を執筆していた当時の私は不勉強のため彼が生きた明治という時空を全く知らなかった。それが何とも腹立たしくもあり、情なくもあった。そうした知的空白を埋めるべく当時の作家や評論家あるいは編集者たちの様々な回想録の類いを図書館から借り出して片っ端から読みふけったのである。例えば江見水蔭の『自己中心明治文壇史』（一九二七、博文館）や内田魯庵の『思ひ出す人々』（一九二五、春秋社）あるいは田山花袋の『東京の三十年』（一九一七、博文館）など今からみると基本的な資料ばかりだが、当時の私にはすばらしく新鮮で魅力的であった。何よりも文学に眼覚めた若い人々の姿が生き生きと描かれ、感動的ですらあった。ただ、こうした回想録はそれぞれ時空を少しづつ異にしているため、どうしても私の内部でうまく繋がってこないきらいがあった。そうした折、たまたま古本屋で手に取ったのが伊藤整『日本文壇史2　新文学の創始者たち』であった。すぐさま購入し、その夜いっきに読了したが、その面白さは無類のものがあった。何よりも卓抜なのは私が回想録などで吸収した若き文学者たちの関係のドラマが歴史の流れの中に位置づけられていることで、これによって私の内部に断片化されていたドラマが大きな物語として再生したのであった。私はすぐ図書館から当時刊行されていた残りの七冊を借り、「日露戦争の時代」までの文学者たちの織りなすドラマを一つの歴史の流れとして把握したのである。いや、正確に言えば把握したように思い、十二分の充足感を味わったのである。

もちろん伊藤整の『日本文壇史』は先記したような回想録や自伝あるいは交友録ひいてはゴシップ集などの資料をベースにして文学者たちの関係のドラマを織りあげ、それを物語として展開したものである。つまり彼の力点は人間関係のドラマとしていかに魅力的に語るかという一点に注がれているわけで、その分資料の検証などが不十分になりがちな面は否定しがたい、事実、そうした一面のみを取り上げて否定的な評価を下す傾向が学会関係者にみられた。それればかりかほとんど無視する傾向さえ強かったのではなかったか。しかし伊藤はあえて〈文壇〉という言葉を使うことによって文学史における人間たちのドラマを再現しようと試みたわけで、細密な事実の検証は二の次だったのである。

その結果として〈文学史〉は人間たちの〈物語〉としてダイナミックに甦ったわけで、その成果はきわめて重大だと言わざるを得ない。

つけ加えて、この『日本文壇史』は伊藤の作家としての想像力が駆使されているばかりか、彼の鋭利な分析・批評能力も発揮されていて間然するところがない。例えば美妙の「風琴調一節《しらべのひとふし》」(『以良都女』一八八七)の口語文体を引用し、その写実性の欠落を鋭く批判しているが、この指摘などに、当時の私は眼から鱗が落ちる思いを味わったものである。

それはともかく、この『日本文壇史』の最大の特徴が文学にかかわっていく人間たちの生ま生ましいドラマにあったことは確実である。卒論を書くことにいささか飽きていた私が惑溺したのも当然で、その〈物語〉性の面白さは圧倒的であったのだ。この魅力に較べたら、どの文学史も見劣りするものに感じられるのではないか。

もちろん、研究者が目指す文学史と伊藤整が晩年のエネルギーを注いだ文壇史とは、全くベクトルを異にしているのかも知れない。先にあげた山本、柳田、本間らの特異な史的研究とも重なり合うものではない。とするならば、この『日本文壇史』は一体どこに位置づけたらよいのか。どうやら先の問いにつけ加えてまた新たな疑問が派生してしまったようである。〈文学史〉という言葉に接し、往時を追想するとどうしても山本、柳田、本間らの仕事につけ加えて伊藤整の『日本文壇史』が大きく浮上してくることは否定できない。これはいったい何故であるか。

卒業論文とはいえ生涯で初めて長大な論文を書く機会にめぐまれた私はその当時緊張もしていたし興奮もしていた。何よりも自分なりに文学とは何か？　を問わねばならぬと必死になっていたようである。そんな私の幼さを笑いとばしたのが、この四人のたくわえ整理した膨大な量の書籍や資料であった。これに圧倒された私はその後文学理論はもちろんのこと文学史に向う姿勢すら中途半端で曖昧なものになってしまっている。少しく恨み事を述べたいが残念ながら紙幅がつきてしまった。恨み事よりも私なりの文学史像の生成への決意を確認した方が生産的であったのかもしれない。

III 文化の諸相

視覚芸術

木股知史

二〇一三年のさる一日、東京芸術大学大学美術館で開催されていた「夏目漱石の美術世界」展を見る機会があった。漱石本の装幀はもとより、漱石の新古東西の美術体験、同時代美術へのまなざし、漱石の絵画など多様な視点から、表現と美術の交流が取り上げられた好企画であった。『三四郎』に出てくる絵画を画家佐藤央育が「原口画伯作《森の女》」として試作したものが展示されていたが、絵画による文学の解釈の事例として興味深いものであった。文学と美術の関連が、ひろがりのある文化事象の時空間の中で取り上げられているとともに、それが内的な精神史を背景にもつものと考えられているところに興味をそそられたのである。

芳賀徹が『絵画の領分——近代日本比較文化史研究』（一九八四、朝日新聞社）で示して見せたように、比較文化的視点からは、文学と美術は、文化事象として相互に交流するものであることは言うまでもないことである。また、文学を文化領域の総体の中で捉えるという視点に立てば、美術や映像表現という文学に隣接する領域との関連を問うという発想は、ごく自然なものである。しかし、私が、一九八〇年代の半ば頃に、おずおずと文学と美術の交流の研究に踏み出した頃には、境界領域の研究という意識がつきまとった。それだけ、作品論隆盛の時期に形成されたテキスト中心主義の影響にとらわれていたということだろう。私自身の出発点は、書物や雑誌の中の画像表現と文学を内的な関係性において捉え直し、既成の意味づけと異なる世界が見出せるかというところにあった。

文学と視覚芸術との関連を研究する際に、問題となることを二つの点から考えてみたい。一つは、画像研究をする際の資料的な環境に関する問題であり、もう一つは、映画をも含めた視覚芸術と文学の関連を考察する理論的枠組についての問題である。

まず、画像研究の資料的な環境について感じたことを記しておきたい。明治期は、昭和戦前期に比較すれば、書物の市場の規模は小さいが、それでも、見たことがない雑誌や書物は多い。すべてをオリジナルで確認するというわけにはいかないので、そういう時は、復刻版が役立つ。しかし、図版の印刷という面から見ると、復刻版は頼れないという面がある。第一次『明星』の復刻版は、掲載されたテキストを読むのには、ずいぶん役立ったが、画像研究に踏み出すにあたっては、実際の図版印刷の状態を復刻版から理解することはむずかしいと痛感した。復刻版があると、オリジナルが見つけにくく、参観するのも手間がかかる。少しずつ、『明星』のオリジナルを集めはじめ、石版と木版の感触の違いなどを実際に確かめることができた。雑誌や書物の中の画像について調べるということは、印刷技術を含めた出版のあり方について視野に収めるということを意味していたのである。例えば、一九〇四(明治三七)年一月の『明星』では、中沢弘光と杉浦朝武が制作した四枚の《『乱れ髪』歌がるた》が、平版でありながら、網伏せという手法によって中間トーンを表現した見事な多色刷り石版で印刷されている。原画は、一九〇一(明治三四)年『みだれ髪』刊行直後に、渡仏中の黒田清輝邸の留守番をしていた二人が手彩色で描いたものであるが、多色刷り石版の技術によって印刷されるまで、約二年半が経過している。多色刷り石版の技術は、明治四〇年代に入ると、博文館の『写真画報』などの商業誌に積極的に活用されるようになった。石版印刷の技法の進化発展については、松根格「印刷技術の変遷――平版を中心に」（『印刷雑誌』とその時代――実況・印刷の近現代史』二〇〇七、印刷学会出版部）によってその輪郭を知ることができるが、技術の細部については未詳の部分が多い。ヨーロッパで大型ポスターの印刷技術として発展した多色刷り石版の技法は、ジャポニスムとして受容された浮世絵版画の影響を受けながら、部分ごとに分色するロートレックの技法などを生み出した。それが再び近代日本に移入され、石版印刷の技法を豊かにし、木版画にも影響を与えたのである。高階秀爾が指摘した「ジャポニスムの里帰り」現象（『日本絵画の近代』一九九六、青土社）が印刷技法の面でも指摘できる一例である。メディアや印刷技術は、画像表現に密接に結びついており、そうした場そのものを考察の対象にすることで、文学を一つの事象として捉える契機が生まれた。

文学と美術の交流領域に属するデータは未整理である場合が多い。中沢弘光については、装幀にかかわった書物の一覧（三井光渓編『中澤弘光研究　本からの検証』二〇〇六）があるが、それは例外的なことであり、画家がどれだけ挿画や装幀にかかわったかの全体を知ることはむずかしい。例えば、藤島武二については、そうした一覧は公開されていない。ダンヌンチオ作、石川戯庵訳『死の勝利』（一九一三、大日本図書株式会社）には、藤島によるヒロインのイポリータの横顔を描いたパステル画が三色版の口絵として付いているが、おそらく画集には収められていないだろう。また、坂本繁二郎が、前田夕暮『生くる日に』（一九一四、白日社）や三木露風『幻の田園』（一九一五、東雲堂書店）の装幀と挿画で、詩歌と内的に感応する試みをしていることもあまり知られてはいないだろう。第一次『明星』については図版目録、索引があるが、諸雑誌についても掲載図版をすぐ知ることができる索引があれば便利である。詩歌書の書誌としては、山宮允『明治大正詩書綜覧』（一九三四、啓成社）、今井卓爾『明治大正詩歌書影手帖』（一九七九、早稲田大学出版部）などがあり、装幀や口絵について概要を知ることができる。小説や文学関連書籍の画像について網羅した書誌があれば便利である。国会図書館の近代デジタルライブラリー（二〇一六年六月より、国立国会図書館デジタルコレクションに統合）は、稀少文献の共有という点で画期的な試みだが、口絵などの図版はせめてカラーで公開できないものだろうか。明治大正期の口絵については、山田奈々子『木版口絵総覧——明治・大正期の文学作品を中心として』（二〇〇五、文生書院）があるが、挿画についての総覧はない。挿画やコマ絵のデータベースが整備されれば、単行書籍や新聞連載小説における挿絵や装飾図版の歴史的展開を辿ることも容易になるだろう。

美術研究の側では、少しずつ画像データベースの整備が進んでいる。加治幸子編著『創作版画誌の系譜　総目次及び作品図版 1905-1944年』（二〇〇八、中央公論美術出版）は、縮小されてはいるが、諸雑誌に掲載された作品を図版として収録していて、創作版画の歴史におけるイメージの変遷を一望の下に辿ることができる。大正期の表現が奔放さに満ちており、昭和の年を重ねるごとにモダニズムの屈折と挫折が読みとれるようにも思われることが興味深い。井上芳子、寺口淳治編『コレクション・モダン都市文化　第38巻 装幀・カット』（二〇〇八、ゆまに書房）は、山六郎、山名文夫『女性のカット』や雑誌『書窓』などの既刊本の掲載図版や、収録文を採録している。解説「モダン都市の装幀・カット」（井上芳子執筆）には、「装幀やカットは文学と美術、そして生活が交差し共存するユートピア的な場を出現させうるものとして、独自の意味を持つ」と記されているが、本や雑誌には、表現と生活が交流するネットワークを見出すことができるのである。こうした画像の一覧は、デジタル化して、関心に応じてタグによって検索できるようにすれば、大きく可能性が広がるだろう。

交流領域には、文学者でも画家でもないが、重要な役割を果たす人々がいるが、そうした人々の研究も重要である。例えば、竹久夢二のコマ絵画集、『白樺』、創作版画誌『月映』の版元である洛陽堂を興した河本亀之助については、『山口孤剣小伝』（二〇〇六、花林書房）を著した田中英夫が、私家版『洛陽堂雑記』で調査を進めていたが、『洛陽堂河本亀之助小伝　損をしてでも良書を出す・ある出版人の生涯』（二〇一五、燃焼社）が上梓され、その活動の全容が明らかになった。こうした、出版、印刷にかかわる重要でありながら埋没している人物の研究は、制度的な価値観によって無意識に構成されてしまう価値序列を相対化し、中心を持たない文化ネットワークの存在を浮かび上がらせることになる。山口昌男の晩年の仕事は、そうした文化ネットワークの掘り起こしによって、既成の価値序列を再考するというモチーフを持っていた。潜在する文化ネットワークに視点をおけば、従来の文学研究の狭さがよく見えてくるのである。

さて、もう一つ、映画と文学の比較研究から浮かび上がってくる理論的枠組の問題にふれておきたい。映画と文学の交流の研究は、近年隆盛をむかえた領域で、例えば、十重田裕一編『横断する映画と文学』（二〇一一、森話社）を手にとれば、多様な接近方法について理解することができるだろう。しかし、ここで留意したいのはそうした多様性ではなく、映画と文学を比較することで、浮かび上がってくる理論的な枠組の問題である。例えば、クローズアップと描写という対象指示の技法では、映画と小説は同じ親和的な方向性を示すが、非‐対象指示的な表現においては、葛藤を含んだ深い交差を示すことがある。友田義行『戦後前衛映画と文学　安部公房×勅使河原宏』（二〇一二、人文書院）は、安部と勅使河原の協働を考察しながら、映画と小説の深い次元での交差を浮かび上がらせている。安部は、映像表現に、既成の言語体系の秩序をゆさぶる役割を求めた。友田は、「安部と勅使河原の協働映画では、表層的な物語の進行とは別の位相において独自に形成される、映像の文脈ともいうべき構造が組み立てられていた」と指摘している。友田の指摘は個別研究としてすぐれたものだが、安部の小説を原作とする勅使河原の映画に見られる二重の物語構造が示しているのは、映画と文学を横断的に分析するには、イメージを総合的に考察する新たな理論的な枠組が必要になるということであるように、私には感じられた。友田の指摘から想起したのは、グスタフ・ルネ・ホッケの『迷宮としての世界──マニエリスム美術（上）』（二〇一〇、種村季弘・矢川澄子訳、岩波書店）に記された「言語表現不能のものは概念を嫌いはするが、形象は嫌わない」という一節である。概念は言語表現の支柱となるべきものであるが、形象は言語に先んじて存在し、隠喩として存在する。ホッケのマニエリスム研究は、視覚芸術と言語表現の交差を対象としたものであり、同時に対象記述の方法の革新を目指したものであった。

もう一つ想起したのは、カルロ・ギンズブルグが「細部、大写し、ミクロ分析」（二〇〇八、上村忠男訳『糸と痕跡』、みすず書房）で、ジークフリート・クラカウアーに言及し、彼が「映画のなかに、映画をつうじて、一つの認識モデルをさぐりあてようとしていた」と指摘していることである。言及されたクラカウアーの『歴史──最後の前の最後のことども』（*History: The Last Things Before the Last*, New York: Oxford University Press, 1969.）は翻訳されていないが、映画に「認識モデル」を見出そうとする発想は、既成の言語による解釈モデルを更新しようという欲求を示しているように思われる。高山宏が翻訳紹介しているバーバラ・スタフォードのように一足飛びに行かないにしても、イメージを総合的に理解するためには、従来の言語表現の秩序を規範としたコードでは不十分ではないのかという懐疑には、十分な根拠があるだろう。新たな枠組は、抽象的な議論の課題というよりは、ミクロな分析作業のなかに常に潜在しており、すでに模索は始まっていると考えるべきなのである。

カルチュラル・スタディーズ

瀬崎圭二

日本でカルチュラル・スタディーズ（以下CSと略記）の動向が積極的に紹介されるようになったのは一九九〇年代後半のことである。一九九六年には、『思想』や『現代思想』がCSの特集を組み、同年三月一五日から一八日にかけては東京大学社会情報研究所とブリティッシュ・カウンシルの共催でシンポジウム「カルチュラル・スタディーズとの対話」が開催された。このシンポジウムでは、CSの中心人物スチュアート・ホールによる基調講演や、国内外の多くの関係者による報告とディスカッションが行われ、その成果は花田達朗／吉見俊哉／コリン・スパークス編『カルチュラル・スタディーズとの対話』（一九九九、新曜社）として刊行された。一九九〇年代後半から二〇〇〇年代初頭には、グレアム・ターナー『カルチュラル・スタディーズ入門』（一九九九、溝上由紀ほか訳、作品社）、上野俊哉／毛利嘉孝『カルチュラル・スタディーズ入門』（二〇〇〇、筑摩書房）、吉見俊哉『思考のフロンティア　カルチュラル・スタディーズ』（二〇〇〇、岩波書店）、吉見俊哉編『知の教科書　カルチュラル・スタディーズ』（二〇〇一、講談社）、本橋哲也『カルチュラル・スタディーズへの招待』（二〇〇二、大修館書店）、上野俊哉／毛利嘉孝『実践カルチュラル・スタディーズ』（二〇〇二、筑摩書房）などの入門書が集中的に刊行され、CSの動向が広く知られることとなった。

CSを一言で説明するならば、わたしたちの日常を構成している文化的な実践、とりわけ大衆文化を、特定の歴史的、社会的状況における構築物と見なし、そこに潜む政治性に留意しつつ批判的に捉え直す研究ということになろうか。これまでのCSの成果では、マスメディア、サブカルチャーなどの大衆文化、消費文化に内在するイデオロギーや、ジェンダー、人種、階級などの点に表れる様々な政治的力学を抽出し、かつそれらをそのまま受容するわけではない受け手の身ぶりが問われてきたようである。例えば、スチュアート・ホールの著名な「コード化（encoding）」と「脱コード化（decoding）」をめぐる理論は、ある情報の送り手による意味の加工（＝コード化）を、その受け手が様々に解読し、意味を生産していく（＝脱コード化）側面に重点を置いたものであった。あるいは、大衆文化やテレビ文化を分析したジョン・フィスクの研究も、支配的なものと従属的なものの単純な二項対立をその基盤としてはいるものの、やはり情報の受け手や大衆文化の消費者の従属性に、支配的なものに対する対抗的な要素を見出そうとする方法に貫かれている。そして、大衆文化に潜在化されたジェンダー、人種、階級などの政治性を分析の対象とするCSでは、しばしば分析者自身の政治的スタンスや当事者性も問われることになる。CSが単なる机上の研究方法ではなく、常に実践が問題化されるのもそのような理由からである。

こうしたCSの方法が日本近代文学研究にもたらしたのが、その直訳である「文化研究」的方法であると理解されているとするならば、そこにはいささかの誤謬があろう。日本近代文学研究の場において「文化研究」の語が広まったのは、言うまでもなく、小森陽一／紅野謙介／高橋修ほか『メディア・表象・イデオロギー』（一九九七、小沢書店）、金子明雄／高橋修／吉田司雄ほか『ディスクール の帝国』（二〇〇〇、新曜社）にまとめられた明治三〇年代研究会の研究成果によるところが大きい。『メディア・表象・イデオロギー』の高橋修「あとがき」によれば、「文化研究」の問題意識とは、語り手論、構造論の導入によって精緻を極めたテクスト論の自閉性を批判的に捉え、「テクスト」を取り巻く社会的、歴史的な諸言説と関係づける回路」を確保することにあった。また、そのような方法論が一九九〇年代後半にある可能性を帯びて発せられたのは、「既成の社会構造や〈知〉の枠組み、また文学神話そのものが揺らぐなか、文学を研究することの意味がかつてのように無前提に見い出せないでいる」という、日本近代文学をめぐる教育・研究の状況や制度の変化が考慮されていたからでもある。

この二書によって可視化された「文化研究」の問題意識をもう少しさかのぼれば、岩波書店の『文学』誌上で組まれた特集「メディアの政治力」（一九九三・四）、「メディアの造形性」（一九九四・七）にたどり着くことができよう。この特集は、ミシェル・フーコーの権力と知、言説をめぐる認識を理論的背景に、新聞、雑誌メディアの言説編成から〈文学〉という現象を捉え直す試みであり、ここには、文学テクストを取り巻く諸言説を分析対象に取り込もうとする「文化研究」的方法の端緒が見出せる。こうした動向を改めて確認すれば、『ディスクールの帝国』に収められた紅野謙介「文学研究／文化研究と教育のメソドロジー」が言うように、二書を上梓した明治三〇年代研究会の「文化研究」と「「カルチュラル・スタディーズ」とはまったく無関係に活動をはじめていた」というのもうなずける。ただし、一九九〇年代から二〇〇〇年代初頭、良くも悪くも既にグローバルな動きを見せていたCSと、日本近代文学研究という極めて狭い場で試みられた「文化研究」との間に、重複する問題意識が見られるのも確かだ。先の紅野も、明治三〇年代研究会による「共同研究の数年をへて、積み重ねられてきたテーマや題材、枠組み、論議の方向性」がCSとリンクすることに言及し、「カルチュラル・スタディーズ」と「文化研究」という言葉のずれを意識しながら、しばらくは「文化研究」という語を使おうと思う」と記している。

紅野も言及している共通の問題意識とは、例えば、文化的実践や〈文学〉を歴史的、社会的な構築物として捉える認識や、言説の浸透、実践の反復によって形成されるヘゲモニーの批判的考察、あるいは、これらの〈客観的〉な分析者が属する環境、制度そのものへの問いかけといった点が挙げられる。明治三〇年代研究会による研究成果が、文学テクストを周辺の諸言説との関係の中で捉え直し、近代国民国家を形成していく言説編成を批判的に捉え、分析者を取り巻く教育・研究上の環境、制度に対して自己言及を行っているのはこうした問題意識の具現化であると言えよう。この中でも、教育、研究上の環境、制度の変化や、当事者としてのその場に対する自己言及は、CSや「文化研究」的方法がもたらした重要な成果であったように思われる。先の高橋が「文学を研究することの意味がかつてのように無前提に見い出せないでいる」と語り、紅野が、教員と学生との間の「コンテクストを共有して閉ざすのではなく、互いに異なるコンテクストに立っていることを踏まえることが求められている」と語った日本近代文学研究やその教育状況への問いかけこそが、研究のあり様そのものや教育制度自体を問い続けたCSの問題意識と呼応しているのである。前掲した『カルチュラル・スタディーズとの対話』の中で、小森陽一「近代日本文学とオーディエンス」が日本近代文学の読者や研究者の生成に言及しているのも同様であるし、この時期に、ベネディクト・アンダーソン『想像の共同体』(一九八七、白石隆ほか訳、リブロポート)や、エリック・ホブズボウムほか『創られた伝統』(一九九二、前川啓治ほか訳、紀伊國屋書店)などの議論と呼応する形で、伝統文化やカノン生成、「国文学」という学問そのものの形成プロセスが問い直されたのも、そうした問題意識と通底していよう。

日本近代文学研究におけるＣＳの吸収を明治三〇年代研究会の「文化研究」に代表させる形で取り上げてしまったが、本書の編集主体である日本近代文学会でもその方法は議論を呼び、一九九九年度の秋季大会ではシンポジウム「文化研究の可能性」（『日本近代文学』二〇〇〇・五）が行われた。ただ、明治三〇年代研究会の「文化研究」が、研究対象を明治期に措定し、〈文学〉を当時の社会、歴史的な構築物として捉えるような形として現れてしまったがために、その後、周辺諸言説との関係から文学テクストを分析するという方法としてのみ、日本近代文学の「文化研究」が認識されてしまったところもあろう。そのような意味では、「文化研究」は歴史的複合物の中に〈文学〉を解体していく英文学の新歴史主義《ニューヒストリシズム》とも呼応しており、英文学研究でＣＳと新歴史主義《ニューヒストリシズム》とが混濁した形で定着したのと同じような状況を招いたと言えよう。そして、共時的なテクスト読解に通時性を取り戻した新歴史主義《ニューヒストリシズム》がある意味オーソドックスな方法としての側面を持っていたように、日本近代文学の「文化研究」も、当初のその問題意識が脱色され、単に同時代の資料を参照しつつ文学テクストを解読するオーソドックスな方法として定着してしまったきらいはあろう。同様の傾向は、一九九〇年代後半から二〇〇〇年代初頭にかけて急速に日本に広まり、定着していったＣＳそのものについても見られる。二〇〇三年に早稲田大学で開催されたシンポジウム「カルチュラル・タイフーン」は、その後も年一度の開催を維持し、二〇一二年にカルチュラル・スタディーズ学会（Association for Cultural Typhoon）の設立へと展開した。脱領域的に学問の制度そのものを問い直すＣＳは、一つの〈研究方法〉として定着するに至ったのである。

研究方法として定着したこと自体が弊害ばかりを招いているわけではなく、このような状況の中でも、日本近代文学研究の場において質の高い研究成果が生み出されていることは確かであり、「カルチュラル・タイフーン」での日本近代文学研究者の報告や、立命館大学国際言語文化研究所の活動、名古屋大学文学研究科附属日本近現代文化研究センター（現「アジアの中の日本文化」研究センター）の活動などはその代表例として挙げることができる。近年刊行された日本近代文学の研究書を顧みても、CSや「文化研究」を吸収した上に成立しているものは枚挙に暇がない。例えば、疋田雅昭／日高佳紀／日比嘉高編『スポーツする文学』（二〇〇九、青弓社）、高榮蘭『「戦後」というイデオロギー』（二〇一〇、藤原書店）、竹内瑞穂『「変態」という文化』（二〇一四、ひつじ書房）などを挙げることができるが、これらはほんの一例に過ぎない。

一方で、CSや「文化研究」が方法として定着していった時期とは、教育現場を新自由主義の波が襲い、大学改革や内部の再編が進められると同時に、一八歳人口の減少による「大学全入時代」と呼ばれる状況が大学の大衆化を促した時期でもあった。その結果、CSや「文化研究」が単に大衆文化やサブカルチャーを扱う方法として制度に利用されてしまった側面もある。さらにそれは、徐々に兆候として表れ始めていた文学研究や人文学そのものをめぐる土壌の揺らぎとも呼応し、その意義が薄められた形で定着していったことも否めない。現在、そのような状況はさらに加速し、CSや「文化研究」的な方法が人文学や日本近代文学研究の解体に対する何らかの処方であったということや、CSそのものが制度となり果ててしまったこと、日本近代文学研究において方法としての「文化研究」が馴致されたことなどは、もはや大した問題ではなくなってしまっている。制度や方法としてそれらを引き寄せていた土壌そのものが消滅しつつあるからだ。

例えば社会学の場でCSをリードしていた吉見俊哉は、北野圭介との対談「来るべきカルチュラル・スタディーズ」（『思想』二〇一四・五）の中で、苦境に陥っている人文学の現在的な状況に触れ、もともと近代的な国民国家の構築と不可分であった人文学が、グローバル化の進行に伴ってその性質を変容させたことの必然性を見て取る。そして、そのグローバル化の中で国家の枠を超えて流通する文化のあり様を捉え直すCSの意義を再確認しようとしている。そもそも、大衆文化、消費文化の受け手の身ぶりを考慮しながら、そこに内在するイデオロギーや、ジェンダー、人種、階級などの政治的力学をあぶり出すことを通じて、国民国家を相対化し、それを批判的に捉えていったCSや「文化研究」が、その枠の中に囲い込まれていた状況の方が問題なのであろう。それは、大学や学会といった場に制度として囲い込まれる必要も、知識人やジャーナリズムの中でのみ共有される必要も毛頭ないとすら言える。しばしば指摘されるように、CSの中心人物として知られるスチュアート・ホールの生涯こそがこのことを端的に示していよう。一九三二年にジャマイカに生まれたホールは、イギリス留学後、雑誌編集や中学校の代用教員などの仕事を経てバーミンガム大学の現代文化研究センターの所長に就任し、その後は放送メディアを通じてイギリスの多様な学生たちに教育を行うオープン・ユニバーシティの教員として活動していた。その活動は、特権的でエリート主義的な場から逸脱しており、国家、大学、ジャーナリズム、教育現場といった固定的な枠を持たなかったと言われる。

このことを日本近代文学研究という場に立ち戻って考えてみるならば、言うまでもなく日本近代文学も、国家や大学、学会、ジャーナリズムなどの枠の中で、専門的な知識を持った一部の特権階級にのみ共有されているわけではない。それが国民国家形成の中で用意された大学という場において研究対象とされてきたことを自明視するあまりに、その自明性が崩れ始めた時に戸惑いが生じるのであろうが、所詮つくられた制度であるならば、日本近代文学研究なるものの虚構性が晒されることになるのは当然であろうし、戸惑う感覚それ自体も由来をたどれば制度がもたらしたものであるとも言える。大学という場に制度としての文学研究が消失しても、文学を研究対象とするような学会が消滅しても、文学と呼ばれるような表現形態は誰かの手によって産出されるであろうし、その受け手も存在し、そのようなテクストを通じてものを考える営みも存続するであろう。この半世紀ほどの期間が、日本近代文学がアカデミズムの中で研究対象として意味づけられていた歴史的条件を形成していただけのことであり、文学についての何らかの言及がアカデミックな研究というスタイルを採る必要などないとも考えられる。今のメディア環境ならば、文学を精読、調査し、それについて言及したい者たちの交錯や交歓は、アカデミズムという場でなくても容易にセッティングできるであろう。研究者を養成する／されるという関係から生じる徒弟制度や、その制度の中で生じた権力の認識可能な〈研究〉の評価によって自律的に維持されるシステム、あるいは、制度の外側にいる大多数の人々には到底理解できないような専門的で過剰性を帯びたテクスト読解や、その価値が共有されていなければ意義が不明な小さな発見を伝達し合う言語ゲームとは異なった場に、可能性を託すこともできるのではないだろうか。

おそらく、ＣＳがまだＣＳという呼称を与えられていなかった頃、いずれそう呼ばれることになる場は、そのような可能性に満ちていたに違いない。そこにこそＣＳの現在的な意義があるのではないだろうか。今、人文学という領域、ひいては日本近代文学研究という領域の中で〈研究者〉と呼ばれている存在は、研究の方法としてＣＳがあり、文学研究の方法として「文化研究」があることの意義を机上で再確認するよりも、ＣＳの出発点となったものを今一度日常の中に取り戻すことから始めるべきではないだろうか。例えば、ここで想起しておきたいのは、パンク青年であったデビッド・マグルトンが、ＣＳの古典であるディック・ヘブディジ『サブカルチャー』（一九八六、山口淑子訳、未来社）を読んでも何が書いてあるか理解できず、自分の人生とも無関係であると感じたというエピソードである。その後、マグルトンは大学に入り直して『サブカルチャー』を再読し、その内容を理解するだけの知識を持つようにはなったが、やはり自分の人生とは無関係であると感じたという。たとえて言えば、そのような〈卑俗さ〉こそがＣＳの出発点なのではないだろうか。それは、スチュアート・ホールが口にする、ある場から追われている（displaced）という感覚、あるいは場違いである（out of place）という感覚とも重なっていくであろう。大学や学会といった学術研究の制度に対する場違いな感覚と、そうした制度との折り合いをどうにかつけようとした結果としてCSや「文化研究」と呼ばれたような方法は現出したと言える。そして、そのような場違いな感覚に向き合い続けることは、〈研究者〉や〈知識人〉、〈教員〉に完全にアイデンティファイすることもできず、そこからドロップアウトすることもできないような立ち位置にあり続けることなのだろう。それ故に、そこでは、〈学問〉と〈日常〉、〈研究〉と〈実践〉、〈知識人〉と〈大衆〉との敷居、さらには〈教育〉の場そのものも揺らぎ続けることになるのである。

と、こう記すことができる中に既にしてある特権性が孕まれていることに否応なく気づかされ、CSに言及することの困難を露呈してしまうのだが、ただ確実に言えるのは、日本近代文学会編集の本書に、一つの確固たる方法として「カルチュラル・スタディーズ」という項目が挙げられていること自体が、CSの意義を失わせてしまっていることになるということだ。この文章が本書にあることそのものが、既にして〈場違い〉なのである。

メディア・出版文化論

五味渕典嗣

物語はいつでも歴史を貧しくしてしまう。登場人物を限定し、人物相互の関係を単純化し、現在という着地点に向かう以外の筋道を語れない。もちろん、コミュニケーションの経済効率を考えれば、ひとが物語から自由になれないことぐらい、わたしとて承知しているつもりである。しかし、何とも面妖に感じてしまうのは、人一倍細部に敏感であるはずの文学を学ぶ者たちが、自己の領分にかんしてはひどく単純な物語を語って疑わない場面にしばしば出くわすことなのだ。わたしの念頭にあるのは、近現代文学研究の歴史を研究方法の歴史として語る、あの物語のことである。

作家論、作品論、テクスト論、文化研究という単線的な発展史観。かれこれ一五年以上は語られているこの物語は、たんにわたし個人がうんざりしているという以上に、いくつかの害毒をもたらしているように思う。〈研究方法〉のみに焦点化することは、着実な資料の掘り起こしや考え抜かれたテクストとの対話、特定のテーマをめぐる真摯で持続的な追究など、この領域が積み上げてきた知見の蓄積に向かう視線を後景化させてしまうし、日本語の近現代文学にかかわる研究が、あたかも自律的かつ内発的に、独自の展開を遂げてきたかのような幻想を産出してしまう。また、この物語は、何より〈なぜ研究方法のレベルに議論が集中するのか〉という反省を欠いている。

そもそも近現代の日本語文学テクストにかんする研究・批評とは、いったい何を対象に、どんなことを考え、明らかにするものなのか。誰かが何かを書き上げれば、それが〈文学〉となるわけではない。では、どんな書きものが〈作品〉と認知され、〈文学〉の歴史に登記されるのか。文学研究は文学作品／テクストの研究とイコールではない。メディアや出版文化への関心は、近代に構築され、そのようなものとして認知され、再生産されてきた〈文学〉という制度を対象化する視線を析出した。同時にそれは、関心と対象とが重なり合う他のディシプリンで語られた言葉たちとの間で、緊張感の伴う持続的な対話の回路が開かれたことも意味していた。言うなれば、文学言説を出発点に思考を始めようとする者たちに、自らの問いの対象と、自らの言葉の収まるべき領域性に対する再帰的な自省を構造化したのである。

とはいえ、メディアとは媒介のことだというお馴染みの定式を想起すれば、この語が指示するすべてを視野に入れた議論を展開することは、わたしの能力にも与えられた紙幅にも余る。本稿では、二〇一四年末から二〇一五年初めにかけて公刊された二つの重要な成果、牧義之『伏字の文化史』（二〇一四、森話社）と、大澤聡『批評メディア論』（二〇一五、岩波書店）とを手がかりに、近現代の日本語による文学言説と紙のメディアとの関係に着目した仕事について、わたしの立場から、これまでの議論とその水準とを概観しておこうと思う。よって、ここでは、映像メディアや音声メディア、文化としてのモダニズムを支えた都市の諸装置をとりあげた業績は割愛せざるを得ない。なお、二〇〇〇年代以降の近代出版文化史・出版メディア史研究の展開については、掛野剛史「00年代の近代出版史研究」(『出版研究』二〇一二・三)が、資料紹介を含む適切なまとめを行っている。あわせて参看されたい。

＊

ひとは、〈文学〉を下支えする社会的・文化的・歴史的な諸条件について、いったいどこまで自覚的だったか。牧義之『伏字の文化史』は、誰もが見知っていたあの記号たちを、歴史性の刻印を帯びた文化記号として反省的に捉え返した労作である。内務省を中心とする戦前の検閲体制下では、テクストを受け取る読者は〈伏字化〉を前提とする読書行為を求められたし、生産者としての作者もまた、自分以外の第三者によって異化された本文とどう向き合うかが問われることにもなった。徹底して〈伏字化〉の局面を注視した牧の着実な仕事は、多くの人間が知ったつもりになっていたことがらを、改めて具体的な資料に即して突きつけてみせたのである。

たぶんに抽象的な観念や約束事を含む〈文学〉をとりまく制度を批判的に吟味するには、書物というモノ自体から出発するに如くはない。ここに近代出版史研究との接点が生じるわけだが、その際、人的なネットワークの面をふくめ、媒介者《メディア》としての浅岡邦雄が果たした役割は特筆に値する。圧倒的な資料の博捜にもとづく浅岡の立論は、文学出版の動向を考える際、基本的に作者や編集者の回想・証言のみに依拠してきた研究・批評の側に、深刻な反省を促すものだった。著書『〈著者〉の出版史』(二〇〇九、森話社)は、一九世紀後半から二〇世紀前半にかけて、著者と出版者と市場との「デリケート・バランス」の変化を実証的に追跡したものだ。〈読者〉の側に視点を向けた永嶺重敏は、『モダン都市の読書空間』(二〇〇一、日本エディタースクール出版部)『〈読書国民〉の誕生』(二〇〇四、同)で、ともすれば〈大衆化〉の一語で括られてしまう事態について、同時代の活字メディアの位置価や雑誌や書物が受け手に届くまでの回路の複数性を問題化した。同様の関心は、危機が叫ばれて久しい現在の出版流通システムが、戦時総力戦体制に直接の起源を持つことを示した柴野京子『書棚と平台』（二〇〇九、弘文堂）にも共有されている。

近年、著しい進展を見せている検閲研究の領野も、出版研究・メディア研究との協働によって開かれてきた。よく考えるとひどく不思議なことだが、近現代の文学研究・文学批評では、長い間、〈作品〉を書き手の思索を直接的に反映したものと考えたり、読者の想像力を自由に投射できる対象と見なす発想が半ば自明視されてきた。占領期に至るまで、日本語のメディアが一貫して法的な検閲制度下に置かれていたことが半ばカッコに入れられていたのである。その中で、山本武利を中心とするプロジェクトの活動は、GHQ/SCAPの資料に拠りながら、占領期の言説空間の総合的な検討への道を開くことになった。詳しい経緯と研究動向は時野谷ゆりの整理に譲るが（「プランゲ文庫をめぐる文学研究の課題と可能性」『昭和文学研究』二〇〇七・三、「研究動向　検閲」同、二〇一一・三）、文学・文化言説の考察を通じて、米日合作の戦後体制を批判的に捉え返そうとする思想的な関心に掉さす意味でも、山本・川崎賢子・十重田裕一・宗像和重編『占領期雑誌資料大系　文学篇』全五巻（二〇〇九―一一、岩波書店）の刊行は意義深いものだった。山本自身の占領期検閲研究の集大成とも言うべき『GHQの検閲・諜報・宣伝工作』（二〇一三、岩波書店）は、もはやこの時期の文化総体を考える基本図書であろう。それに比して、戦前・戦時期の検閲システムの検討はやや遅れたが、ジェイ・ルービンの先駆的な業績『風俗壊乱』（二〇一一、世織書房。原著は一九八四）が日本語で読めるようになったことは喜ばしい。先掲の牧の仕事の他にも、内務省の検閲担当部局の組織的変遷と都下三つの公共図書館に残された内務省検閲原本（内務省委託本）の調査から、検閲作業の実態に迫った浅岡邦雄「検閲本のゆくえ」（『中京大学図書館学紀要』二〇〇八・五）や、一九二〇年代の検閲制度改正運動に焦点を当てた紅野謙介『検閲と文学』（二〇〇九、河出書房新社）をはじめ、本格的な仕事が出はじめている。

検閲にかかわる議論もそうだが、新聞や雑誌、出版者や批評家といった行為者がテクストの意味生産に参与する場面に目を向けることは、もはや文学言説について考える基本的な手続きと言えよう。その本性からして雑多で多様な言説の集合体である新聞・雑誌メディアを対象とする検討が、領域横断的な学知の可能性を開くことは、つとに鈴木貞美編『雑誌『太陽』と国民文化の形成』（二〇〇一、思文閣出版）が示したところだが、近年の成果としては、改造社研究会編『改造社のメディア戦略』（二〇一四、双文社出版）を挙げるべきだろう。雑誌以上に多様なリテラシーを有する受け手に開かれていた新聞メディアが、物語をいかに包摂し、加工し、拡散していったかという問題については、関肇『新聞小説の時代』（二〇〇七、新曜社）が参考になる。

近代の日本語の文脈で〈文学〉が身にまとっていたアウラは、単に文化的な名誉への欲望だけではなく、ある種の経済的利得への期待によっても上書きされていた。人びとを〈文学〉に招き寄せる何とも人間らしい心性に気付かせてくれたのは、山本芳明『文学者はつくられる』（二〇〇〇、ひつじ書房）である。第一次世界大戦後の文学言説の市場拡大に夢を見てしまった書き手たちの苦闘や、市場化の波に乗れた者とそうでない者との落差は、読む者の胸を締め付ける。山本は近著『カネと文学』（新潮社、二〇一三）では、一九五〇年代にまで視野を広げた議論を展開している。また、システムとしての懸賞小説を論じた紅野謙介『投機としての文学』（二〇〇三、新曜社）の問題意識を引き継いだ和泉司は、選び―選ばれるという力学が、メディア企業の市場戦略という点でも、文学テクストの心象地理という点でも、積極的に外部性を呼びこんでしまうさまを浮上させた（『日本統治期台湾と帝国の〈文壇〉』二〇一二、ひつじ書房）。

＊

文学言説とメディアという問題系は、具体的なモノや法制度に着目する関心に先だって、テクストの意味確定にかかる方法的な自覚を踏まえた議論の地平を開いてきた。大澤聡『批評メディア論』は、その最新の達成と言える。

まるで言葉を千切って投げるかのごとき文体の物珍しさに幻惑されなければ、大澤の議論の本質が着実な言説研究にあることは明白だ。互いに競合する媒体どうしが、部外者から見れば取るに足らぬものとも映る差異と対立を演出しあうことでようやくマーケットが維持されている構造下では、起源の定めがたい標語が反復的に参照・引用されることで、何やら亡霊めいた実定性を持ち始める。そこでは、新たな情報の生産より、言説の切り出し・加工・組み合わせが生み出す付加価値の方が重視されよう。一九三〇年代前半期を取りあげた大澤の仕事は、〈編集〉という権力の前景化を考える重要な論拠を提供してくれる。しかし一方で、『批評メディア論』は、ある特定の時期の言説を集積・検討する分析が陥りがちな隘路をも物語っているとわたしは思う。確かにそうした分析は、同時代の問題把握や思考のパターンを教えてくれる。だが、あくまで語られた言葉のみから出発する限り、その言説が収まる場自体の偏りや、構造的な変動が生起する瞬間を捉えにくくなってしまうのだ。大澤の論及対象が蘆溝橋事件以前に厳しく限定されているのは、その意味で方法的な必然なのである。

同様の問題は、文学テクストと同時代の新聞・雑誌言説を関係づける隠喩として〈メディア〉という語を用いる立場にも当てはまる。〈同時代言説症候群〉との批判が出るほど多くの議論を賦活した発想だが、そもそも文学テクストがコンテクストと共に現象することは誰もが知る通りだ。問題は、コンテクストはいくらでも事後的に代補できてしまうことにある。そのため、作品という単位を前提に考えるなら、なぜ〈いま・ここ〉で、そのテクストについて、そのコンテクストを浮上させるのかという批評的な問題提起を論に繰り込まない限り、結果的にただの背景調査にしかならないのである。同様のことは、文学の書き手のメディア意識に着意する議論にも当てはまる。近現代の書き手は、すでにそこにある言説の場に後発者として参入するところから出発する以上、誰もがいくぶんかは戦略家として振る舞わざるを得ないのは当然だからである。だが、注意すべきは、どんな書き手であっても、言説の場に対してメタレベルに立つことはできない、ということだ。いくつかの偶然が作用した結果、メディアの場に流通する自己や作品のイメージを操作できる局面があったとしても、それをある種の全能感と取り違えてしまうことの陥穽は、山岸郁子が論じた島田清次郎の事例（「ベストセラー作家の行方」『文学』二〇〇一・七／八）に学びたいものだ。

一方で、より精密に読者の解釈＝意味生産の現場を見つめようとする議論も提示されてきた。しばしば誤解されるが、ひとは、何ものにもとらわれず自由にテクストを読むことはできない。認知された言葉の束はいくつかのグループへと類別化され、線引きと価値づけが行われる。その上で、その言葉が帰属する場所やジャンルに合わせて受け止めのモードを変化させながら、一つ一つの文、個々の言表から意味を読み出したり読み出さなかったりするわけだ。この場合、メディアは、意味をめぐって質の異なる様々な力がせめぎあう、言葉のフィールドの喩と捉えられることになる。

だから、金子明雄「「家庭小説」と読むことの帝国」（小森陽一・紅野謙介・高橋修編『メディア・表象・イデオロギー』一九九七、小沢書店）がいまなお参照されるべきなのは、ジャンルとしての「家庭小説」の文学史的意義を再発見したからではない。同時代言説のレベルで「家庭小説」という言葉が語られるたびに、当時は未だ内実を欠いた記号だったはずの「家庭」「小説」が、それぞれ実定性を持ち始めてしまう瞬間を捉えてみせたからであり、また、求心的な作品分析の立場からすれば散漫で完成度が低いと見えてしまうテクストが、同時代の解釈のモードと積極的に接続していく局面を取り出してみせたからなのだ。同様にジャンルの編成とメディアの交渉の様相を注意深く観察した成果としては、久米依子『「少女小説」の生成』（二〇一三、青弓社）も重要だ。「空白の政治学」という副題を持つ中山昭彦「小説『都会』裁判の銀河系」(三谷邦明編『近代小説の〈語り〉と〈言説〉』一九九六、有精堂出版)が開いた地平のことも記したい。同時代的にも決して際どい描写があったとは言えない生田葵山の短篇小説がなぜ処分されたのか。この問いを通じて中山は、テクストの記述の不在が「空白」と認知されることで、メディアで流通するごく曖昧なイメージに依拠したコードが放埒なまでに呼びこまれ、特定の解釈を現勢化させてしまう過程を浮上させた。こうした中山の議論の方向性は、大野亮司「〃個性〃の尊重/〃状況〃の確認」(『日本文学』二〇〇〇・一一)が実践した、文学テクストの解釈をめぐる問いから出発しつつ、メディアという舞台を、実証主義的な歴史とは異なる言説編成の歴史を記述する方法的な現場と見なす発想へとつながっていくだろう。

＊

ポストコロニアル批評の議論は、ほとんど犯罪的なまでに無自覚に行われてしまった日本帝国の脱–植民地化が積み残した諸課題や、帝国の記憶それ自体の忘却を問題として突きつけたが、その認識は、日本語メディアの流通圏が現在の国境とは重ならないという歴史の事実に、改めて注意を喚起することになった。この点は別項で詳しく論じられるはずなので、基本的な事項のみを記す。

アメリカ大陸での日本語書籍の流通にかんしては、和田敦彦の大著『書物の日米関係』(二〇〇七、新曜社)・『越境する書物』(二〇一一、新曜社)がある他、日比嘉高『ジャパニーズ・アメリカ』(二〇一四、新曜社)、エドワード・マック「日本文学の果て」(『立命館言語文化研究』二〇—一、二〇〇八・九)が、情報のハブとしての書店の役割に注目しながら、北米・南米それぞれの事例を紹介している。日比には、いわゆる〈外地〉の書店総体を視野に入れた論「外地書店とリテラシーのゆくえ」(『日本文学』二〇一三・一)もある。一九三〇年代には東洋最大のメディア・センターだった上海という都市空間は、めまいのするほど込み入った政治の空間だったからこそ、エア・ポケットのような奇妙な遭遇が起こる出来事の現場でもあったが、その様相を具体的に知る上では、和田博文・徐静波・西村将洋・宮内淳子・和田桂子『上海の日本人社会とメディア』（二〇一四、岩波書店）や大橋毅彦の継続的な研究（例えば、「上海・内山書店文芸文化ネットワークの形成と奥行」『日本文藝研究』二〇〇九・九）が出発点となる。

こうした検討の流れが、現在の国境と学問領域と言語を跨いだ共同研究に展開することは必然だった。戦後占領期のGHQ/SCAPによる検閲を理解するためにはアメリカ合州国における東アジア政策の展開を念頭に置く必要があるし、戦前戦時期の日本帝国による検閲を総体として解明するには、例えば岡村敬二『満洲出版史』（二〇一二、吉川弘文館）が論じた、植民地や占領地、満洲国での法制度的な枠組みと運用の実態にかんする検証が欠かせない。つとに鈴木登美・十重田裕一・堀ひかり・宗像和重編『検閲・メディア・文学』（二〇一二、新曜社）、紅野謙介・高榮蘭・鄭根埴・韓基亨・李惠鈴編『検閲の帝国』（二〇一四、新曜社）が先鞭を着けたが、将来的には資料調査の面も含め、対象と関心を共有する他領域・各国の研究者との協働がますます求められることになろう。しかし、こうした検討が、各国各地域別の検閲制度の通史的比較という論点のみに収斂するなら、潜在的な問いの可能性を自ら閉ざすことになるとわたしは思う。今後追究されるべき方向性があるとしたら、従来の言説研究と検閲研究の接続・節合ではなかろうか。

その伝で推せば、先掲『検閲の帝国』所載の韓基亨の議論が示唆的である。韓国での検閲研究を主導する一人である韓は、帝国本国と植民地との法制度的な格差だけでなく、資本主義的な出版市場が植民地朝鮮の「文域」を間接的に統制する役割を担った、と指摘する（「法域」と「文域」）。確かに、現在の日本国に検閲制度は存在しない。しかし、現在の日本語の言説の場で、より洗練され精緻化されたメディア・コントロールが現実に実践されていることは誰もが知る通りである。国家や資本による直接的・間接的な経済的支援があり、言説の場への参入を阻害する様々な障壁が機能している。そもそも〈問題〉と認知されていない事象・事態も少なくない。最良のプロパガンダとはそれと気づかれぬものだが、この国に限らず一般に言説の場は、それぞれの文脈で培われた統治技術を駆使しながら、関係する多様なプレイヤーたちの自発性・能動性を動員し調達しつつ、複数のレベルでヘゲモニー的に管理・統制されているのである。

ひとは何ものにも囚われず自由に語れるわけではないが、とはいえすべての発言が完全に統御・管理されているわけでもない。文学言説にかかる研究は、どんな場所で、どんな言葉と言葉とが結び合わされ（結び合われず）、どんな意味作用が生じてきたか（生じてこなかったか）という言説編成の様態だけでなく、どこにどんな論理どうしの葛藤と齟齬があり、言説空間に遍在する亀裂や空白にどんな解釈が読み込まれてきたのか、いたずらな反復や再生産を切断する介入の余地はなかったのかをも問うてきた。ならば、そうした検討の蓄積を、語られた言葉と政治的・経済的・社会的・文化的なヘゲモニーとの関係性を批判的に分析する際に、援用することはできないか。もし、文学研究が語られた言葉の分析と記述にかんする専門性を主張したいなら、その程度のことはやってみせねばなるまい。

大衆文化・サブカルチャー

吉田司雄

「大衆文化」あるいは「サブカルチャー」と呼ばれる日本近代文学研究の「方法」があるわけではない。日本近代文学という研究領域とは直接関わらない地点で、日本の「大衆文化」は研究されてきたし、今も研究され続けている。にもかかわらず、『近代文学研究の方法』という本書で「大衆文化・サブカルチャー」という項目が設けられたというのは、学会誌への投稿・掲載論文に以前は正統的な研究対象とみなされなかったサブカルチャーと総称される領域の作品や現象を論じたものが増えているという状況があるからであろうか。文学研究の範疇に入るとは思えない論考の掲載をいぶかしく、あるいは苦々しく思う人もいるだろうが、それを文学研究の中で培われてきた方法論の汎用性を示すものとして歓迎する向きもあるのかも知れない。しかし、ここで求められているのは、多様な論考を一緒くたにしてのサブカルチャー研究批判でも、かといって擁護でもなく、このような状況が現出するに到った文学研究の方法論的道筋を総括することなのだろうと解釈する。

日本近代文学アカデミズムにおいていわゆるサブカルチャー研究が目につくようになったのは、ここ一〇年くらいのことである。日本近代文学会二〇〇五年度春季大会のシンポジウム「文化史としての〈現代文学〉」(しかも当日午前中には『もののけ姫』『新世紀エヴァンゲリオン』を取り上げた二本の研究発表があった)とそれを受けた『日本近代文学』第73集「展望」欄内の小特集「近代文学研究とサブカルチャー」、そして同年の昭和文学会春季大会が「サブカルチャーと文学――少年少女をめぐって」というテーマで開催されたあたりが一つのメルクマールと言えるだろう。それは、『メディア・表象・イデオロギー――明治三十年代の文化研究』(一九九七、小沢書店)以降「文化研究」と呼ばれる傾向が争点化された二〇〇〇年前後の学会状況の、その先に開けた光景だった。本書の「読者論」という項目で日高佳紀は、「九〇年代の文化研究的転回以降、文学研究の対象は、従来の自律的な価値が認められたいわゆる正典のみでなく、「大衆小説」と呼ばれてアカデミックの外に置かれてきた作品はもちろん、マンガ、映画、その他サブカルチャーにまでおよび、むしろ、ジャンルの拡大と横断があたりまえのようになった」と、今日のサブカルチャー研究を文化研究の延長線上に位置づけているが、文学中心主義を相対化する文化研究がまず出てきて、そのうえで文学とサブカルチャーとの接点が焦点化されたのは確かであり、その意味で、まさしくサブカルチャー研究は文化研究の正統なる嫡子なのだ(と私は思っている。異論はあるだろうが)。

従来型の文学研究の刷新を旗印とした文化研究の方向性と、サブカルチャー研究の志向性との共通項を数え上げることは難しくはない。第一に、サブカルチャー研究は従来排除されてきた多様な文字テクストを対象として浮上させる。「大衆文学」と呼ばれるものはその一例に過ぎない。のみならず、周縁化されてきたジャンルのテクストとその受容を検討することで、文学的規範を再検討しようとするカノン研究と手を携える。サブカルチャー研究の台頭とは、単に研究対象の拡大を意味するのではなく、従来型の文学研究の在り方そのものを相対化し、「文学」をめぐる言説布置を再検討しようとする動きの具体的実践的な現われという側面がある。

第二に、いま近代文学研究というアカデミックな場で俎上に上げられるのは、字義通りの意味での「文学」に囲い込める文字テクストに止まらない。加えて、今日のサブカルチャーでは同一作品が小説、マンガ、アニメ、映画、テレビドラマ、演劇など様々な形で変奏されるメディアミックスがむしろ常態だと言える。製作＝流通過程において作家の同一性は保持されない。もちろん純文学や古典作品だって映画化されたりマンガになったりはするが、その場合でも原作が起源として措定され、原著者の意図がしばしば特権視されるのに対し、サブカルチャーでは必ずしもそうなっていない。サブカルチャー研究は作者論的アプローチの自明性を問い直すことで発展してきたし、意味の中心を仮構する方法にたえず疑問を投げかけ続けている。

ただし、作者論の成立しないサブカルチャーを横に置くことで、作者という起源が措定できる「文学」は改めて特権化され得る。その意味で、サブカルチャー研究はテクスト論が特定のテクストを対象としない文化研究へと展開していったその先に登場したものであると同時に、再度「文学」という規範を再強化する可能性をも孕んでいたと言えるだろう。

さらに研究を支える環境の変化という点から見ても、文化研究の先にサブカルチャー研究が台頭してくるのは半ば必然であった。『文藝年鑑 2010』に収められた東郷克美の展望記事「日本文学（近代）研究'99」は、「一九九〇年代の後半は、日本の大学から国文科というものが、一部の私立大学をのぞいてほぼ消えてしまった時期として記憶されることになろう」と指摘したうえで、「それと併行するように、文学研究（特に近代文学）の方にも文化研究《カリチュラル・スタディーズ》の波がおしよせて来た。国民国家論、文学主義批判、ジェンダー研究のうねりの中で、従来の文学研究の偏向・限界がいわれるようになり、それが文部省の大学（特に人文系）改組・再編成の企図と奇妙なかたちで結びついてしまった」と述べているが、外からの学部学科改編圧力を受け止めつつ、国文科が学科名称を変えてでも生き残りをはかるにあたり、学生たちがより興味を持つ分野として取り込まれていったものの一つが、サブカルチャーであった。それはジャパニメーションなどと称してサブカルチャーのコンテンツを海外輸出しようとする国策的な動向とも結びつくものだった。わかりやすく言ってしまえば、若者に人気で、海外でも評判のサブカルチャーを許容する（という柔軟な姿勢を宣伝する）ことで、日本文学研究を包含する学部学科の規模の温存がはかられたのであり、一定の相対化はなされたとしても依然制度的に中心にある研究自体はほとんど揺らがなかった。実際、教育カリキュラムへのサブカルチャーの取り込みが学科の教員構成等を根本から変えるところまでは必ずしも行っていないのが現状であり、別にサブカルチャーに限った話ではないが、こうした新興分野は、専門分野を他に有する専任教員が片手間に担当するか、非常勤講師に依存するのがいまだ一般的であることがそれを証していよう。

サブカルチャー論の系譜をさらに遡るならば、プロレスや結婚記事やストリップや占星術を論じたロラン・バルトの『神話作用』（篠沢秀夫訳、一九六七、現代思潮社、原著一九五四）を逸することはできない。構造主義は対象とする作品の文化的価値には少なくとも理論上一切関心を示さず、例えば文学として優れているか否かにかかわらず、その作品の「構造」を抽出しようとするわけだが、バルトはまさにその芸術的価値を不問にすることで、サブカルチャーに包含される事象も次々と論じてみせた（にもかかわらず、今日のサブカルチャー研究に『神話作用』が決定的な影響を与えたと言えないのは、日本への紹介が抄訳に止まったという事情と共に、文学研究者のバルトへの関心が『物語の構造分析』（花輪光訳、一九七九、みすず書房）に収録された「作者の死」「作品からテクストへ」という方法論的エッセイやバルザック『サラジーヌ』を緻密に分析した『S／Z』（沢崎浩平訳、一九七三、みすず書房）に偏していたことに起因しているのだろうか）。

当時のバルトに代表される構造主義的な分析手法は、日本近代文学研究ではテクスト論という形で結実するが、作品論との間に大きな論争が生じたことはここで語るまでもないだろう。作者の意図を解釈の最終的な拠り所とするのは、日本の作品論に限ったことではない。例えば、E・D・ハーシュ・ジュニアは『解釈における妥当性』（一九七六）で解釈の複数可能性をある程度許容しつつも、著者の意図する意味を全く尊重しないとなれば、その先には何でもアリという批評のアナーキーな状況が到来してしまうと警告を発したが、テクスト論が読みのアナーキーを招来するものとして忌避されるのであれば、サブカルチャー研究は対象選択においてさえ何でもアリの〝無法地帯〟への案内者としてもっと叩かれ、批判されてもよかった。しかし、そうなっていないのは（私の実感に即して言えば）テクスト論の流れを組む文化研究の嫡子たるサブカルチャー研究が、一方では本来的なテクスト論や文化研究が持っていた批評性を失い、また文学研究者の存在基盤そのものを脅かすだけの強度をいまだ持ち得ていないということなのだと思う。

サブカルチャー研究に関わったからとて、言われなき中傷をあびることもなくなった現在、それでもどこか満たされない思いを抱くのは、たぶん私一人ではあるまい。少女小説の研究者である久米依子は「研究は趣味化し、無邪気な讃美が横行しかねない」サブカルチャー研究の現状の危うさを指摘しつつ、「ハイ／サブの〈中心と周辺〉構造が健在である状況下で、サブカルチャー研究がその配置を無視すれば、単なる嗜好の領域、あるいは多数派への迎合となって、むしろ権力構造の温存・強化に加担する」ことになると警鐘を鳴らしている（「サブカルチャーと向き合うために」、『日本文学』二〇一四・二）が、おそらく発言の根底には、サブカルチャー研究がその過去を忘却し、ぬるま湯状態に安住している現状への苛立ちがあるのだろう。もちろんサブカルチャーに関心を寄せる論者すべてが文化研究の延長線上にいるわけではなく、またそうである必要もない。加えて、基本的な資料整備が急務の課題となっているサブカルチャー研究の現状を思うならば、文学研究から学ぶべきものは書誌学などの実証的研究の方だとさえ言えるかも知れない。しかし、時に私は、サブカルチャーがまだ「大衆文化」と呼ばれ、主流文化（メインカルチャー）・高級文化（ハイカルチャー）に対する対抗文化（カウンターカルチャー）としての側面に熱い視線が注がれていた時代のことについ思いを馳せたくなってしまう。文化研究がもたらした衝撃が何であったのかを、もう一度呼び覚ましてみたいとも思う。

戦後日本において「大衆文化」は、政治的な闘争のフィールドであった。例えば、鶴見俊輔の『大衆芸術』（一九五四、河出書房）、『限界芸術論』（一九六七、勁草書房）、『戦後日本の大衆文化史 1945～1980年』（一九八四、岩波書店）など一連の仕事は一九四六年に『思想の科学』を創刊した思想の科学研究会メンバーとの共同研究を発展させたものだが、研究会のもう一方の成果が『共同研究　転向』（上・中・下、一九五九―一九六二、平凡社）であることからもわかるように、それは進歩的知識人の視線をもって日本の抑圧された「大衆」像を構築しようとする極めて政治的な試みであった。尾崎秀樹は兄秀美が検挙されたゾルゲ事件の真相究明から評論家としてのスタートを切ったが、一九六一年に武蔵野次郎と大衆文学研究会を創立、『大衆文学』（一九六四、紀伊国屋書店）、『大衆文学論』（一九六五、勁草書房）、『大衆文学の歴史』（一九八九、講談社）といった労作を積み重ねて「大衆文学」を特定の作家主体に還元されない民族的思考の一表現として捉えていこうとした。政治的マイノリティに据え置かれた人々の情念をそこに見出そうとする知識人的な「大衆文化」への接近スタンスは、何もこの二人に限ったものではない。また一方には、一九六七年に菊地浅次郎（山根貞男）、梶井純、権藤晋（高野慎三）と同人誌「漫画主義」を創刊し、白土三平、つげ義春、水木しげる等を規範的な美術に対抗するアヴァンギャルド芸術性から高く評価した石子順造のようなスタンスもあるが、いずれにしても「大衆文化」は（その直接的な担い手ではない）知識人にとっての政治的な抵抗の拠点であり、権威に抗うがゆえに半ば無条件に肯定される存在だった。

そして、カルチュラル・スタディーズが何よりも前景化したのが、大衆文化と向き合う際の政治的なポジショニングの問題であった。大衆文化はその周縁性ゆえに無条件に肯定されるべきではなく、むしろしばしば制度的な秩序の維持に貢献し、差別の再生産に無意識に加担することもあることがはっきりと示された。

「大衆文化」の無謬性を前提としたかつての「大衆文化研究」のスタンスに戻ることはもう出来ない。バブル景気のさなかに世に出た大塚英志の『物語消費論』（一九八九、新曜社）や九〇年代のオタクたちの新たな消費行動に目を向けた東浩紀『動物化するポストモダン』（二〇〇一、講談社）と、対抗文化論的なそれ以前の大衆文化研究との間には大きな断層がある。しかし、サブカルチャー研究がいまはまりつつある閉域を、大塚英志や東浩紀や斎藤環や宇野常寛らの言説だけを教科書に載っている公式のごとくそのまま援用することで解き放すことができるとも思わない。愚鈍だと思われようが、戦後日本で積み重ねられてきた「大衆文化研究」の蓄積をもう一度、文化研究以後のその可能性の中心を求めながら読み返すくらいのことは最低限してみなければならないのかも知れない。学史の再検討がなされた先でようやく、サブカルチャー研究の「方法論」が真に論議されうるはずだからである。

とはいえ、どうしても懐古的な目線になってしまうところに、自分の限界があることも自覚している。過去に囚われない地平から鮮やかに視界を拓く新しいサブカルチャー研究の方法が登場してくるのを期待する、そんな気持ちも一方にはあることを率直に述べておきたい。

比較文化

堀まどか

様々な文化現象や文化の歴史を、領域横断的な視点から研究する学問――。「比較文化」が、文化研究上の一つの学問的な方法であり理論であることは自明なのであろうか。私には、特定の研究方法をイメージすることができない。比較「文学」のほうの理論や方法についてならば、かつてそんなタイトルの講義に出会ったこともあり、ニュークリティシズムの手法に始まる方法論の歴史的変遷が多少は可視化できる気もするが、比較「文化」のほうとなると完全に茫漠としている。

比較文化の「案内」や「方法」といった言葉を掲げた書籍も存在しているが、たいていが教養書のようなもので、方法をそのまま使用することは出来ないだろう。もちろん自己相対化や研究姿勢の客観性をはかるために理論を把握しておく必要はあるから、まったく参考にならないわけではない。しかし、そもそも、理想的な研究の方法とは、自分と自分のテーマの内的な要求に従って必然的に導き出されるものではないかと思う。行き詰まって悶々と悩みながらも、それでも手を動かして進もうとしているとき、ふと何かが見えてくる瞬間。それが面白いのだろう。

私の究極的な理想とは、例えば、「普遍とは何か」について理論的な言葉を尽くさなくても、読者に「普遍」が立ちのぼって見えてくるような、そんな研究である。一つのことを論じていながら、読者にはそれ以上のビジョンが開かれる、そんな仕事を諸先輩方の研究のなかで見てきたし、私もそれを目指したいと思っている。その点からいって、優れた比較文化の良書がこれまでも数多く生み出されてきたのだが、例えば最近でいえば、『絵画の臨界』（二〇一四、名古屋大学出版会）のような研究書は、比較文化の方法の現在と近未来を示唆していると感じた。

断っておくと、私は「比較文化」の方法論や理論、既存の知識、そして現象としての研究史を巧みに整理するにふさわしい者ではない。ましてや新しい論法や提言をできるわけでもない。では、どうするか。仕方ないので、私は思い切って、自分がこれまでの研究で注意してきたこと、今現在の個人的な課題と関心を、披露してみることにしたい。

日本近代文学を専攻していた私が、大学院在学中に研究テーマに設定したのは、一人の詩人（野口米次郎）である。日本語と英語の両言語で書く彼の執筆範囲は、詩作にとどまることなく、日本美術や浮世絵、能・狂言、そして政治的発言にも及んでいた。そんな彼の人生を、そしてその評価の有りようを追いかけようとすれば、彼の仕事が海外のジャポニスムにどのように働きかけ、どのような役割を担ったのか、また国際政治の動きとどう並行しどう離反しているのかについて、考察を試みることに繋がったのである。

このようなテーマを扱うために必然であったともいえることだが、「一国文学史」観から離脱すること、個々の流派の文学史観から文芸・文化の全体像を回復すること、そして、近代の国際的な潮流の中に内在した「脱近代」・「超近代」の価値創造の過程の解明、この三つの方向を自分の研究方針として意識した。とてつもなく壮大な課題のように聞こえるが、一個の人間に集約させながら大河を眺めてみることは、それほどの難題にはならない。

試行錯誤の研究過程でつねに意識していたのは、「座標軸」を見失わないこと。私の研究においては二つの座標軸があると感じていて、その一つは、詩学の文化伝統に目配りする日本文化研究や日本文学研究の側からの縦軸のアプローチ、もう一つが、象徴主義やモダニズムなどの国際的同時性に着目する横軸だった。

私が対象にした詩人に限ったことではないだろうが、一人の人間の「生」とは、幾つもの座標軸の上にこそたどりうる。つまり、一人の人生を追いかけるために、日本文学・英文学といった個々の学問領域を超えて、文化全般、さらには思想全般の国際的・国内的な動向とを関連づけて考察する立場が必須となり、学芸ジャンルの領域を横断する視点が、必要不可欠になったわけである。彼の美術、舞台芸術、音楽など多岐にわたる著作は、そのすべてが彼の詩学の実践であり、モダニズム芸術の志向性と密接に関連していった。一人間という窓口を通して近代の様々な現象や歴史的時間をながめていくと、既成の枠組みや評価によってみえにくくなっていたものや、その境界性が透けて見えてくるところが多い。

さて、いかにも偉そうなことを述べているが、私の研究には当然のことながら、いまだ課題が山積していて、それは私の理論面の甘さや方法論的自覚のなさにも起因している。一つ挙げるならば、野口米次郎は「二重国籍」詩人と自称し、他者からもそうみなされていたのだが、その彼の「二重国籍」性という概念は、どのようなものであったかということ。論ずる前提として、「二重国籍者」とか「境界者」といった主体形成を客観的に批判的に捉えておく必要がある、というところがある。一つ何かの姿が見えるような気がしてくると、その先に広がる深遠な濃霧も見えてきて一瞬にしてそこに襲われるような感じがあるのが研究なのかもしれない。

＊

ここで「比較文化」の方法論という地点に立ち戻ってみよう。語義に即していえば「比較文化」とは、ある一つの文化（多くの場合は自分の属する国の文化）と、それ以外の国や地域の文化とを比較することによって、両者の文化の異質性と等質性を明らかにする文化研究の学問的方法、と定義することが可能であろう。しかし、文化の多様性と共通性を「相対的」に「普遍的」に考えることは、じつは容易なことではない。文化が、各民族、各国民の思考様式や生活様式から創出されるところの有形無形の産物、組織、機構、伝統の一切を包括する多様な概念であり、変幻自在だからである。かつての「比較文化」論であれば、〈世界にはあるオーセンティックな文化の型が存在し、また明確に区分される民族や国民性が存在する〉という前提に立って、それを対照することを方法として考えれば済んでいたかもしれないが、現代ではそう単純に話をもちこむことはできない。簡単にいえば、何を基準に集約させてそれを論じているのか、と主体やその形成を疑う必要がある、ということである。「文化」という確固たるものが存在すると決めてかかるとすぐに足をすくわれる。そこで言う「文化」とは何かという、限りない問いに繋がっていく。

また、「比較」という言葉にも、現在の「比較文化」の方法論的態度は疑問を投げかけている。何かと何かを比較・対照させることもだが、「超（越）える」こと、「越境」すること。また、「境界」をさぐること。むしろそちらにこそ、現在の方法的重量が掛かっていると思われる。

さて、そんな「比較文化」の前提となるべき注意点がいくつかあるだろう。第一には、二種以上の文化の比較においては、当然比較する文化事象の時代性が考慮されなければならないということ。それぞれの事象に、伝承、伝播、創造があり、そこの歴史をたどる必要がある。つまり、概念史への眼差しといってもよい。文化を形成する個々の基礎概念の形成過程を、意識して整理することの重要性である。

この「概念史」研究については、国際日本文化研究センターを中核として、鈴木貞美が国内外の研究者と連携しつつ取り組み、ひろく重要性を主張していた。（私は博士課程後期をこの研究センターで過ごしたので、研究の様子を身近に眺めていた。）東アジア諸国における学術編成史と、そこに果たした日本の近現代の知的システムの役割の解明を行うことが、国際的な場で学術的な議論を共有するための土台として必要ではないかと、鈴木は提言していたのである。輸入先の近代西欧各文化における価値体系の差異はどうか、それを受容するときに漢字文化圏における各文化の伝統的な概念の再編成がどうなっていたのか、いかに新概念が創始し、流布し、定着したのか。その再編の経路や歴史的条件などを総合的に考察し、研究者間・学術ジャンル間の共有化をはかること。

ここで目指されていた諸分野の学術史研究、学術の諸カテゴリーの基礎概念とその相互関係、再編成をうながした価値観の変遷についての検証とは、既存の「文化」の主体を問い直し、「比較文化」の方法論の一つを模索し構築する取り組みではなかっただろうか。つまり、「ことば」や「制度」のレベルで、「文化」とみなされている既成概念を批判的に精査し統合していくことは、「比較文化」の最重要課題の一つであると思われる。（このような概念史研究は、日本国内の他の共同研究組織や、アメリカやドイツ、中国などでも一時期は取り組まれていたことである。ただし残念なことに、いまだ概念史研究の成果は十分に得られたとはいえず、その重要性も国際的な共通認識となり得ていない。）

概念史研究について今日的課題だと思う点を述べておくと、整理・分析・議論する際のリンガ・フランカが再考されるべきだということ。リンガ・フランカの地位にない日本語という閉じられた状況下で概念の形成史を整理しても、国際学術界での認識の共有化に限界をきたすだろうし、日本語のもつ（もっていた）「文化権力」を問うという主体への批判が困難になるとも思う。

さて、前提となるべき第二は、「文化」という言葉の背後にある「国家」を意識せずには「文化」を考えることができないということ。一九九〇年代より地域研究や歴史研究を中心に、近代的な国家体系を解体し、国家と国境を越えて権力関係の規定を脱構築・再編成しようとする問題系が多数生まれ、その地殻変動はもはや人文学全体へ波及している。これはポストコロニアリズムやカルチュラルスタディーズなどの隣接する学問領域と折重なって展開してきた系譜ともいえよう。国民国家論や日本人論、日本文化論を扱う必読書は、例えば『単一民族神話の起源――「日本人の自画像の系譜」』（一九九五・新曜社）をはじめ、この二十数年の間に多数出現してきた。

近年の国民国家論や、トランスナショナル・ヒストリーの研究の隆盛については、もはやここで強調する必要もない。だが、今日、日本を含む東アジア諸国の個々それぞれが、国家ナショナリズムを強めている不穏な現状もあるので、国家とその臨界を改めて思い起こすべく、ここで紙面を割いて次の文章を紹介しておきたい。比較文化論の講義がもとになって編まれたといわれる西川長夫の『国境の越え方――比較文化論序説』（一九九二、筑摩書房）である。（この著の副題は、二〇〇一年増補改訂版では編集者の意向で「国民国家論序説」と変更されている。）

> 世界地図は、地球は諸国家によって構成され、国境によって区切られ、色分けされた国民が存在するという固定観念をわれわれに与えている。そして国家と民族と文化が一致するという偏見。ナショナル・アイデンティティの神話。それを失うことの恐怖、それに背く人びと、「非国民」への反感。（中略）地球が国家に色分けされてしまったのは、そんな昔のことではない。せいぜい最近の二〇〇年、フランス大革命以後のことと考えてよいだろう。（中略）だが、いま現実の

世界では国境は侵犯され、国家は変形を余儀無くされている。人工衛星に備えつけた性能のよい特殊なカメラがあれば、越境しつつある無数の影をスクリーンに映しだすだろう。それは人間の群れであり、巨大な資本であり、世界の工場の廃棄物であり、いまだ不分明な思想である*1。

西川は、「国民文化の尊重は、国民的統一が特に求められる危機的な状況においては、容易に自国文化の優越と他国文化への蔑視へと転換する。文化主義が容易に国家主義に転化するのは、もともと文化が国民統合のための国家のイデオロギーにほかならないからである*2。」と懐疑する。むろん、このような見解が、西川だけが語った独自理論であると考えているわけではない。だが、彼が自らの生活から導き出す形で「比較文化」論を懐疑的に問い続けていたという意味で、私はある種の必然性と迫力とを感じる。フランス研究者である西川は、北朝鮮で生まれ朝鮮・満洲で育ち、敗戦の翌年に難民として引き揚げてきた体験の持ち主で二〇一三年秋に逝去した。このような経歴の研究者や文学者は日本社会で思いのほか多かったのだと最近分かってきた。だが二〇一三年当時、韓国で日本語を教え始めたばかりの私は、彼の「生」と、背負った文化との格闘の時間に、リアリティと衝撃を感じざるをえなかった。私が韓国という場所で実感していたのは、「文学」評価や「歴史」評価は、地域の文化や制度やその屈曲を背負わざるを得ないということ。文学にしろ歴史にしろ、研究の方法は、人類学的眼差しを中核に、政治学や宗教学、国際関係論など、諸学の連関と融合を意識しなければ、相対的評価はできないのだったと、しみじみと感じたのだ。「比較文化」を行う覚悟が求められた感があった。

西川は文化の問い直しを「文明」、「多文化主義」、「個人」の三つの要素から問い、次のように言っている。「文化とは究極的には伝統や国民性の問題ではなく、個々人の「絶対的な孤独」に根を下した個々人の生き方の問題ではなかったのか。――既成の文化論はこの問いに答えていない[*3]。」と。

我々がこれから自覚して受け継ぐべき課題は、西川の最後の著作『植民地主義の時代を生きて』（二〇一三、平凡社）から挙げるべきだろうとも思いつつ、本稿では問題意識を紹介するに留めたい。

さいごに。「比較文化」には、まだ十分に成熟した学問体系があるわけではなく、それは、いつか体系化されうるといったものでもないだろう。常に革新的な視点と既存の枠組みを超えた視点をもたらすもの、それが「比較文化」の骨頂ではないか。その方法やアプローチとは、研究素材に即して常に独自に考え、個々人が試行錯誤のなかで生み出すものだろう。「比較文化」を考えることは、「内」と「外」の影響関係や相互交流を考え、その境界性や臨界点を問うことであり、「自明」を疑い、死角の存在を意識することである。その方法とは、すべての研究に必要とされる相対主義的な学問の方法論的態度であり、研究者に求められている意識かつ感性なのではないかという気がする。

＊注

1 西川長夫『増補国境の越え方』平凡社、二〇〇一、一七―一九頁。
2 同右、二六二頁。
3 同右、三四六頁。

Ⅳ　歴史と社会

東アジア――それぞれの文学の経験――

大東和重

はじめに、「東アジア」は他の項目と異なり、地域であり方法ではない点、断っておきたい。もちろん地域に注目することで、方法が浮かび上がるということはある。筆者も、東アジアにおける移動から日本文学を見つめ直す、具体的には、大正日本に留学した中国人作家の目を通して当時の日本文学を捉え直してみる、という作業を行った[*1]。恐らくこの作業は、中国のみならず、戦前の日本の植民地、台湾や朝鮮半島などから来た留学生たちの目を通しても行いうる。しかし本稿では、広く「東アジア」における文学の近代について、その領域、及び現在私たちに参照可能な研究にどのようなものがあるのか、見ることにしたい[*2]。

「東アジア」とはどの地域を指すのだろうか。一般的には、日本、中国、香港、台湾、朝鮮半島などを指すと思われる。しかしこの認識は、ここ百年ほどのスパンで考えたものにすぎない。文化史的に見れば、琉球とベトナムを加えた「漢字文化圏」が存在した[*3]。また歴史的に見れば、東アジアの民族や国家はより広範囲で、巨大な中心としての中国と、軍事・政治・経済・文化的な交渉を持った周辺の民族・国家によって構成されてきた*4。中国を中心に反時計回りに挙げれば、日本、朝鮮半島、満洲（現在の中国東北地方）、モンゴル、ウイグル、チベット、雲南を中心とする中国西南地方の諸民族、ベトナムなどである。

例えば、日本とチベットは文化面を除き直接の接触は少なかったが、両者いずれも中国と密接な関係にあり、間接的に一つの地域を構成する。つまり、地理的には必ずしも隣接しない民族や国家が、中国との濃厚な対立と交流の歴史的な関係において結びつけられてきた。この結びつきは歴史学では、「華夷秩序」と称される。

東アジアの民族・国家間の秩序は、モンゴルや満洲などの膨張によっていくどか編成を変えた。華夷秩序が最大に達したのは、満洲族の打ち立てた巨大な多民族国家・大清帝国においてで、満洲族の文化や言語は漢民族に影響を及ぼしつつも、逆に漢民族への同化も進んだ。また、モンゴル、ウイグル、チベットといった地域が清の版図に組み込まれた。「滅満興漢」を掲げた中華民国は、漢民族の帝国明朝を継承する傾向が強かったが、中華人民共和国は清朝を継承し、中国史上最大の多民族国家となった。

一方、華夷秩序に対する直近の挑戦者は日本で、一八九四年に始まる日清戦争以降は、中国に代わり東アジアにおける「華」の役割を担った。その結果、東アジアの民族や国家は、軍事・政治・経済・文化面での主要な交渉相手として、日本を選択するに至った。本稿と関係する部分についていえば、留学生たちの主要な目的地として、日本が選ばれるようになったのである。

二十世紀の大きな変化を経験した後の、現在の東アジアでは、多くの地域が中国の版図に入った。中国東北地方、西南地方はもちろん、ウイグル、チベット、モンゴルの南半分（南モンゴル、内モンゴル）が中国に組み込まれた。一方、現在独立を保っているのは、日本、朝鮮半島、北モンゴル（外モンゴル）、ベトナムである。また香港や台湾、華人の存在によって中国と結びつけられたシンガポールやマレーシアを新たな地域として加えることができる。

これら諸地域における文学の近代化の経験が、日本近代文学の研究書で言及されることは、各地から来た留学生の比較文学的な研究を除き、稀である。筆者もこれら東アジア地域のうち、中国と台湾など中国語圏について一定の知識を持つにすぎず、その他については原文の一次資料を通した理解ではない。しかしこれらの地域の文学について知ることは、日本近代文学の経験を相対化する上で参考になると考える。

日本の植民地となった地域では、二もしくは三言語状態が生じたが、同じことはフランスの植民地ベトナムや英領マラヤでも起きた。多民族国家清朝の後を承けた中華民国や中華人民共和国でも、漢民族や同化して民族言語を使わなくなった満洲族など以外の、「少数民族」と称される人々は、二言語以上を用いる状態となった（中国語の方言と標準語との差違を考慮すると、漢民族でも二言語使用の話者が、三割以上を占める）。

これは次のように言い換えることもできる、日本や中国の漢民族のように、たった一つの言語を用いて近代文学を創りえたケースの方が稀少である。多くの民族は、自らの存亡をかけつつ、日本や中・英・仏・露などの大国や大言語の間で、複数の言語を時と状況に従って選択しながら、自らの文学を創り出してきた、あるいは現在も創り出しつつある。近代的な文学を創り出そうと苦闘したのは、漱石や魯迅だけではない。

以下、比較的よく知られる中国や朝鮮半島以外の、東アジアの文学について、手引きとなる書物を簡単に見てみよう。

近代化される前のモンゴルの文字文化がどのようなものだったのかについては、楊海英『モンゴル草原の文人たち　手写本が語る民族誌』（二〇〇五、平凡社）に精彩ある記述がある。代表的な古典文学である、英雄叙事詩『ゲセル・ハーン物語』（一九九三、若松寛訳、平凡社東洋文庫）及び『ジャンガル』（一九九五、同）は翻訳で楽しめる。キリル文字を用いて表記されるモンゴル国の近代文学については、古くは松田忠徳他編訳『モンゴル短編集　帽子をかぶった狼』（一九八四、恒文社）が、近くは芝山豊・岡田和行編『モンゴル文学への誘い』（二〇〇三、明石書店）があり、日本留学を希望したこともあるというナツァグドルジ（一九〇六―三七）の短編を収める。一方中国内モンゴル自治区の同時代文学については、リグデン（一九四三―）の『地球宣言　大草原の偉大なる寓話』（二〇〇九、佐治俊彦／ボルジギン・ブレンサイン訳、教育資料出版会）などの翻訳が出ている。

ウイグルの文学は紹介が少なかったが、ウイグル族の属するチュルク（テュルク、トルコ）系民族の英雄叙事詩は、近年少しずつ翻訳されつつある（『マナス　キルギス英雄叙事詩』全三巻、二〇〇一―五、若松寛訳、平凡社東洋文庫。『ウラル・バトゥル　パシュコルト英雄叙事詩』坂井弘紀訳、二〇一一、同。『アルパムス・バトゥル　テュルク諸民族英雄叙事詩』二〇一五、同）。そしてウイグル語の文学も、古典楽曲の翻訳『ウイグル十二ムカーム　シルクロードにこだまする愛の歌』（二〇一四、萩田麗子訳、集広舎）、さらに現代文学である、アブドゥレヒム・オトキュル（一九二三―九五）の『英雄たちの涙　目醒めよ、ウイグル』（二〇〇九、東綾子訳、まどか出版）、アフメットジャン・オスマン（一九六四―）の『ああ、ウイグルの大地』（二〇一五、ムカイダイス・河合眞訳、左右社）の翻訳が出た。しかしその全容を日本語で知る手立てはない。

チベットといえば日本では仏教研究、及び現代史研究が盛んで、文学に限ってはチベット語ではなく中国語で書かれた文学のみが紹介されてきた。だが最近になって、近年のチベットの中国語作家を代表する阿来（一九五九―）の『空山』（二〇一二、山口守訳、勉誠出版）のみならず、チベット語文学が、チベット文学研究会のメンバーによって続々訳出されつつある。トンドゥプジャ（一九五三―八五）の『ここにも激しく躍動する生きた心臓がある』（二〇一二、チベット文学研究会編訳、勉誠出版）、ペマ・ツエテン（一九六九―）の『ティメー・クンデンを探して』（二〇一三、同）、ラシャムジャ（一九七七―）の『雪を待つ』（二〇一五、星泉訳、同）、タクブンジャ（一九六六―）の『ハバ犬を育てる話』（二〇一五、海老原志穂他訳、東京外国語大学出版会）などである。『躍動する生きた心臓』の巻末にはチベット現代文学の紹介も付されており、その世界を垣間見ることができるようになった。

ベトナムの古典文学については、早くに川本邦衛の名著『ベトナムの詩と歴史』（一九六七、文藝春秋）があり、ベトナムの文字チュノムを用いた代表的な古典、阮攸《グエンズウ》『金雲翹《キムヴァンキエウ》』の訳書もある（一九八五、竹内与之助訳、講談社など）。日本との関係では「東遊運動」の潘佩珠《ファンボイチャウ》『ヴェトナム亡国史』（一九六六、長岡新次郎・川本邦衛編訳、平凡社東洋文庫）が連想されるが、近代文学は他の東アジア同様、二十世紀に入ってから成立を見た。タック・ラム（一九一〇―四二）の美しい短編集『農園の日差し』（二〇〇〇、川口健一編訳）など、訳書は多くはないがあるものの、全体像を見せてくれる文学史は少なく、川本邦衛「鳥瞰ベトナム文学論」（アジア・アフリカ研究所編『ベトナム　自然・歴史・文化』上、一九七七、水曜社）や、川口健一「ベトナム文学」（宇戸清治他編『東南アジア文学への招待』二〇〇一、段々社）、個別の論文に当たる他ない。『東南アジア文学への招待』は、タイ・ビルマ・インドネシア・マレーシア・シンガポールの文学を対象とし、訳書目録があって、便利な一冊である。

残念ながら、以上の地域以外の、雲南地方の各民族などの文学については、わずかに牧田英二『中国辺境の文学　少数民族の作家と作品』（一九八九、同学社）があるのみで、紹介したものは多くない。しかし私などはもっと東アジアの文学を知りたいし、こういった領域の研究者と文学近代化の経験について研究成果を共有する場があってほしいと考える。

東アジアの文学を鳥瞰するとき、言語の問題は決定的に重要である。日本語圏や中国語圏、英・仏・露語圏の広がりなどが、重なり合うようにしてかぶさる一方、各民族や土地の言語が、民族主義の勃興とともに近代や現代の文学として立ち上がってきた。

例えば日本統治期の台湾では、書き言葉として主に中国語・日本語が用いられ、台湾語を筆記する主張もなされた。そのうち中国語文学については、一九九〇年代以降台湾で研究が猛烈に進みつつあるが、日本語文学については、日本の研究がリードした面も大きく、中でも中島利郎や河原功らの功績は極めて大きい。両者編の『日本統治期台湾文学　台湾人作家作品集』全5巻別巻1（一九九九、緑蔭書房）などの資料の発掘・復刻などを含む、台湾文学研究の進展については、河原功『台湾文学研究への道』（二〇一一、藤澤太郎編輯、村里社）が非常に優れたガイドである。

植民地のみならず、海外に渡った日本人による創作を含む、日本語圏の文学については、近年西成彦が『バイリンガルな夢と憂鬱』（二〇一四、人文書院）などで精力的に検討を進めている。留学生のみならず、朴裕河の「引揚げ文学」（『日本近代文学』第八七集、二〇一二・一一）のように、移動という観点から立論することは、今後ますます進められるべきだと考える。

日本語圏の文学というテーマは、主に一九九〇年代以降、ポストコロニアルの議論と関連して浮上してきたが、中国語圏においては、かつては政治的な要請から「華文文学」（海外の中国語文学）の国際会議が、公的な支援を受けて開かれてきた。これらは多分に中華民族主義的な発想のものであったが、近年では仏語圏の「フランコフォン」に似た用語として「サイノフォン」文学が学術的に提唱され、Shu-Mei Shih, Chien-Hsin Tsai, and Brian Bernards eds. *Sinophone Studies: A Critical Reader*, Columbia University Press, 2013 が出されるなどしている。もちろん、フランコフォニーがそうであるように、中国語圏文学も純粋に学術的であることは難しく、同じことは日本語圏文学についてもいえるが、同時にこれらの試みは、マイナーな声が「帝国」のメジャーな声に打ち消されることなく響く機会ともなる。

大風呂敷を広げた原稿で恐縮だが、最後にもう一つ、遅まきながら最近読んで感銘を受けた研究書に触れておきたい。仲程昌徳『琉書探求』（一九九〇、新泉社）は、名前も作品も残らなかった沖縄出身の詩人や歌人、小説家たちの仕事を、戦前の雑誌の片隅に見つけ出していく。大海に針を捞うがごとき根気のいる作業だが、そこから見えてくる「文学」の姿は、明らかに中央文壇の文学史に描かれる「文学」とは異なる。仲程が「オキナワ・ナショナリスト」（一五六頁）だからといえばそうなのかもしれないが、少なくともそこには、大作家を扱う文学研究で前提とされているのとは異なる物差しが用意されており、筆者はそこに強い共感をおぼえる。文学は「帝国」の中心にばかりあるのではなく、遠く離れた地方にも存在するし、あるいは一つの土地や言語や階層に区切られることを拒否することから生まれる文学もあることを、教えてくれる一冊だった[*5]。

＊注

1　拙著『郁達夫と大正文学　〈自己表現〉から〈自己実現〉の時代へ』二〇一二、東京大学出版会）。

2　近代の東アジアにおける人間の移動と、そこから発生した文学上の接触の問題について、研究の現在を紹介する機会は、別に持ちたいと考えるが、その一部については、名古屋大学文学研究科附属・日本近現代文化研究センターにて「中国人留学生の見た日本近代文学　研究の現在」と題して発表した（二〇一一・五）。

3 漢字文化圏に関しては、藤堂明保『中国語研究学習双書3 漢字とその文化圏』（一九七一、光生館）、西田龍雄『漢字文明圏の思考地図 東アジア諸国は漢字をいかに採り入れ、変容させたか』（一九八四、PHP研究所）、阿辻哲次「漢字文化圏の歴史」（『漢字のベクトル』一九九三、筑摩書房）などを参照。

4 歴史的に見た東アジアに関する記述は、布目潮渢・山田信夫『東アジア史入門』（新訂版、一九九五、法律文化社）、大林太良・生田滋『東アジア民族の興亡』（一九九七、日本経済新聞社）、茂木敏夫『変容する近代東アジアの国際秩序』（一九九七、山川出版社）などにもとづく。

5 拙著『台南文学 日本統治期台湾・台南の日本人作家群像』（二〇一五、関西学院大学出版会）では、筆者なりの日本語文学研究を試みてみた。現在続編の「台湾人作家群像」を、「植民地の地方都市で、読書し、文学を語り、郷土を描く 日本統治下台南の塩分地帯における呉新榮の文学」（『日本文学』第六十一巻第十一号、二〇一二・一一）、「古都で芸術の風車を廻す 日本統治下の台南における楊熾昌と李張瑞の文学活動」（『中国学志』第二十八号、二〇一三・一二）などで書き継いでいる。

ポストコロニアリズム

中根隆行

一九七五年二月、『崩れゆく絆』で知られるチヌア・アチェベは、「あるアフリカのイメージ——コンラッドの『闇の奥』における人種主義」と題されたマサチューセッツ大学での講演のなかで、ジョゼフ・コンラッドを「べらぼうな人種主義者」と強く批判し、議論を巻き起こした。『闇の奥』は、西洋的な眼差しからアフリカを「暗黒大陸」と捉え、そこに住む人びとを非人間化しているというわけである。エドワード・サイードが『オリエンタリズム』を上梓する三年前の出来事であり、旧植民地出身者やマイノリティによる英語文学が脚光をあびた時期にも重なっている。藤永茂『「闇の奥」の奥——コンラッド／植民地主義／アフリカの重荷』(二〇〇六、三交社)は、一九六〇年代の黒人公民権運動のなかで『闇の奥』が人種問題についてコンラッドの立場を考える教材に使われていたことを踏まえながら、アチェベにとっての正解が「べらぼうな人種主義者」であったのだと述べている。

西洋の古典的小説が、非西洋の側に立つ作家からまさに人種主義的な小説であると告発されたこの出来事は、ポストコロニアリズムの問題系を考えるためのケース・スタディにもなる。つまり、ある国家・地域・社会の歴史のなかで、その「世界」のメインストリームから排除されてきた人々が、それまで語ることができなかった出来事を外側／内側から語り出すという事例である。アチェベの主張が英文学界や教育界からバッシングを受けたように、こうした出来事はメインストリームの側に強烈な衝撃を与え、それにたいする執拗な反発を招くことになる。この構図を日本近代文学とアイヌ、沖縄、在日コリアン、そして旧植民地の、というように置き換えてみるとき、その主張の正しさにもかかわらず、居心地の悪さや息苦しさ、あるいは文学的な深みのなさを感じる研究者は決して少なくないはずである。だがそれは、ポストコロニアリズムという思想や理論が注目されていることの証左でもある。

　ポストコロニアリズムは、文学研究・批評理論における古典的小説の批判的な読み直しから始まり、カルチュラル・スタディーズの関心領域の一つとして社会学や歴史学などにも応用されるようになった学問領域である。二〇世紀の半ば以降の旧植民地の相継ぐ独立、独裁政権と結託した多国籍企業による経済的搾取を正当化するネオコロニアリズムの登場といった歴史的な展開を経て、一九七〇年代からポストコロニアルという「植民地の以後」を指示する形容詞が使われるようになり、「植民地主義の以後《ポスト》」の世界を考える枠組みとして八〇年代の終わり頃から登場したのがポストコロニアリズムである。その入門書の役割を担ったビル・アッシュクロフト他編『ポストコロニアルの文学』（一九九八、木村茂雄訳、青土社）の序章には、「「ポストコロニアル」という言葉の意味的な成り立ちからは、その関心が、ヨーロッパの植民地支配が終了したのちの、各国の文化のみに向けられているかのように思われるかもしれない」としながら、「しかしわたしたちは、「ポストコロニアル」という言葉を（…）植民地化された時点から現在にいたるまで、帝国主義のプロセスにさらされてきた文化の全体を指す言葉として用いることにする」と記されている。つまり、ポストコロニアリズムは、いわゆる「植民地の以後」に誕生した、西洋近代の植民地主義が始まって以降を対象として見据える、きわめて広大な射程をもつ学問領域ということになる。

それゆえにということではないが、ポストコロニアリズムは、一つの理論体系にまとめられるような思想ではない。一九七六年にジャック・デリダの『グラマトロジーについて』を英訳しているガヤトリ・C・スピヴァクがフェミニズムの脱構築的読解で知られたように、ポストコロニアリズムは、フェミニズムやカルチュラル・スタディーズと同様、ポスト構造主義に強い影響を受けながらも、その理論や実践はきわめて多様に分岐している。また、ポストコロニアリズムは、ポストコロニアル批評やポストコロニアル理論などとも呼ばれ、論者によってその立ち位置が異なっている。こうした点から、しばしば理論的に難解であると評されたり、逆にその総体が単純化されて論じられる傾向がある。

日本においても、カルチュラル・スタディーズとともにポストコロニアリズムを「カルスタ」「ポスコロ」と略称する向きがある。こう併称されるとき、それが矮小化されたものであることはその語感からも明らかだろう。例えば、柄谷行人は『批評空間』(一九九六・一二)の編集後記で、アメリカの学者は「理論的な格好をするが」「本当は経験論的・実証主義的なアカデミズムに戻っている」として「「カルチュラル・スタディーズ」とか「ポストコロニアリズム」とか呼ばれているものは、その例である。(…)今後、私はこれらを「カルスタ」と「ポスコロ」と呼ぶことにする」と書いている。ただし、『批評空間』ではそれに先立ち「ポストコロニアルの思想とは何か」という共同討議を特集していることを付け加えておかなければならない。柄谷による後記の日付は一九九六年一一月一四日、この年には東京大学でスチュアート・ホールを招いたカルチュラル・スタディーズのシンポジウムが開催されており、その一翼としてポストコロニアリズムが本格的に注目される時期にあたっている。誤解を怖れずにいえば、「ポスコロ」という語には、アカデミズムにおいて知的な衣装として流行していることへの揶揄と、「経験論的」と記されているとおり、アクチュアリティを強調するあまり対話へと開かれていかないのではないかという懸念が含まれている。

そこで、安直にすぎるかもしれないが、ポストコロニアリズムの考え方をまとめておこう。ポストコロニアリズムは、文学・文化や政治、歴史などの言説や制度にみられる植民地主義を批判する実践であり、基本的には植民地住民が被った様々なかたちの支配やその影響、それにたいする反応や抵抗を究明する。帝国主義国家と植民地を例にごく粗く説明するとこうなる。帝国主義国家の植民地主義言説は、植民地の他者像を創出する。そこに住む人びとの様々な他者性を剥奪して紋切り型のイメージのなかに囲い込むというわけである。そこで、こうした表象が形成された過程や流通経路を検証することによって、他者の主体性がいかに抑圧され、またそこにどのような抵抗が認められるのかを明らかにする。こうした作業は本質主義の否定へと向かう。創出された他者像は、帝国主義国家のあるべき自己像といわば対照的な関係に位置づけられるが、それらはいうまでもなく純粋な主体ではありえないからである。加えて、このような自己／他者像が定位する帝国主義国家と植民地という構図もまた、支配／被支配や抑圧／抵抗といった二項対立の関係によって整然と切り分けられるものではない。それゆえに、このような構図に回収しえない複雑な様相や交渉のプロセスの解明に力点がおかれる。

例えば、サイード『オリエンタリズム』（上下巻、一九九三、今沢紀子訳、平凡社）は、一見自律しているかにみえる文学作品のなかに帝国主義的な権力がいかに作動しているかを明らかにしている。「オリエント」とは、中近東の人びととは無関係に形成された西洋内部の構成要素にすぎず、そのイメージをとおして他者を抑圧し疎外することで、西洋は自己のアイデンティティを確立していると論じた。また、ホミ・K・バーバ『文化の場所――ポストコロニアリズムの位相』（二〇一二、本橋哲也他訳、法政大学出版）は、雑種性《ハイブリディティ》という概念から、純粋性をもつとみなされる植民地主義言説が事後的に構築された経緯を論じ、被支配者の側にも支配者の擬態《ミミクリ》が潜んでいると指摘している。そして、スピヴァク『サバルタンは語ることができるか』（一九九八、上村忠男訳、みすず書房）は、インドにおけるサティ（寡婦殉死）をめぐるテクストから、野蛮な風習としてこれを禁止しようとする植民地主義的な権力と、伝統に従って殉死する女性を帝国主義への対抗と捉える家父長制の権力との狭間で、このように沈黙を強いられるサバルタンの声なき声をいったい誰が代行するのかと問いかけている。

　おもに日本を対象とした研究では、一九九〇年代後半から、駒込武『植民地帝国日本の文化統合』（一九九六、岩波書店）や小熊英二『〈日本人〉の境界――沖縄・アイヌ・台湾・朝鮮 植民地支配から復帰運動まで』（一九九八、新曜社）など、帝国日本と植民地をめぐる体系的な研究成果が出版されている。酒井直樹『死産される日本語・日本人――「日本」の歴史―地政的配置』（一九九六、新曜社）や小森陽一『ポストコロニアル』（二〇〇一、岩波書店）などを始めとする理論的な論考もこの時期から登場する。また、姜尚中編『ポストコロニアリズム』（二〇〇一年、作品社）や島村輝他編『文学年報二 ポストコロニアルの地平』（二〇〇五、世織書房）といった東アジア近代、日本近代文学に関連した論文集、アーニャ・ルーンバ『ポストコロニアル理論入門』（二〇〇一、吉原ゆかり訳、松柏社）や本橋哲也『ポストコロニアリズム』（二〇〇五、岩波書店）、そして秦邦生・中井亜佐子・富山太佳夫他編『〈終わり〉への遡行――ポストコロニアリズムの歴史と使命』（二〇一二、英宝社）など英米の研究者らによる翻訳や理論入門書、論考も、二〇〇〇年代以降続々と編まれている。

　こうした流れのなかで、ポストコロニアリズムをめぐる様々な批判や課題もまた指摘されている。

なかでも重要なのは、アントニオ・ネグリとマイケル・ハートの『〈帝国〉――グローバル化の世界秩序とマルチチュードの可能性』（二〇〇三、水嶋一憲他訳、以文社）でも示された、グローバリゼーションとグローバルな支配的権力が台頭した現代にあって、ポストコロニアリズムは行き詰まっているのではないかという指摘である。ポストコロニアリズムは、帝国主義国家と植民地という二項対立的な関係を解体し、そこに埋もれていた声を再検証することをめざす。だが、グローバリゼーションによって世界がフラット化し、厳然としてあった境界が無化されつつあるとき、それらの営為はどのような意義をもつことができるのか。ややもするとグローバリゼーションの負の側面と意図せずに共犯関係を築いてしまうのではないかというものである。こうした現状におけるアクチュアリティと前述した文学作品の批判的な読み直しとの接点を考えると、ポストコロニアリズムには、現在ひと筋縄ではいかない大きな課題が提起されている。

　そこで最後に、これまでの議論にもかかわる立場性《ポジショナリティ》について考えよう。この立場性とは、「他者が私を何者と名指しているのか」という他者との関係から導出される自己の位置であり、自己に由来するアイデンティティとは異なる概念であると、千田有紀「アイデンティティとポジショナリティ」は述べている（上野千鶴子編『脱アイデンティティ』二〇〇五、勁草書房）。アチェベによるコンラッド『闇の奥』批判とその後の一連のバッシングは、この立場性とアイデンティティの問題が絡んでいる。スピヴァクの提起した「サバルタンは語ることができるか」という問いもまた、語る側とそれを聞く側との間、沈黙する主体とその声を代行する主体との間で、その語りの位置を問う立場性の問題が浮上している。この他者との対話をめぐる問題は、世界がグローバル化する現状においてますます重要性を帯びていることは、周知のとおりである。

　このことを踏まえて対話のモデルを考えるとき、一方では、当事者の証言に力点がおかれ、代弁者の立場性が問われるケースが取り沙汰される。これも重要な問題である。だが、他方で当事者は、みずからのことをはたして充分に言語化できるのかという問題もある。他者に何かを伝えようとするとき、私たちはその伝えたい内容を過不足なく言葉で表現できるとは限らない。きわめて凄惨な記憶、あるいは愛しさや感動したことといった個人的な出来事であった場合はなおさらである。そもそも対話とは、自分とは異なる立場にいる他者にどう語りかけるのかが鍵となる。だとすれば逆に、自分ではどうしても表現しえなかった出来事が、他者によって的確に語られることもあるのだ。文学研究もまた、何かを語ろうとしているテクストと対話する作業であり、私たちもできる限りその可能性を開こうとしているはずである。そのテクストから、あるいはそこに描かれている／隠されている人びとから、私たちはどうみなされているのか。そして同時に、テクストに刻まれている断片的な言葉を私たちはどのように表現するのか。これもまたポストコロニアリズムへと繋がる倫理的な問いかけであるだろう。

都市論

田口律男

前提として「都市」の用語法《ターミノロジー》を確認しておきたい。そもそも「都市」というタームの起源は、「都会」とは違い、明治時代より前には遡れない。一八六九（明治二）年刊行の『漢語字類』における「都市　キヤウトノマチ」が、管見のなかで最も古い用例である。（「都会　ヒトノヨリアフバシヨ」と差異化されていることに注意。）その後、（一）明治一〇年代の明治政府（とくに内務省）において、都道府県を下位分節する新たな行政単位として導入され、（二）明治二一年公布の「市制及町村制」（法律第一号）の「上諭」（明治天皇の裁可）によって公にされ、（三）「市区改正」事業から、それを引き継いだ「都市計画」事業の過程で定着していったと考えられる。要するに「都市」とは、近代国民国家を編制する行政区の一つであり、法をはじめとする様々な統治システムが張り巡らされた空間であることを認識しておく必要がある。これが前提である。（詳しくは田口律男『都市テクスト論序説』（二〇〇六、松籟社）参照。）

＊

日本近代文学研究にはじめて「都市論」を導入したのは、いうまでもなく故前田愛である。その記念碑的労作『都市空間のなかの文学』（一九八二、筑摩書房）の「あとがき」で、前田は一九七五年前後からの取り組みをふりかえりつつ、「要するに、現象学や記号論の成果を足がかりとして、自分なりに日本の近代文学の流れを都市のコンテクストにそくして辿りかえしてみようとしたのである」と総括している。これはその頃、争点になりつつあった近代的自我史観（およびそれに基づく作家／作品論研究）に対する強烈な「異議申し立て」であったことも忘れてはならないだろう。より大きな文脈でいえば、言語論的転回による実体主義から構成主義への文学研究のパラダイム・チェンジに棹さし、そこに社会学分野で注目されつつあった都市的感受性を重視するモダニティ論を交差させた理論構成だったといえる。

さらに前田は、「都市空間を媒介項とするテクスト分析は、（中略）身体論やテクスト論によって絶えず補強されなければならない」（「〈都市空間〉からの読み」、『解釈と鑑賞』別冊、一九八六・一二）として、物語内容にそくした構造分析にとどまらず、物語行為や物語言説をも組み込んだ新たな理論構築をめざしていたが、その早逝と「都市論」そのものの退潮とによって中断を余儀なくされた。その後、前田を継承する試みもあったが（田口律男『都市テクスト論序説』、前出）、こんにちの「都市論」研究は、全般的に低調といわざるをえない。とはいえ、その可能性が閉ざされたわけではないし、注目すべき業績が蓄積されているのも事実である。以下、近年の動きを中心に、そのアウトラインをたどってみたい。

＊

前田愛亡きあと、この領域を牽引した一人は和田博文だろう。和田の多岐にわたる仕事のうち「都市論」に直結するのは、『テクストの交通学』（一九九二、白地社）、『テクストのモダン都市』（一九九九、風媒社）など、狭義のモダニズム文芸にかかわるものが多い。だが、より耳目を引いたのは、『言語都市・上海』（一九九九、藤原書店）に始まり、パリ、ロンドン、ベルリンへと展開していった言語都市シリーズだろう。（このプロジェクトにかかわったのは、大橋毅彦、真銅正宏、竹松良明、西村将洋、宮内淳子、和田桂子各氏である。）ここでは、「認知マップ」や「心象地図」といった認知心理学の知見がふまえられ、ナショナリズムにかんする議論も意識されている。しかし和田自身は、みずからの仕事を「基礎工事」（「モダニズムと都市」、『日本近代文学』第70集、二〇〇四・五）とよび、「膨大な古書の海」から第一次資料を発掘し、だれもがアクセスできるように編集することに心血を注いでいるようだ。（その成果は、ゆまに書房刊『コレクション・モダン都市文化』全一〇〇巻として完結した。）前田愛との比較でいえば、文献や史料をふまえた文化研究《カルチュラル・スタディーズ》の傾向が強く、テクスト分析や表象研究の側面はやや手薄というべきか。とはいえ、「都市論」とテクスト論との架橋は容易ではなく、その必要性の有無も含めて、今後もそれぞれの持ち場で議論を深めていく必要があるだろう。

日本近代文学研究以外の分野では、ベンヤミンの都市テクストを存在論的に読み解いた近森高明『ベンヤミンの迷宮都市――都市のモダニティと陶酔経験』（二〇〇七、世界思想社）、ベンヤミンやアルド・ロッシを介して「都市の無意識」に触れようとした田中純『都市の詩学　場所の記憶と徴候』（二〇〇七、東京大学出版会）、権力や資本制と身体とのせめぎあいを通して大阪ディープサウスの形成史を踏査した酒井隆史『通天閣　新・日本資本主義発達史』（二〇一一、青土社）、漫画テクストの表象分析を試みた杉本章吾『岡崎京子論　少女マンガ・都市・メディア』（二〇一二、新曜社）など、スリリングな知的資源が積み上げられているが、文学研究との接合については慎重であるべきだろう。

もとに戻り、前田愛につながる仕事として、南明日香『荷風と明治の都市景観』（二〇〇九、三省堂）

と、佐藤義雄『文学の風景　都市の風景』（二〇一〇、蒼丘書林）とを見ておきたい。前者は、首都東京の「都市景観」に積極的にコミットした永井荷風の言説を、歴史的文脈にそくして丹念に読み解いたものである。「荷風は高級官吏を家族にもち、国家的な視線も知っていた。そのうえでアメリカの西部と東部、フランスの都市に滞在することで近代都市を体感し、その空間に織り込まれた多彩な表情を丁寧に記す描写力を培った。その彼が大々的な東京改造を知ったときの衝撃と批評、さらに東京のよさを綴る言葉を見ていった。」（「おわりに」）――こうしたアプローチは作家論にも通じるが、「都市論」と交差させることで、新たな知見が随所に示されている。一例をあげれば、西欧の印象派から風景描写を学んだ荷風は、江戸／東京の風景の発見においても、「浮世絵版画」にかんする「欧米の日本美術研究家の作品解説」から多くを学んだのではないか――といった指摘などは、今後の表象研究、テクスト分析の指標になりうるだろう。

後者の佐藤義雄は、「都市論」と作家／作品論との生産的な関係をめざし、「作家の生の軌跡としてのテキストを、作家によって生きられた空間としての都市を媒体としながら読み解く試み」と説明している。第Ⅱ部「都市空間を歩く」は、大学のエクステンションの産物で、文字どおり地に足のついた仕事になっている。そのせいか対象地域、作家、作品は多岐にわたるが、それらを最後につないでいるのは「都市の境界記号」という分析フレームである。具体的には、橋・六地蔵・広小路・坂・崖・門・木戸・郊外・宿場・ターミナルなどが注目されているが、文化記号論的な要素還元主義の誘惑にどこまで抗えるかが今後の課題となるだろう。

ここで、「都市論」研究の裾野のひろがりにも注目しておきたい。川本三郎『郊外の文学誌』（二〇〇三、新潮社）は、関東大震災後、急速に西に延びていった東京郊外における中産市民の日常の手触りを、庄野潤三など多くの文学作品を通して、ていねいに吟味している。戦後の高度成長期における都市の郊外化と「郊外文学」の誕生とを関連づけた小田光雄『〈郊外〉の誕生と死』（一九九七、青弓社）も忘れてはならない。今橋映子編著『リーディングズ都市と郊外――比較文化論への通路』（二〇〇四、NTT出版）は、「郊外」論にかんする主要文献を再録して役に立つ。いっぽう橋爪節也編『大大阪イメージ　増殖するマンモス／モダン都市の幻像』（二〇〇七、創元社）は、第一次大戦後に日本最大のマンモス都市へと膨張した「大大阪」と文化・芸術とのインターフェイスに着目している。文学面では、織田作之助、藤沢桓夫、賀川豊彦、小野十三郎、宇野浩二、江戸川乱歩らが取りあげられている。大阪をふくむ「関西」エリアにかんしては、ほぼ時を同じくして、日本近代文学会関西支部編『鉄道――関西近代のマトリクス』（二〇〇七、和泉書院）、竹村民郎・鈴木貞美編『関西モダニズム再考』（二〇〇八、思文閣出版）、黒田大河他編『横光利一と関西文化圏』（二〇〇八、松籟社）などが企画され、「都市論」研究の裾野を押しひろげた。日本近代文学会東海支部が企画した『〈東海〉を読む　近代空間《トポス》と文学』（二〇〇九、風媒社）も同様の意義をもつだろう。また在野にあって、あまたの同人詩誌を渉猟しつつ、海港都市・神戸の生々しい文化地層をたんねんに掘り起こしつづける季村敏夫『山上の蜘蛛　神戸モダニズムと海港都市ノート』（二〇〇九、みずのわ出版）、ならびに『窓の微風　モダニズム詩断層』（二〇一〇、みずのわ出版）も逸することができない。こうしてみると、「都市論」研究はそれなりに賑わっているように見える。しかし、課題がないわけではない。最後に、少し私見を述べさせていただく。

＊

日本近代文学研究において、「都市論」という分析装置は、いまなお有効といえるのか。いえるなら、どのようなアプローチが可能なのか。むろん、すべての文学テクストが「都市論」の適用を望むわけではないだろう。それは結局、相性の問題かもしれない。しかし冒頭で触れたように、「都市」

とは近代国民国家の統治システム（およびそれと連動する資本の論理）が複雑に交錯するトポスである。私たちの身体、およびそれをとりまく世界の諸物は、それらと無関係ではありえない。具体例として「学校」を思い浮かべてみよう。「学校」こそ「都市」の縮図といえる。そもそも公教育制度そのものが近代国民国家の成立と密接にかかわっているし、（とくに義務教育の）学校空間には、見えない統治システムがすみずみまで張り巡らされている。国が定める学習指導要領、身心を管理する学校保健、さまざまな規律と訓練を伴う学校行事、ハード面の建築基準や施設整備……。これらは本人が意識する・しないにかかわらず、私たちの身体をつねに包囲している。では、文学テクストに表象された「学校」に、私たちは何を見るだろうか。作家／作品論ならば、作家情報を駆使して、作家が意図したものを前景化するかもしれない。それはそれで重要だろう。しかし文学テクストは、往々にして書き手の意図をはみ出してしまう。言語は精神に先立つからだ。とすれば、そこに「都市」と「身体」とのせめぎ合いを読み取ることも可能だろう。例えば日高佳紀『谷崎潤一郎のディスクール』（二〇一五、双文社）に収められたいくつかの論稿——とくに第Ⅱ部「コンテクストとしての消費文化」には、「学校」を中心とした社会システムと人間関係のせめぎ合いが鮮やかに可視化されている。

　ここでは、ケーススタディの一つとして、綿矢りさ「蹴りたい背中」（『文藝』、二〇〇三・八）を参照してみたい。（二〇一五年度昭和文学会秋季大会における矢口貢大の口頭発表「アップランする身体——部活動小説としての綿矢りさ『蹴りたい背中』——」に刺激を受けたことを付記しておく。）「蹴りたい背中」は、ハツ（長谷川初実）とよばれる女子高生の語りによって構成される。ハツが拒否しつつ拘泥するのは、クラスや部活動の内部に発生する階級制度にも似た人間関係である。ハツはクラスの「余り者」であるがゆえに、学校空間の同調圧力をひしひしと感じている。それは冒頭の「さびしさは鳴る。」という共感覚的表現にも明らかだ。なぜそうなるのか。それは空気が読めないから——ではなく、むしろそこに張り巡らされた見えない社会システムに過剰反応してしまうからである。中学からの唯一の友人（絹代）は、なりふり構わずグループに「飛び込む」ことを選択する。それは学校空間でサバイブするための生存戦略のようなものとして表象されている。もう一人の「余り者」であるにな川は、自分のまわりに特殊な防御壁《シールド》を張り巡らし、「学校」的なものを遮断している。その内部を満たすのは、メディアを通して得られる芸能人（オリチャン）情報で、「離れ部屋」（の学習机の下のプラケースのなか）には、その寄せ集めが「暗い情熱」とともに溢れかえっている。

さて、クラスの「余り者」であるハツとにな川は、オリチャン情報をきっかけに接近するが、その関係性は、いわゆる青春小説や恋愛小説のフレームから大きく逸脱している。それはハツがにな川の背中を「蹴る」行為に凝縮される。この「乱暴な欲望」は、「一種の性的な衝動」（斎藤美奈子「解説「蹴る」ことの意味」、二〇〇七、河出書房）と理解できるが、その内実はもっと複雑である。結論を急げば、ここには、なまぬるい人間関係を拒否し、自慰的な身体／空間を破壊しようとする衝動を読みとることができる。「もっとみじめになればいい。」「いためつけたい。蹴りたい。愛しさよりも、もっと強い気持ちで。」――ここにはサディスティックな欲望にも増して、にな川との直接的な関係性を求める欲動の強さが認められる。

ところで、ハツの身体感受性がキャッチしている「学校」にたいする違和の正体は何だろうか。ここで注目したいのは「部活」（陸上部）をめぐるシークエンスである。ハツは陸上部全体をつつむ馴れ合いの「雰囲気」に拒否反応を示している。その正体は、生徒に迎合する「物わかりいい」顧問と、それを利用して怠けようとする部員たちとのなまぬるい共犯関係である。いっぽうハツがこだわるのは、「アップラン」といわれる「ドラマチックな走り系トレーニング」で、「最後は意地でも一位でゴールインする」姿勢には、ハツの反時代的な傾向性《ディスポジション》を読みとることができる。折しも「蹴りたい背中」が発表された二〇〇三年前後には、「ゆとり」を重視した学習指導要領が施行され、義務教育では完全週休五日制や、「総合的な学習の時間」が始まっていた。こうした自由と弛緩の方向に振れた教育制度と、ハツが嫌悪する「学校」的なものとはパラレルの関係にあるだろう。中澤篤史『運動部活動の戦後と現在』（二〇一四、青弓社）によれば、戦後の部活動は、「民主主義」（一九四五年―一九五〇年代）→「平等主義」（一九六四年・東京オリンピック前後）→「管理主義」（一九七〇年代―一九八〇年代）と変遷してきたという。「蹴りたい背中」に表象される「部活」は、ポスト管理主義的な「ゆとり主義」とでもいうべき様相を呈している。見せかけの自由と弛緩のなかで、まったりと「他人と飽和」することをよしとする同調圧力のなかで、ハツは一人不器用に「アップラン」に励む。にな川の背中を「蹴る」行為も、その延長上にあるといっていいだろう。つまり「蹴りたい背中」は、ゼロ年代日本の「都市」（その縮図としての「学校」）を生きる身体の違和と葛藤の物語として読むことができるのである。オリチャンと「無印良品」（資本）との関係性や、にな川の「離れ部屋」における身体／空間の関係性など、他にも吟味すべき点は多いが、それらも「都市論」研究の守備範囲となりうるだろう。

＊

最後に私たちは、言語によって表象された「都市」とどのように向き合うべきなのだろうか。

考えれば、どんな詩でも一篇の詩そのものがひとつの人工の街であり都市のように思えてくる。（中略）……仮に詩の中に現実の都市が適度な縮尺で正確に写されているように見える場合でも、それは結局ひとつの人工都市、現実には対応物を求められない「ことばで織られた都市」となるだろう。

（君野隆久『ことばで織られた都市』二〇〇八、三元社）

君野のいうように、「ことばで織られた都市」は、書き手の意図どころか、あらゆる現実の対応物から切断されるだろう。それはエクリチュールによる純粋な構築物となる。しかし、ラングにつなぎとめられた「ことば」は、読者の読書行為のなかで、ふたたび現実に呼び戻され、再生・変換といった編集作業に組み込まれることになる。いいかえれば、「ことばで織られた都市」は、読者の身心を通過することで、「生きられた都市」に変換されるのである。とすれば、問い直されるべきは、読者の言語活動、あるいはそれを支える思考枠《パラダイム》なのかもしれない。テクストの「ことば」の手触りを片時も放さず、その「ことば」が生成された歴史的文脈に密着しながら、「ことばで織られた都市」のなかで繰り広げられる、生きられた身体と統治システムとのせめぎ合いを細かく割って吟味すること。――先人が遺した知的財産をどう活かすかは、未来の私たちの手に託されているのだ。

フェミニズム

岩淵宏子

本稿では、一九六〇・七〇年代の第二波フェミニズム運動を背景に発展してきたジェンダー批評を含むフェミニズム批評の果たした歴史的役割と現在を概観することとする。

女性の公的領域における市民的権利を追求した第一波フェミニズム運動に対して、第二波フェミニズム運動は、性と生殖という私的領域を貫徹する政治学に挑戦すると同時に、初めて文化にメスを入れる試みでもあった。その結果、文化は従来いわれてきたように中立・中性・普遍ではなく圧倒的に男性中心的なものであるという認識のもとに、女の立場から既成の学問を問い直す女性学が創設された。文学研究においてはフェミニズム批評が生まれ、ジェンダーという分析概念を研究の要に据えて、文学における既存のパラダイムの転換をめざすところから出発した。

フェミニズム批評が、日本近代文学会において初めて取り上げられたのは、一九八六年秋季大会の「日本的近代と女性」という小特集からである。先駆的業績である駒尺喜美『魔女の論理』(一九七八、エポナ出版）や、水田宗子『ヒロインからヒーローへ――女性の自我と表現』（一九八二、田畑書店）を視野に入れると、およそ四〇年近い歴史を刻んだことになる。フェミニズム批評の真髄について水田宗子は、「フェミニズム文学批評は女性解放運動やフェミニズム思想とも異なって、作家の表現／創作行為と作品分析を通しての実践行為である点が特徴である。分析の対象となるテキストがあることが、具体的で、わかりやすい論議の展開を可能にし、一般読者や文学／文化研究者、作家も参加する批評の場を持つことになった。また、国の文学というカテゴリーを超え、従来の研究分野を横断して、さまざまな国と時代、ジャンルの作品を扱うことを可能にしたのである」（『水田宗子　対談・鼎談・シンポジウム集』二〇一四、城西大学出版会）と言及している。

フェミニズム／ジェンダー批評は、欧米ならびにその影響下にあった日本において大きく三段階の展開がみられる。以下、欧米の理論（翻訳書の出典表記は、初めに海外で発表された年を記す。次に日本で翻訳書が刊行された出版年、翻訳者、出版社を記載する）を視野に入れながら、主要単行本研究書を中心に日本における動向を辿り、今後の可能性を展望してみたい。

＊

フェミニズム批評の第一段階が、ケイト・ミレットの『性の政治学』（一九七〇。一九八五、藤枝澪子他訳、ドメス出版）に始まることはよく知られている。男性作家や批評家に内在する女性嫌悪や男性優位性を批判する方法、すなわち父権的構造に由来する文学における政治性への批判で、エレイン・ショウォルターは、この方法を「フェミニスト・クリティーク」と名づけた。

日本における「フェミニスト・クリティーク」の嚆矢は、前掲の駒尺喜美『魔女の論理』（一九七八）で、純愛の書として著名な「智恵子抄」を、智恵子を性役割に押し込めてしまった光太郎の償いの書であると捉える一方、夏目漱石の「それから」「行人」を男性原理を否定した小説として再評価するなど、読みのコードの刷新をはかった。続いて、『魔女的文学論』(一九八二、三一書房)、『漱石という人』(一九八七、思想の科学社)などを世に問うた。三枝和子『恋愛小説の陥穽』(一九九一、青土社)は、夏目漱石、谷崎潤一郎、太宰治、川端康成、徳田秋声、永井荷風など文豪と呼ばれる男性作家たちの名作といわれる恋愛小説の多くが、他者である女性の精神や自我を無視した男性による所有の物語であると裁断し、高い世評を受けた。他に、上野千鶴子・富岡多恵子・小倉千加子『男流文学論』(一九九二、筑摩書房)、江種満子・関礼子編『男性作家を読む――フェミニズム批評の成熟へ』(一九九四、新曜社)、渡邊澄子『男漱石を女が読む』(二〇一三、世界思想社)などがある。

いずれも、男性作家のテクストをフェミニズムの視点から問い直し、一部の例外を除いて(漱石の評価は分かれている)「カノン」とされてきた男性文学の規範性をみごとに解体させ、名作の隠された側面をはしなくも露呈させており、この方法の有効性を裏付けた。

*

欧米における第二段階は、一九七〇年代後半から八〇年代前半頃までで、「ガイノクリティシズム」と呼ばれる方法が展開される。エレイン・ショウォルター『女性自身の文学――ブロンテからレッシングまで』(一九七七。一九九三、川本静子他訳、みすず書房)、サンドラ・ギルバード/スーザン・グーバー『屋根裏の狂女――ブロンテと共に』(一九八六。一九八八、山田晴子・薗田美和子訳、朝日出版社)などにより、女性作家・作品の掘り起こしや再評価が盛んに行われた。この頃また、欧米では、生物学的に決定された性差である「セックス」に対し、社会的文化的性差である「ジェンダー」という概念を取り入れ、本質的で不変とされる性差を相対化する視点を獲得している。

日本における「ガイノクリティシズム」は、「フェミニスト・クリティーク」とほぼ踵を接して受け入れられ、早くからジェンダー概念を取り入れつつ、遅れていた女性文学研究を加速的に伸展させた。

一九八二年に上梓された前出の水田宗子『ヒロインからヒーローへ』がその先駆といわれ、島崎藤村、高村光太郎などの作品に描かれた女性幻想を剔抉する一方、日本と英米の女性文学に描かれた女性の自我と表現のありようを探り、女性が性役割を担うヒロインから自我をもつヒーローへと変容してゆくプロセスを浮かび上がらせ、男と女の幻想と呪縛からの解放を予見した。その他、水田宗子『フェミニズムの彼方──女性表現の深層』(一九九一、講談社)、江種満子・漆田和代編『女が読む日本近代文学──フェミニズム批評の試み』(一九九二、新曜社)、岩淵宏子・北田幸恵・高良留美子編『フェミニズム批評への招待──近代女性文学を読む』(一九九五、學藝書林)、金井景子『真夜中の彼女たち』(一九九五、筑摩書房)、平田由美『女性表現の明治史』(一九九九、岩波書店)、水田宗子・北田幸恵編『山姥たちの物語』(二〇〇二、學藝書林)、北田幸恵『書く女たち』(二〇〇七、學藝書林)、岩見照代『ヒロインたちの百年』(二〇〇八、學藝書林)、岡野幸江『女たちの記憶』(二〇〇八、叢文社)、阿木津英『二十世紀短歌と女の歌』(二〇一一、學藝書林)、菅聡子『女が国家を裏切るとき』(二〇一一、岩波書店)、高良留美子『樋口一葉と女性作家 志・行動・愛』(二〇一三、翰林書房)、竹内栄美子『女性作家が書く』(二〇一三、日本古書通信社)、与那覇恵子『後期20世紀 女性文学論』(二〇一四、晶文社)などと続く。

個別の女性文学研究書も陸続している。樋口一葉を例に挙げると、一九九二年六月、ジェンダーの視点による一葉研究が三冊同時に刊行され脚光を浴びた。関礼子『樋口一葉を読む』(岩波ブックレット)、三枝和子『ひとひらの舟』(人文書院)、西川祐子『私語り樋口一葉』(リブロポート)で、いずれも薄幸の才媛といわれてきた一葉を、自由な女戸主・職業作家と捉え直している。新・フェミニズム批評の会編『樋口一葉を読み直す』(一九九四、學藝書林)なども出され、一葉のみならず、一葉テクストの読みも大きく刷新された。

その他、野上彌生子、田村俊子、尾竹紅吉、宮本百合子、林芙美子、佐多稲子、岡本かの子、長谷川時雨、吉屋信子、壺井栄、幸田文、大庭みな子など女性文学に関する研究書が多数刊行され、新たな読みを展開させている。新典社の「女性作家評伝シリーズ」も一九九八年から刊行され始め、現在までに、樋口一葉、與謝野晶子、野上彌生子、宇野千代、尾崎翠、平林たい子、岡本かの子、壺井栄、円地文子、幸田文が出版された。新・フェミニズム批評の会では、『『青鞜』を読む』(一九九八、學藝書林)『明治女性文学論』(二〇〇七、翰林書房)『大正女性文学論』(二〇一〇、翰林書房)を上梓した。

こうした状況を受けて、岸田俊子、清水紫琴、田澤稲舟、田村俊子、伊藤野枝、小寺菊子、松田解子、石牟礼道子など周縁化されてきた女性作家たちの全集や選集が刊行された。岩淵宏子・長谷川啓監修『[新編]日本女性文学全集』全一二巻(二〇〇七~二〇二〇、六花出版)は、近代出発期から現代までの女性文学を集成する初の女性文学全集である。『女学雑誌』『女学世界』『女子文壇』『青鞜』『番紅花』『女人芸術』『婦人戦線』『婦人戦旗』『働く婦人』『婦人文芸』をはじめとする多くの女性誌の復刻も次々と実現し、その研究も進展した。岩淵宏子・北田幸恵編『はじめて学ぶ日本女性文学史【近現代編】』(二〇〇五、ミネルヴァ書房)は、女性文学史編纂の試みである。

*

米国のフェミニズム批評の第三段階は、一九八〇年代後半に登場するポスト構造主義系思想の影響を受けたポスト構造主義フェミニズム批評といわれるものである。ディコンストラクション派批評、精神分析フェミニズム批評、ポストコロニアル・フェミニズム批評、ジェンダー批評などがそれに属し、多様で流動的段階といわれている。ディコンストラクション派批評では、エリザベス・A・メーシー『差異のダブルクロス――フェミニズム批評の実践』(一九八六。一九九〇、清水和子・岡村ひとみ訳、彩流社)、バーバラ・ジョンソン『差異の世界――脱構築・ディスクール・女性』(一九八七。一九九〇、大橋洋一他訳、紀伊国屋書店）などが、あらゆる二項対立的なものを切り崩し、差異を重視する方向性を決定したといわれる。ポストコロニアル・フェミニズム批評では、ガヤトリ・C・スピヴァック『文化としての他者』（一九八七。一九九〇、鈴木聡他訳、紀伊国屋書店）、トリン・T・ミンハ『月が赤く満ちる時――ジェンダー・表象・文化の政治学』（一九九一。一九九六、小林富久子訳、青土社）などが、人種、ジェンダー、セクシュアリティといった関係を通じて女性が幾重にも収奪されている状況を批判的に分析した。ジェンダー批評では、ジュディス・バトラー『ジェンダー・トラブル――フェミニズムとアイデンティティの攪乱』（一九九〇。一九九九、竹村和子訳、青土社）が、ジェンダーのみならずセックスやセクシュアリティまでもが社会構築物であることを分節化し、フェミニズムやジェンダー研究を大きく塗り替えた。

日本では、一九九〇年代後半から、バトラーと並んで、父権制社会を男性ホモソーシャル関係として捉えることでジェンダーを中心とする社会分析や文化分析に重要な視座を提供したイヴ・コゾフスキー・セジウィックの『クローゼットの認識論――セクシュアリティの20世紀』（一九九〇。一九九九、外岡尚美訳、青土社）『男同士の絆――イギリス文学とホモソーシャルな欲望』（一九八五。二〇〇一、上原早苗・亀澤美由紀訳、名古屋大学出版局）などの影響を受けたジェンダー批評がさかんとなる。折しも、ジェンダー・人種・階級・性的優劣などを視点としたアメリカ型のカルチュラル・スタディーズが注目を集めると、その動向と連動してジェンダー批評はいっそう有力な方法論として認知されるようになった。その結果、従来のフェミニズム批評がしばしば陥っていた一律的な「女性性」といった概念を脱構築し、これまで不可視であった女性内部の多様性や個々の女性の内なる差異を前景化することに成功したといえる。ただし、ジェンダー概念を精緻に理論化したが、他方、女性の集合的抑圧という歴史的現実を曖昧にし、七〇年代フェミニズムが勝ち得てきた政治的主体としての「女性」概念をも否定する脱政治化の傾向を内包する諸刃の剣であったと指摘されている。

それらの論は、先に「ガイノクリティシズム」として取り上げた研究書の中にも多く含まれているのだが、ここではジェンダーの視点であることをタイトルに明記している単行本を列記したい。中山和子・江種満子編『ジェンダーで読む「或る女」』(一九九七、翰林書房)、中川成美『語りかける記憶——文学とジェンダー・スタディーズ』(一九九九、小沢書店)、飯田祐子編『『青鞜』という場——文学・ジェンダー・〈新しい女〉』(二〇〇二、森話社)、関礼子『一葉以後の女性表現　文体・メディア・ジェンダー』(二〇〇三、翰林書房)、水田宗子『二十世紀の女性表現——ジェンダー文化の外部へ』(二〇〇三、學藝書林)、江種満子『わたしの身体、わたしの言葉——ジェンダーで読む日本近代文学』(二〇〇四、翰林書房)、岩淵宏子・長谷川啓編『ジェンダーで読む　愛・性・家族』(二〇〇六、東京堂出版)、中谷いずみ『その「民衆」とは誰なのか——ジェンダー・階級・アイデンティティ』(二〇一三、青弓社)、高田知波『姓と性　近代文学における名前とジェンダー』(二〇一三、翰林書房)などがある。これらの論には、男性研究者も参入し、ジェンダーといえば社会的な性役割を指していた従来の狭義の意味だけではなく、セクシュアリティもセックスもジェンダーであるという視点を展開させている。

こうした状況下で、フェミニズム批評やジェンダー批評の扱う問題領域は、セクシュアリティ研究(クィア理論、ホモソーシャリティ、クローゼット、レズビアン研究、ゲイ研究)、性の商品化論(売買春、慰安婦、セックス・ワーク)、性暴力の問題(テクスチュアル・ハラスメント、ドメスティック・バイオレンス、セクシュアル・ハラスメント、児童虐待)、戦争とジェンダー、エイジングとジェンダー、グローバル化の問題(ジェンダーと開発)など多様性・複雑性に満ちるようになった。渡辺みえこ『女のいない死の楽園——供犠の身体・三島由紀夫』(一九九七、パンドラ)、飯田祐子『彼らの物語』(一九九九、名古屋大学出版会)、岡野幸江・北田幸恵・長谷川啓・渡邊澄子編『女たちの戦争責任』(二〇〇三、東京堂出版)、内藤千珠子『帝国と暗殺——ジェンダーからみる近代日本のメディア編成』(二〇〇五、新曜社)、尾形明子・長谷川啓編『老いの愉楽』(二〇〇六、東京堂出版)、小平麻衣子『女が女を演じる——文学・欲望・消費』(二〇〇八、新曜社)、米村みゆき・佐々木亜紀子編『〈介護小説〉の風景——高齢社会と文学』(二〇〇八、森話社)、倉田容子『語る老女　語られる老女』(二〇一〇、學藝書林)、鬼頭七美『「家庭小説」と読者たち——ジャンル形成・メディア・ジェンダー』(二〇一三、翰林書房)、久米依子『「少女小説」の生成——ジェンダー・ポリティクスの世紀』(二〇一三、青弓社)、長谷川啓・岡野幸江編『戦争の記憶と女たちの反戦表現』(二〇一五、ゆまに書房)などは、こうした問題意識に由来する成果であろう。

＊

第二波フェミニズム運動を背景に出発したフェミニズム／ジェンダー批評の有効性は、「女流文学」として長らく周縁化されてきた「女性文学」研究が促進され、正当に多様に豊かに読み解かれるようになったこと一つ取り上げても自明だろう。では、現在のフェミニズムおよびフェミニズム／ジェンダー批評にはどのような動向や展開がみられるのか。

欧米では、ジョン・ロールズの『正義論』(一九七一。一九七九、矢島鈞次監訳、紀伊国屋書店)を中核としたネオリベラリズムに対し、フェミニズムの立場からの反論がみられ、その一つであるケアの倫理は、日本でも活発に論じられている。ケアの倫理とは、ネオリベラリズムが、自律した個人が競争し合うことにより自由の拡張をめざすのに対し、あらゆる人間は弱く、依存を免れないことを人間の基本的条件と位置づけ、配慮し合う世界を提唱している。日本でも、マーサ・A・ファーインマン『ケアの絆——自律神話を超えて』(二〇〇四。二〇〇九、穐田信子・速水葉子訳、岩波書店)、エヴァ・フェダー・キテイ『愛の労働あるいは依存とケアの正義論』（一九九九。二〇一〇、岡野八代・牟田和恵監訳、白澤社）、ファビエンヌ・ブルジェール『ケアの倫理――ネオリベラリズムへの反論』（二〇一三。二〇一四、原山哲・山下りえ子訳、白水社）などの翻訳に続き、上野千鶴子『ケアの社会学』（二〇一一、太田出版）、岡野八代『フェミニズムの政治学――ケアの倫理をグローバル社会へ』（二〇一二、みすず書房）、金井淑子『〈ケアの思想〉の錨を――3・11、ポスト・フクシマ〈核災社会〉へ』（二〇一四、ナカニシヤ出版）などが相次いで刊行され、グローバル化時代における他者への配慮をめぐる社会的絆の問題が提起されている。

いま一つの主要な反応は、ナンシー・フレイザー『正義の秤《スケール》――グローバル化する世界で政治空間を再想像すること』（二〇〇八。二〇一三、向山恭一訳、法政大学出版局）などによるフェミニズムとネオリベラリズムとの関係への批判的問いであろう。この疑義は、女性解放をめざしたフェミニズム運動が、女性の経済的解放だけを求めるネオリベラリズムの原理に簒奪されてしまったのではないかという危惧に由来している。こうした問題提起を受けて刊行された三浦玲一・早坂静編『ジェンダーと「自由」――理論、リベラリズム、クィア』（二〇一三、彩流社）、越智博美・河野真太郎編『ジェンダーにおける「承認」と「再分配」――格差、文化、イスラーム』（二〇一五、彩流社）などはきわめて有益である。ケアの倫理と併せたこうした趨勢は、フェミニズムが大きな転機を迎えていることを端的に示していよう。

フェミニズム批評では、水田宗子『大庭みな子 記憶の文学』（二〇一三、平凡社）が注目される。同書は、マリアンヌ・ハーシュ提唱のポストメモリーという概念の援用が、創見に富む大庭文学読解になっていると評価された。ポストメモリーとは、ホロコーストの直接的な体験・記憶を持たない世代が語りやイメージを通して獲得した擬似的な「記憶」をさす。また、アメリカ文学研究だが、トラウマの角度から文学分析を試みた小林富久子監修『憑依する過去──アジア系アメリカ文学におけるトラウマ・記憶・再生』(二〇一四、金星社)にも着目したい。トラウマとは、民族全体に関わる場合、当事者だけに留まらず世代から世代へと民族間で集団的に引き継がれるというキャシー・カルースの視点の導入が、作品の深い読みを導いている。

三・一一を経験した今日、人間の脆弱さを見据え、かずかずの痛みに満ちた「記憶」とどのように向き合い、次世代にいかに伝えるかが、フェミニズムおよびフェミニズム批評の焦点の一つとなっている。ジェンダー文化が存続するかぎり、ジェンダーの視点による文学批評は不可欠であるが、深化したフェミニズムの理論により、個人・社会・文化表象という広範な領域を読み解く有効な視座も着実に切り拓かれているといえよう。

[付記] 本稿で言及したポスト構造主義を背景にしたポスト構造主義フェミニズムからを第三波フェミニズムとする説もみられるが、定説はみていない。また、同時期頃からポストフェミニズムという語も聞かれるようになったが、竹村和子は、「「ポスト」の意味は、まえの時代と重なり合いながら、まえの時代を自己批判的に、自己増殖的に見る視点」(竹村和子編『〝ポスト〟フェミニズム』二〇〇三、作品社)と述べており、留意しておきたい。なお、紙幅の都合により、副題を適宜省略したことをお断りしたい。

ジェンダー

飯田祐子

「ジェンダー」という概念が文化的性差を意味するものとして欧米で使用されるようになったのは一九七〇年代、日本に流布するようになったのは八〇年代の後半である。日本近現代文学研究の領域では、九〇年代末、ジェンダーを冠にした特集が立て続けに組まれている（「ジェンダーを考える」『日本近代文学』一九九六・一〇、「ジェンダーの探求――21世紀をめざして」『社会文学』一九九七・六、「文学のジェンダー構成」『日本文学』一九九八・一一）。分析概念として定着したのがその頃といえるだろう。

ジェンダーという概念が提示されたときまず重要だったのは、性差を生物学的なものではなくて文化的に構築されたものとして考えることだった。その後、セックスもまたジェンダーによって構築されているということが論じられた。生物学的には性は決して完全に二分されうるものではないにもかかわらず男と女に二分されてきたことや、あるいは様々な生物学的身体特徴のなかで、性を構成すると考えられているものが特異に強く意味化されているということが問題化されたのだった。ジェンダーについて考える出発点は、それが言語によって構築されたものだということである。

よく知られている議論ではあるが、方法論としての概説にかえてジョーン・スコットとジュディス・バトラーの議論を簡単に振り返っておきたいと思う。スコットはジェンダーを「肉体的差異に意味を付与する知」と定義した（『ジェンダーと歴史学』原著一九八八、一九九二、荻野美穂訳、平凡社）。性差を本質化させやすい「なぜ」という問いではなく「どのように」と問うこと、つまり、性差がどのように構築され、どのように利用され、どのように機能してきたのか、その過程を分析することの重要性を説いた。また男と女というカテゴリーは対になって「性差に関する知」を構築していることを指摘した。女は男ではないものとして、男は女ではないものとして、規定されているのである。そしてまたジェンダーが、男や女として生きている生身の私たちを縛っているだけでなく、社会全体を覆う文化的な装置として、生物学的にはまったく性差と関係のない事柄においてもレトリックとして機能していることを論じたのだった。わかりやすい例では、植民地主義において宗主国を「男」とし植民地を「女」として比喩的に語ることで、宗主国が植民地を保護し管理する力学が自然化されようとしてきたことなどが思い返される。こうしたジェンダーの機能に目を向ける試みが、ジェンダー・スタディーズとして展開されてきた。ジュディス・バトラーの議論では、言語のパフォーマティビティ（遂行性）が前景化された。言語は使用されることによって再生産される。バトラーは反復がつねに正確になされるわけではないことに光を当てた。「抽象的に言えば、言語とは、理解可能性をたえず作りだすと同時に、理解可能性に異を唱えることも可能な、開かれた記号体系なのである」（『ジェンダー・トラブル——フェミニズムとアイデンティティの攪乱』原著一九九〇、一九九九、竹村和子訳、青土社）。「呼びかけられる名称は、従属化と権能化の両方をおこない、行為体の場面をその両義性から生みだし、呼びかけの当初の意図を超える一連の効果を生み出していく」のである（『触発する言葉——言語・権力・

行為体』原著一九九七、二〇〇四、竹村和子訳、岩波書店）。バトラーは攪乱的な反復の可能性を論じ、ジェンダー・システムの可変性を説いた。

両者の議論が提出されてからかなりの時間が経過しているが、ジェンダーという概念の定義として現在もともに有効である。社会を構成する意味や規範は発話によって再生産されており、またその発話の主体はその規範や意味に従属している。どちらかが先行するというわけではなく、両者はともに動的に再生産され続けている。その過程はもちろん自然なものでも本質的なものでもなく、つねにずれや亀裂を孕む可能性を帯び続けている。表象の領域はこのような動的な過程のなかにあり、イデオロギーと現実、あるいは規範と主体の間にあってそれぞれと関係を持つ、意味の再生産と攪乱の現場である。イデオロギーとメディアとしての文学と主体、規範と表象と欲望の三者関係において、ジェンダーという文化格子がどのように機能してきたのかを問う試みは三者をただ重ね繋いできたわけではない。その構築過程の検証と同時に、その解離、少なくとも軋みを抽出することは可能である。また、ジェンダーを問題化するときに重要な点は、ジェンダーが閉鎖的に単独で機能しているわけではないということである。女性が一枚岩ではないということは、フェミニズムの展開の中で様々な差異の指摘とともに繰り返し確認されてきたことだが、女性というカテゴリーの中に多様な生が含まれているということは、ジェンダーがそうした多様な生において、それぞれに機能しているということでもある。カテゴリーの内側に読み込まれる意味は、時代と場所によって変容する。そのような空虚な器としてジェンダー・カテゴリーは機能し続けているといえる。

さて、以上を議論の土台として確認したうえで、日本の近現代文学研究を主として、これまでになされてきた分析を振り返ってみたい。

まず、性差別そのものを主題化した初期のフェミニズム批評と違い、ジェンダーがきわめて強度の高い文化格子として他の力学と組み合わされて複合的に機能している様を分析したものとして、帝国日本におけるアイヌや朝鮮の表象とジェンダーとの関わりを論じた内藤千珠子『帝国と暗殺——ジェンダーからみる近代日本のメディア編成』(二〇〇五、新曜社)、文学的感傷と女性性の結びつきを論じた菅聡子『女が国家を裏切るとき——女学生、一葉、吉屋信子』(二〇一一、岩波書店)、周縁化された人々の異議申し立てと動員に絡み込んだジェンダー構造を明らかにした中谷いずみ『その「民衆」とは誰なのか——ジェンダー・階級・アイデンティティ』(二〇一三、青弓社)などがある。これらの研究は、帝国や国家の論理、またはそれに抵抗する運動の論理など、公/私で分離すれば公的な領域における力学においてジェンダーというメタファーが機能する様を浮かび上がらせてきた。大きく捉えれば、メディアとしての文学がいかに意味を構築してきたかという分析にジェンダーの視点を組み込んだものといえるだろう。文学研究とカルチュラル・スタディーズや歴史学との積極的な節合が図られるなかで、メディアの一領域として文学を捉える視点が得られたこともこうした研究の背景となっている。文化分析を広く見渡せば、伊藤るり・坂元ひろ子・タニ＝E＝バーロウ編『モダンガールと植民地的近代——東アジアにおける帝国・資本・ジェンダー』(二〇一〇、岩波書店)、北原恵編『アジアの女性身体はいかに描かれたか——視覚表象と戦争の記憶』(二〇一三、青弓社)など、東アジア全体に対象を広げ、ポストコロニアリズムの問題設定を精密化するジェンダー分析が重ねられている。

これらの研究は、女性表象の歴史分析と捉えることもできる。ジェンダーは一対のメタファーであるという知見は大きな前提であるが、男と女という記号がつねに対を形成して流通するわけではない。男は普遍に重ねられて容易に透明化し、女という記号が特異性を帯びて言及の対象となる。ジェンダーの構築性という視点は実体とは異なる水準において女性の語られ方を問うという立場を生みだし、メディアにおける女性表象の分析に結実してきた。例えば笹尾佳代『結ばれる一葉——メディアと作家イメージ』（二〇一二、双文社出版）は、一葉という女性作家像の変遷を辿り、それが時々の典型的な女性像に重ねられていく展開を論じた。無節操とも感じられるほどの一葉像の多様さは、男性作家の「神話」が求心的に構成されていくこととときわめて対照的である。また雑誌メディアにおける女性表象の分析が、文学、社会学、歴史学など様々な研究領域で活発になされており、女性規範の構築と消費の論理の交錯を明らかにしている。中尾香『〈進歩的主婦〉を生きる――戦後『婦人公論』のエスノグラフィー』（二〇〇九、作品社）、木村涼子『〈主婦〉の誕生――婦人雑誌と女性たちの近代』（二〇一〇、吉川弘文館）、井原あや『〈スキャンダラスな女〉を欲望する――文学・女性週刊誌・ジェンダー』（二〇一五、青弓社）、石田あゆう『戦時婦人雑誌の広告メディア論』（二〇一五、青弓社）などがある。雑誌は読者の欲望を生み、またそれに支えられている。女性表象に、マスとして浮かんでくる女性たちの姿が重なる。消費の主体となることと消費に従属することのせめぎ合いは、メディア環境が複雑化し消費文化の規模がグローバル化した現在において、より深刻に問われるべきだろう。

加えて、「少女」というカテゴリーが重点的に論じられてきたことを指摘しておきたい。最もまとまった研究として久米依子『「少女小説」の生成――ジェンダー・ポリティクスの世紀』（二〇一三、青弓社）を挙げておく。欧米にはない特殊なジャンルとして、少女小説の変遷が明治初期からライトノベルの現在まで通史的に論じられている。一九二〇―三〇年代のモダンガール、現在であれば戦闘美少女など、規範の周縁＝境界にフィクショナルに配置されてきた「少女」は、近代と現在を繋ぐ問題提起的な分析対象となってきた。逆に位置する「老女」も、近年議論の対象にされるようになっている。倉田容子『語る老女　語られる老女――日本近現代文学にみる女の老い』（二〇一〇、學藝書林）や江黒清美『「少女」と「老女」の聖域――尾崎翠・野溝七生子・森茉莉を読む』（二〇一二、學藝書林）がある。

さて、以上にまとめた女性表象に関わる問題系は、主として規範やイデオロギーの分析に資するものということができるだろう。それとは方向性を違えて、ジェンダー・ポリティクスと主体の関係を積極的に問うてきたのは女性表現に関わる研究である。ジェンダー分析としてのそれが明らかにしてきたのは、文学領域におけるジェンダー構造と表現主体との複雑なやりとりである。

その前提となりうるものとして、まずは文学領域そのもののジェンダー化の分析をあげておきたい。文学が明治後期に男性ジェンダー化する過程を分析した飯田祐子『彼らの物語――日本近代文学とジェンダー』（一九九八、名古屋大学出版会）、戦後批評がそれを女性ジェンダー化する力学を論じた佐藤泉「近代文学史の記憶・忘却」（『現代思想』一九九九・一）、鈴木登美「〈文学〉のジェンダー――「小説」と「女性」をめぐる近代日本文学史のポリティックス再考」（『日本近代文学』二〇〇四・五）などがある。文学場がジェンダー・ニュートラルであったことはない。それゆえ女性作家は、〈女〉というカテゴリーと交渉しつつ書くことに向かってきたといえる。

女性表現の研究はたいへん多いが、ジェンダー配置について積極的に論じているものとして、水田宗子『物語と反物語の風景――文学と女性の想像力』（一九九三、田畑書店）、平田由美『女性表現の明治史――樋口一葉以前』（一九九九、岩波書店）、関礼子『語る女たちの時代――一葉と明治女性表現』（一九九七、新曜社）、『一葉以後の女性表現――文体・メディア・ジェンダー』（二〇〇三、翰林書房）、中川成美『語りかける記憶――文学とジェンダー・スタディーズ』（一九九九、小沢書店）、江種満子『わたしの身体、わたしの言葉――ジェンダーで読む日本近代文学』（二〇〇四、翰林書房）をあげておこう。明治初期から現在までそれぞれの時代の書く女たちの様相が論じられているが、重要なのは読むことも書くことも〈女〉というジェンダー規範と衝突するということだ。近代初期の問題として重要だったのは、平田や関が問題化した文体のジェンダー・ポリティクスである。漢文体と雅文体という強固な枠組みに抵抗しつつ、言文一致が展開していく潮流の中、物語の内容以前にどのような文体で語るかという点で女性たちは闘争せねばならなかった。また金井景子『真夜中の彼女たち――書く女の近代』（一九九五、筑摩書房）は、文学の形で書かれた言葉とそれが取りこぼす書かれなかった言葉を拾い出す。〈女〉の場所と言葉の不自由な関係を浮かび上がらせた論考である。小平麻衣子『女が女を演じる――文学・欲望・消費』（二〇〇八、新曜社）は、女性規範の外部を構成することがいかに困難かということを緻密に分析している。文学に隣接した領域として演劇にも目を配り、ジェンダー・パフォーマンスという切り口で、〈女〉というカテゴリーと〈女〉を遂行することの重なりとずれが、表象されることと表象することの交渉や亀裂の痕跡のなかに探られている。そのように主体の水準におけるジェンダーの機能を注視すれば、ジェンダーは主体に一貫性を与えるどころか、むしろ亀裂の発生源となっていることが理解されるだろう。女性表現については、語ることで亀裂を埋める〈自己語り〉が肯定的に論じられてきたが、亀裂をそのままに受け取ることも可能なはずだ。飯田祐子『彼女たちの文学――語りにくさと読まれること』（二〇一六、名古屋大学出版会）は、女性作家のテクストに示された亀裂に被読性（読まれること）と応答性を読みこみ、他者に否応なく向き合うという状態に倫理性を見出している。

今後の充実を期待したいのは男性性の分析であるが、初期フェミニズム批評においてなされた女性に対する差別的な視線の批判を経て、男性性そのものやその揺らぎ、失調の分析へと進んでいる。中山和子・江種満子編『総力討論――ジェンダーで読む『或る女』』（一九九七年、翰林書房）は、有島における女性表象の問題点の剔抉を含みつつ、討論とその後の補論という形式が有意義に働き多様な論点を提示した。作家としては過剰なジェンダー化でクイアな読みを喚起する三島由起夫が、渡辺みえ子『女のいない死の楽園――供犠の身体・三島由紀夫』（一九九七、パンドラ）、有元伸子『三島由紀夫物語る力とジェンダー――『豊饒の海』の世界』（二〇一〇、翰林書房）などによって論じられている。また坪井秀人『性が語る――二〇世紀日本文学の性と身体』（二〇一二、名古屋大学出版会）が、萩原朔太郎の「不能」や谷崎潤一郎の「去勢」という論点から、生き物として無力な男たちの有り様を抽出していることも記しておきたい。男性性については強さや暴力という問題系の中での問い直しが必要だと思われるが、内田雅克『大日本帝国の「少年」と「男性性」――少年少女雑誌に見る「ウィークネス・フォビア」』（二〇一〇、明石書店）が、帝国主義下における理想の少年像が女性や非日本人との敵対の中で形成される様を分析している。また岡野幸江・長谷川啓・渡邊澄子編『買売春と日本文学』（二〇〇二、東京堂）が提示した論点は、男性性に限定される問題ではないが、性とジェンダーと暴力と欲望が混じり合いさらに人種や民族や階層のポリティクスとの関わりもある複合的な難問として、今後も継続して検討されるべきものだろう。

ジェンダー分析は、表象空間と言語実践に目を向けてきた。初期フェミニズム批評との差異をそこに見ることができる。イデオロギーの生産と攪乱に光をあて、読み書く主体の不定形なあり様を記述する個々の具体的な作業は、抑圧／被抑圧というような紋切り型の結論を示すためになされているわけではない。現実を構成する表象は、国家や資本の欲望にジェンダーを絡み込み、うごめいている。その表象の場の中で、目の前にいる他者と目の前にいない他者に向かい、書いている自己と書かれている自己とそれを読むことになるこれからの自己を含んで、読み書くことで生き延びてきた主体の動的なあり様の中に、ジェンダーは折り込まれている。そうした言語実践は身体や情動とともになされている。ジェンダー分析において、身体はとくに重要な鍵概念となってきたが、身体は他者や文化的な装置、さらには物や環境との相互関係性に議論を導くだろう。表象の環境は、複雑さを増している。言語と身体を二元的に捉えるのではなく、その複合的な動態を見つめ、ジェンダー・ポリティクスの強度と可変性を探る足場を作り出していかなければならない。

現実の多様化はジェンダー規範の圧力を透明化する。たしかに選択肢の幅は広がっている（ただし、選択したいと望むものが選択できるかどうかということは別問題である）。またジェンダーという概念が広く認知されることで、その衝撃力や先進性は薄れる（新たな問題が生まれ続けていたとしても）。ジェンダーをめぐる想像力のあり様は複雑化しており、例えば溝口彰子『BL進化論――ボーイズラブが社会を動かす』（二〇一五、太田出版）、西村マリ『BLカルチャー論――ボーイズラブがわかる本』（二〇一五、青弓社）などがまとめたBLの世界におけるジェンダー表象と書き読む主体のジェンダーとの関係は、二項対立的なジェンダー格子に収まるものではない。トランス・ジェンダーという問題系も、ジェンダーの機能の複雑さを示している。しかし一方で、表象と現実、表象と主体の間に挟まれた皮膜は、様々な契機を通して不透明にまた厚くなり、それが定形の再生産や差別表現への鈍感さに繋がるという事態も生じている。ジェンダー分析の目標は、ジェンダーの固定性と閉鎖性が解かれ、複数性と可変性へと開かれていくことにあり、フェミニズム批評がそうであるように、それ自体が必要でなくなることが究極的な目標だともいえるだろうが、そのような未来に行き着けるのか否か皆目見当のつかないのが、現在である。わたしたちが生きている文化空間にジェンダーが機能している限り、ジェンダー分析は必要である。

セクシュアリティ

光石亜由美

セクシュアリティ／セクシュアリティ研究

「セックスは両脚のあいだに、セクシュアリティは両耳のあいだにある」と言われるように、セクシュアリティは身体的・生理的な問題ではなく、社会的、文化的な問題である。また、文化によって学習されるものである。そして、ミシェル・フーコーやジェフリー・ウィークスの指摘するように、セクシュアリティとは近代の産物である。

セクシュアリティとは何か。日本語では「性的欲望」と訳されることがあるが、それも正確ではないだろう。性は男と女という二つのカテゴリーに二分されるものではなく、その間に無数の性の形があり、その表現は多様なのである。ひとまずここでは、セクシュアリティとは、性的欲望だけではなく、性的差異、性的アイデンティティ、性的表現などに関連するものと定義しておこう。

では、セクシュアリティを研究するとはどういうことなのか。上野千鶴子はセクシュアリティ研究とは「人々が「セクシュアリティ」と呼び、表象するもの、そしてその名のもとで行為するしかたについて研究する領域」(「セクシュアリティの社会学・序説」『セクシュアリティの社会学』一九九六、岩波書店)であるとする。この説明では一体何について研究をするのかまったく見えてこない。解説者が悪いのではなく、セクシュアリティそのものが「無定義概念」であるからである。セクシュアリティ研究とは、人々が「セクシュアリティ」と呼び、表象するものをめぐる言説分析であり、身体や本能に還元されやすい性の本質主義的な解釈から距離を置き、性の社会的構築性を問うことであるといえる。

セクシュアリティとは、このように多様に広がり、偏在する性の言説の総体、まさに「人々が「セクシュアリティ」と呼び、表象するもの」でしかないとすれば、その研究史とはどのように記述すればいいのか。文学研究においても、これが「セクシュアリティ研究だ」という範囲確定は困難である。文学において多様に広がり、偏在する性の言説をすくいあげるために、ここでは以下のような方法を便宜的にとることにする。まず、セクシュアリティという概念が再定義されたフーコー『性の歴史』のインパクト、フェミニズム、ジェンダー研究からの影響について述べたのち、いくつかの項目について概観してみたい。これらがセクシュアリティ研究のすべてを網羅するものでないことを、あらかじめおことわりしておきたい。

フーコー『性の歴史』と、それ以後

セクシュアリティ研究において、ミシェル・フーコーの『性の歴史』(一九八六、新潮社)の影響は大きい。フーコー以前にも、一九七〇年代、澁澤龍彦によって翻訳・紹介されたジョルジュ・バタイユ『エロティシズム』などの文献はあるが、根本的に思考形式の転換をはかったという意味で、フーコーの仕事は重要だ。

フーコーの言う「セクシュアリティの近代」の特質は次のようなものだ。近代は性を抑圧したのではなく、人々が性について積極的に「告白」することを求められた時代であり（性の抑圧仮説）、新しいテクノロジーである性科学は、性の正常／異常を規範化し、性を医学・国家による統制・監理の対象とした（性のテクノロジー）。さらに、性の中に自己のアイデンティティを見出さざるをえないようなシステム（性の装置）が作り出される。性を語ることは自らの「内面」や「真実」を語ることとなり、セクシュアリティは権力に管理されるだけではなく、真理に結びついた特権的な領域となる。柄谷行人『日本近代文学の起源』（一九八〇、講談社）は、フーコーの理論を援用して、田山花袋「蒲団」を赤裸々な性の告白ではなく、告白すべき対象としての性を発見した作品であるとし、近代文学における「性」「告白」「内面」の問題を論じたメルクマールである。

柄谷行人以前にも、近代文学における性を論じた論考がなかったわけではない。しかし、それまでの「〇〇における性」「〇〇におけるエロス」といった論文で扱われたのは、男女、もしくは夫婦の性愛の描かれ方であったり、谷崎潤一郎や川端康成といったエロティックな作品傾向を持つ一部の作家が対象であったり、もしくは、作家の病跡学において、作家自身の性行（特に変態性）が問われる場合が主であった。そして、往々にしてこれらは、男性作家・男性論者から見た性やエロスの範疇を出ることがなかったように思われる。日本近代文学研究におけるセクシュアリティ研究の一つの転機は、作品に描かれた性やエロスといったテーマ論から、性を語ることの意味そのものを問い、性の言説分析へとシフトしたことに見られる。つまり、ある作品に描かれた性について語るのではなく、性を語らせるシステムや、性言説を流布するテクノロジーやメディアについて、そして性と権力の関係、ヘテロセクシズムの批判的検討、セクシュアリティの多様性への注目へと研究方法の枠組み自体が変わったといえよう。

一九九〇年代に入ると欧米のセクシュアリティ研究書の翻訳が相次ぐ。ジェフリー・ウィークス『セクシュアリティ』（一九九六、河出書房新社）、イヴ・K・セジウィック『クローゼットの認識論』（一九九九、青土社）、ジュディス・バトラー『ジェンダー・トラブル』（一九九九、青土社）、イヴ・K・セジウィック『男同士の絆』（二〇〇一、名古屋大学出版会）など。いずれも性差や性的欲望を社会的・歴史的な構築物として捉え、カミングアウト、ホモソーシャル、パフォーマティブなどの概念は、文学研究にも影響を与えた。特に、セジウィックの『男同士の絆』は、ホモセクシュアルとホモソーシャルを概念的に区別し、近代の家父長制はミソジニー（女性嫌悪）とホモフォビア（同性愛恐怖）を内包したホモソーシャルな体制であることを明らかにした。ルネ・ジラールの「欲望の三角形」（『欲望の現象学』一九七一、法政大学出版局）とセジウィックのホモソーシャルという概念は、夏目漱石『こころ』など、男女の三角関係を読み解く上で有用である（飯田祐子『『こゝろ』的三角形の再生産」『彼らの物語』一九九八、名古屋大学出版会）。

フェミニズム、ジェンダー批評の影響

フェミニズム、ジェンダー研究において蓄積された知見も非常に重要だ。フェミニズム、ジェンダー研究では、女性と身体・性の問題として、セクシュアリティ的な課題が早くから見出されていた。例えば、男性とは異なる女性のセクシュアリティを女性固有の表現手段として評価したリュス・イリガライ『ひとつではない女の性』（一九八七、勁草書房）などフェミニズムの功績は、男性中心の思考、文体を解体する契機となり、女性固有のセクシュアリティ表現の可能性が追及された。

家父長制下において管理される身体や性を持つ女性作家は、自らの性や身体と格闘しなければならない。「青鞜」などの女性雑誌における処女論争、貞操論争などが、この格闘の様相を物語っている

〈黒澤亜里子「〈平塚らいてう〉という身体の周辺」『日本近代文学』一九九五・一〇〉。一方、女性固有の身体や性は表現者としての武器ともなりえる。与謝野晶子や田村俊子のように、過剰に女性のセクシュアリティを放出することを自己表現の手段とした女性作家がこれにあたる（小平麻衣子「再演される〈女〉」『女が女を演じる』新曜社、二〇〇八）。

また、女性作家におけるセクシュアリティ表現についての論考も積み重ねられてきた。男性中心主義社会の中では、女性の性や身体は、生殖か、もしくは男性の快楽の対象としてしか考えてこられなかった。ゆえに、文学において、女性のセクシュアリティの表象は、娼婦や悪女といった男性を誘惑し、破滅させるものとしてしか具象化されなかった。しかし、一九六〇年代以降のフェミニズムの流れのなかで、女性作家におけるセクシュアリティ表現が注目されるようになる。例えば、女性側から「性」「性交」「動物性」をつきつけることで、男性原理の解体を試みた富岡多恵子「波打つ土地」「芻狗」や、山田詠美『ベッドタイムアイズ』、松浦理英子『ナチュラル・ウーマン』『親指Pの修行時代』などをめぐっての論考がそれにあたる。女性作家にとってのセクシュアリティ表現とは、家父長制下において所有・管理されていた女性の性を、女性自身に取り戻すための実践であり、男性原理自体に揺さぶりをかける行為として評価された。このように、男性中心の思考に異議申し立てをするフェミニズム、ジェンダー研究を通過して、女性のセクシュアリティ表現は多様な広がりを見せる。

女性同士の親密な関係

レズビアン研究におけるレズビアン連続体、シスターフッドといった概念もまた、平塚らいてうと尾竹紅吉、宮本百合子と湯浅芳子などの女性作家たちの関係性、または、田村俊子『あきらめ』や、吉屋信子の諸作品などに描かれた女学生の親密な関係、さらに、「青鞜」などの女性雑誌という〈場〉

を考える上で有効な手段となった。アドリエンヌ・リッチによれば、「レズビアン連続体」という言葉には、単なる女性同士の性関係ではなく、女同士が分かち合えるあらゆる経験を包括する概念であり（『血、パン、詩。』一九八九、晶文社）、こうした女性同士の連帯は、男性文壇のヘテロセクシズムを照射する有効な概念としてテクスト分析に導入された（菅聡子『女が国家を裏切るとき』二〇一一、岩波書店）。また「女同士の親密な関係」は、それまで下位文化概念として位置づけられていた女学校文化や少女雑誌を読み替えてゆくキーワードとなった（久米依子『「少女小説」の生成』二〇一三、青弓社）。

「男色」／「同性愛」

男性中心主義社会において、男性に所有され、妻や母という性別役割を担わされた女性たちにとって、レズビアン連続体、シスターフッドという概念は、分断された女性たちを繋ぐ武器となり、テクストを読み解く批評概念となるが、男性作家についてはどうであろうか。男性同士の親密な関係は、「ホモソーシャル」な関係に還元されるか、もしくは、「ホモセクシュアル」として排除されるかの、どちらかであろう。近代において、後者の「ホモセクシュアル」な関係性は、「男色」から「同性愛」へ呼び方が変わり、フーコーの言う「性のテクノロジー」の発達によって、異常なものとして排除される。古川誠が指摘したように、「男色」から「同性愛」への転換は、性の病理学化を内面化した「悩める同性愛者」を出現させる（「セクシュアリティの変容——近代日本の同性愛をめぐる三つのコード」『日米女性ジャーナル』一九九四・一二）。まさに、この時期に現れたのが、森鷗外『キタ・セクスアリス』（一九〇九年）である（生方智子「『キタ・セクスアリス』男色の問題系」（『精神分析以前　無意識の日本近代文学』二〇〇九、翰林書房）。また他にも、「三島由紀夫からゲイ文学へ」（『クィア・ジャパン』二〇〇〇・四）も興味深い座談会である。

男性＝一般／女性＝特殊というジェンダーの偏差において女性のセクシュアリティは、時にスキャンダルとして、時に女性の自己表現方法として、分析の対象になりやすい。一方、男性のセクシュアリティに関しては、まだ検討の余地がありそうだ。

性科学／変態／エログロ

「男色」「男性同性愛」も含め、異性愛体制のなかで「異常」として排除されてきた「異性装」「サドマゾ」「フェティシズム」など、同時代では「変態性欲」と呼ばれ、「逸脱」として捉えられていたセクシュアリティに対しても、近年、注目が集まっている。従来、「変態」「エログロ」は、モダニズム文化の一現象として、もしくは際物扱いであったが、そうした性的逸脱を通して、性に関する正常／異常の境界線を引き、正常の規範化を促し、異常なものを排除してゆこうとする権力の力学が浮かび上がる。クラフト＝エビングやハヴェロック・エリスなどの性科学では、同性愛、サドマゾ、異性装などが「異常」な症例として列挙される。性科学・精神病理学におけるセクシュアリティの病理化である。また、フロイトの心理学は、無意識の観念をセクシュアリティの言葉（去勢、ヒステリー）として翻訳し、性的アイデンティティを特権的なものに昇格させた。

こうした性科学や心理学の方面からテクストを論じる際に、有用な文献が近年続々と発刊されている。性科学から恋愛論、性教育文献などを網羅した『近代日本のセクシュアリティ』（ゆまに書房）、『戦前期　同性愛関連文献集成』（不二出版）、『変態心理』（同）『変態性欲』（同）、『変態・資料』（ゆまに書房）、『犯罪科学』（不二出版）、『猟奇』（三人社）などの変態・エログロ関係資料、「性科学研究」「精神分析」などの性科学・心理学関連の雑誌も復刻され、資料的環境はずいぶん良くなった。また、小田晋・曽根博義・中村民男他編『『変態心理』と中村古峡』（二〇〇一、不二出版）、竹内瑞穂『「変態」

という文化』（二〇一四、ひつじ書房）など、変態・エログロ研究の蓄積も着実に進んでいる。

異性装／女装文体

性の越境は、時にセクシュアルな欲望をかきたてる装置となる。セクシュアリティの逸脱としての異性装は、性科学などの「性のテクノロジー」においては、「変態」の一種とされた。しかし、セクソロジーの言説を背景に女装という変態を演じることに快楽を見出した谷崎潤一郎「秘密」のように、文学におけるセクシュアリティの「逸脱」の表象は、セクシュアリティの病理化／病理化されたセクシュアリティのロマン化という二つの側面がある（光石亜由美「女装と犯罪とモダニズム——谷崎潤一郎「秘密」からピス健事件へ」『日本文学』、二〇〇九・一一）。

さらに、異性装、トランスジェンダーという概念の導入は、文学研究において独自の展開を見せた。語りにおける性の越境、女性の一人称に仮構した男性作家による「女語り」「女装文体」の問題である。特に太宰治の「女語り」は、男性作家の行う表現形式として高い評価を得てきた。しかし、榊原理智は太宰の「女語り」が成立するためには、「太宰治という作家が「男」であるということが必要条件」であることを指摘し、一見、トランスジェンダー的な跳躍にみえる「女語り」の背後にあるジェンダーの固着を指摘した（「「皮膚と心」——語る〈女〉・語られる〈非対称〉」『国文学解釈と教材の研究』一九九九・六）。

男性作家だけでなく、女性作家も「女装」するのは、関礼子『姉の力　樋口一葉』（一九九三、筑摩書房）が早くに指摘している。男性文壇に参入するためには、女性作家には「規範化されたジェンダーとしての女らしさ」が求められるのだ。

「女語り」「女装文体」については、男性作家による女性の声の横領か、はたまた既存のジェンダーを転覆させるパフォーマティブな試みか、意見が分かれるところである。

猥褻／検閲／発禁／ポルノグラフィー

性表現をめぐっては、いつの時代も表現の自由と権力、法の問題がつきまとう。風俗壊乱の罪状で数多くの文学作品が発禁となっている歴史や、生田葵山「都会」裁判、チャタレイ裁判、四畳半襖の下張事件など、猥褻性をめぐって法廷で争われた事例を鑑みても、セクシュアリティの表現は常に権力による監視にさらされ、それとの絶え間ない闘争を続けていることになる。性的表現だけを対象にしたものではないが、検閲、発禁、伏字等については、近年数多くの成果が発表されている（ジェイ・ルービン『風俗壊乱　明治国家と文芸の検閲』（二〇一一、世織書房）、紅野謙介・高榮蘭他編『検閲の帝国』（二〇一四、新曜社）、牧義之『伏字の文化史』（二〇一四、森話社））。

また、セクシュアリティの表現としてのポルノグラフィーの問題も複雑である。アンドレア・ドヴォーキン『ポルノグラフィ――女を所有する男たち』（一九九一、青土社）、キャサリン・マッキノン『ポルノグラフィ』（一九九五、明石書店）では、ポルノグラフィを表現の自由ではなく、女性に対する人権侵害という、構造的な性差別の問題として捉える。文学においては、まだ研究は少ないが、花柳小説、軟派文学、カストリ雑誌、官能小説等におけるセクシュアリティの表現をどのように評価するかは、今後の課題となるだろう。

＊

以上、項目として挙げた以外にも、多様に偏在する性の言説をどうすくいあげてゆくのか。セクシュアリティ研究には様々な可能性があるだろう。例えば、近年、現代小説やサブカルチャーの領域において、セクシュアリティは新たな展開を見せている。ＳＦなどの近未来小説において、生殖医療の進化形が従来のジェンダー、セクシュアリティを解体する空想力を与えてくれる。またライトノベル、BLなどの現代小説やサブカルチャーは、新たなセクシュアリティ表現の実践の場になっている（永久保陽子『やおい小説論――女性のためのエロス表現』二〇〇五、専修大学出版局）。

しかし、女性のセクシュアリティや、性的マイノリティのあり方を強調しすぎると既存の性制度を補強したり、異性愛／同性愛という〈中心／周辺〉の二項対立に陥ったりする危険性もある。また、性は個人的であり、かつ政治的な領域であるがゆえに、論じ手のポジショニングの問題、及び教育の現場におけるLGBTQ+（レズビアン、ゲイ、バイ・セクシュアル、トランス・セクシュアルなどの性的マイノリティ）への配慮など、考えなければならない問題も様々である。

セクシュアリティ研究は、性の言説を分析することによって、多様であるはずの性を男と女という二つのカテゴリーに分類する異性愛体制《ヘテロセクシズム》というシステムや、異常なものを排除してゆこうとする権力の力学をあぶりだすことができる。文学もまた性の言説化の実践形態であるなら、文学とは、既存の制度を強固にし、異性愛体制を再生産するシステムである。ゆえにテクストに埋め込まれた性と権力の関係を批判的に捉えなおすことは重要である。しかし、一方では、既存の性制度からの意識的な逸脱、跳躍を試みようとする文学におけるセクシュアリティ表現は、異性愛体制を解体する実践としても評価できよう。どのように判断するかは、丹念な言説分析と文学テクストの読みを通じてしかないだろう。

V 視角の多様性

書誌学

清水康次

書誌学は、図書を形態・内容の両面から調査・研究するものであり、形態的側面を重視する狭義の定義と、内容や本文についての研究を含む広義の定義とがある。隣接する他の研究領域の中には、例えば日本古典文学研究など、より体系化された書誌学を有するものもあるが、日本近代文学研究の場合は、体系としてではなく、文献を扱う方法や視点として取り入れられてきたといえるだろう。

壽岳文章は、『書誌学とは何か』（一九三〇、ぐろりあ そさえて）の中で、「書誌学者は、書物の世界を行脚する博物学者である」と述べる。

およそ書物と名のつくものならば、いっさいが書誌学者の研究の対象物となる。無味乾燥な戸籍簿が、さなくば証明しがたい人物の実在を論断するただ一つの手がかりとなることはないであろうか。古寺の虫ばまれた過去帳が、世に埋れし歴史の糸をたぐりよせる貴い資料になり得ぬとはだれが言い得よう。書誌学はかかるものをも摂取して捨てず、書物の世界に交錯するいろいろな外在的条件の、ときには単独なる、ときには複雑なる相関的諸現象を、細心に尋ね調べて、それが内容に与える影響を見出し、最も正しく内容を伝えるべき原文の形を決定しようとするのである[*1]。

文献として一文をも疎かにせず、一冊の本については、原稿に始まり、印刷工程・校正・挿絵・装飾・製本・出版事情等を詳細に調査する。彼は、「我々が、心を安んじてシェイクスピアの版本から、ハムレットの嘆き、リア王の怒りを引用して、勝手な熱の吹けるのは、かかる書誌学者が辛苦して作つた尊い基礎工事があればこそである」と言う。

この方法論は、日本近代文学の研究においても受け継がれ、早くから数多くの「書誌」が作られてきた。『日本文学研究資料叢書　日本近代文学の書誌　明治編』（一九八二、有精堂出版）の「解説」において、山本昌一は、一九七〇年代頃までに作られた明治期の文学に関する書誌について概観している。挙げられている書誌を分類すると、作家ごとの著作目録・単行本目録、作家もしくはテーマごとの参考文献目録、雑誌等の総目次・細目、より広い範囲での書目・刊行図書目録、各図書館等の蔵書目録、年表などがあり、実際に作成された書誌は多種多様である。そして、これ以降もさらに数多くの書誌が作られ、精密さが高まり、利便性も顧慮されて研究のための重要なツールとなっている。ただ、この時期と現在とでは、研究をめぐる状況に大きな変化がある。以下、書誌学についての広義の定義を取りつつ、本文の研究に関する部分、書誌のデータに関する部分、書誌の解題や考証に関する部分の三つに分けて、その動向と課題を見ていきたい。

まず、本文の研究（テキスト・クリティーク）に関する部分についてであるが、大きな問題提起となったのは、一九七三年から刊行された『校本宮澤賢治全集』（筑摩書房）であった。手入れ・書き直し・改作のすべてを明らかにしようとしたことによって、従来の作品の本文だけではなく、作品という概念そのものがゆらいだといっても過言ではない*2。また、同時期、一九七三年から刊行された『志賀直哉全集』（岩波書店）には、志賀の遺した膨大な草稿・未定稿が翻刻・収録される。一九八一年六月に大量の草稿が公開された芥川龍之介については、その資料が山梨県立文学館に寄贈された後、『芥川龍之介資料集』（全三冊、一九九三）として写真版に解説を付す形で公刊され、一九九五年から刊行された『芥川龍之介全集』（岩波書店）に主要な部分が翻刻・収録されている。

それらを一端として、原稿・草稿・未定稿等の自筆資料の発掘と公開が相次ぎ、写真版等で公刊されるものも多く、資料として利用しやすい状況が作られてきている。また、初刊本（初版本）以降の刊行された諸本の本文についても、個人全集の校異等において詳細に校合され、異同が記されるようになってきている。一冊の本の本文が出来上がるまでの編集・印刷工程などについての調査も進んできており、著者の書き込み・校正の実態・紙型の運用など、本文の異同について考える技術も積み重ねられてきている。それを捉える視点と、作家ごとの研究の現状を整理したものとして、日本近代文学館編『近代文学草稿・原稿研究事典』（二〇一五、八木書店）が刊行されている。

しかし一方で、一九九三年一二月から刊行が始まった『漱石全集』（岩波書店）は、「原稿等の自筆資料が現存するものについては、できるだけその自筆資料を底本として本文を作成」（同全集「今次『漱石全集』の本文について」）する方針を採り、小宮豊隆などが校訂してきた従来の本文を一新した。この編集方針については、中村寛夫・秋山豊・小森陽一・石原千秋「インタビュー　新『漱石全集』刊行にあたって、岩波書店編集部にきく」（『漱石研究』一九九三・一〇）において詳細が語られている。印刷技術が未発達な時期の一般的な事情と、初刊本の校正を門下生に任せたという漱石の個別的な事情から、底本が定めがたく、校訂が極めて困難な状況にあり、そのことと漱石に限っては自筆原稿の大部分が現存しているという特殊事情が相俟って、この編集方針が採られたといえる*3。最善の本文を提供するという個人全集の役割について、校訂という作業の困難さについて再認識を促すものであり、本文についての研究に見直しを迫るものであった。

そのように、資料は整ってきているが、それを活用するにはまだ課題が山積しているのが現状である。テキスト・クリティークという用語も含めて、本文を扱う方法や校訂の技術を見直し、高めていかなければならないのだろうが、そのような状況の中で、一九八〇年代にフランスで盛んになってきた「生成論《ジェネティック》」(la génétique)が新しい方法論として注目されている。この「生成論」の従来の方法との違いについて、吉田城は、『「失われた時を求めて」草稿研究』(一九九三、平凡社)において次のように説明している。

アカデミックな批評は、草稿を資料として有効なものと認めながら、それを決定稿よりも劣る存在であると見なし、しばしば予定調和的、目的論的な秩序体系の中に嵌め込んでしまった。先ほど一九八〇年代に高まったと述べた草稿再評価の運動は、こうした伝統的理念とは異なる立場をとっている。つまり、草稿は単なる準備段階の「下書き」なのではなくて、固有の価値をもっているのではないか、という考え方に立っているのだ。作家が構想や草稿を何度も書き直すとき、そこにはいろいろな可能性が生じてくる。その中から作家は最終的に一つの選択を行うわけだが、その選択が本当に正しかったのかどうか、誰にも分からないのである。

「いまや私たちは決定稿至上主義に訣別する時期にさしかかっている」、「決定稿と言えるものは存在しない、あるいは決定稿はいくつもありうる、そんな風に考えた方がいいのかもしれない」と彼は言う。この見方は、従来のテキスト・クリティークの発想を変える可能性を持つ。日本近代文学の作品にこの方法を適用した研究として、松澤和宏『生成論の探究』（二〇〇三、名古屋大学出版会）、戸松泉『複数のテクストへ――樋口一葉と草稿研究』（二〇一〇、翰林書房）があり、今後、多くの試みがなされていくだろう*4。ただ、吉田の言うように「創作体験を私たち自身が追体験する」ためには、〈書く〉という行為について考える技術を深めていく必要があるように思われる。例えば、「未定稿」については、それをどのように扱えば良いか、まだ見通しの持てない状態である。

次に、二つ目の書誌のデータに関する部分について見ていきたい。データの集積には、長年にわたって努力が重ねられ、多くの優れたツールが作り出されてきている。新聞や雑誌について、単行本や全集について、数多くの書誌データが作られ続けており、その方法も日々進化が模索されてきている。そのほんの一例にすぎないが、前述した『漱石全集』第二七巻（岩波書店、一九九七）の清水康次編「単行本書誌」は、漱石の著作のリストだけではなく、一つ一つの本の重版の経過を追うものであり、一つの本の経年的な推移を見、発行部数を概算し、時代状況との関連にも目を向けようとしている。

また、近年、書誌のデータについては、情報機器とウェブ環境の発達によって大きな変化が生まれている。資料の原文も検索ツールも一つのソフトに収める形式が定着し、容量の厖大なものについてはウェブ上での検索が一般化してきている。「国立国会図書館デジタルコレクション（「近代デジタルライブラリー」）」が代表的な例であるが、書誌のデータのあり方が変わるだけではなく、資料調査の方法自体が変わってきている。電子媒体の利用は研究に飛躍的な進歩をもたらすだろうが、その将来像はまだ明確ではない。書誌データとしてあるべき姿への問いも、正確で有用なツールを作ろうとする試みも、情報機器やウェブ環境を視野に入れなければ答を出せないのが現状であろう。

次に、三つ目の書誌の解題や考証の部分について、その動向と課題を見ておきたい。日本近代文学館の編集で一九六八年から刊行された『名著複刻全集　近代文学館』（当初は「明治前期」「明治後期」「大正期」「昭和期」の四セット）は、本の形態的な側面についての関心を高めた。複刻版に付された四冊の『作品解題』があり、中には書誌学的な視点が含まれていない「解題」もあるが、末尾には原本の形態を記し、複刻の作業手順や印刷方法・用紙等を記している。例えば、明治期の印刷・製本技術と一九六〇年代のそれとの違いがそこに示される。印刷・製本・装丁等の形態的要素は、その本の作られた時代と不可分である。一方、雑誌への関心の高まりについては、先の山本の「解説」（『日本近代文学の書誌　明治編』）で、複刻版の刊行や細目の整備とともに、『文学』（岩波書店）の特集「日本の文芸雑誌」（一九五五・一一－一九六一・四）を取り上げている。個々の雑誌についての研究の先駆けとして重要である。

書誌の中の解題・考証の部分を取り上げたのは、このような本や雑誌についての解説が書き継がれていく中で、書誌学的な研究が進歩・発展してきたと考えられるからである。谷沢永一は、文献に解題をつけることの重要性を述べている（「文献目録から文献解題へ」、『日本古書通信』一九七八・五、ほか）。本や雑誌の解説には、内容の紹介や背後の人間関係、また文壇史的な事実の発掘など、基本知識と文学史の欠を埋めるような記述が多いが、その時代の社会状況・文化状況・出版事情にまで目を届かせるものが増えてきている。例えば、紅野敏郎『大正期の文芸叢書』（一九九八、雄松堂出版）は、大量の「文芸叢書」の存在への再認識を促し、大正期の文学状況について問題を提起している。

本や雑誌への注目は、やがてはその時代の社会や文化、また出版界の態勢や享受の様相に目を向けていくことに繋がる。書誌学的な注目は、そのようにして日本近代文学研究の領域をはみ出していく。前田愛は、「昭和初頭の読者意識――芸術大衆化論の周辺」（『近代読者の成立』一九七三、有精堂）において、「円本」について次のように言う。

円本が投げかけた問題の核心は、高畠や青野の指摘した出版の資本主義化もさることながら、その結果として顕在化した厖大な享受者層そのものの中にあった。すでに講談社の「キング」は大正十四年一月の創刊号で七十万部を越える発行部数を記録し、新潮社の「世界文学全集」は五十八万の予約読者を獲得する。改造社の広告が「民衆」というシンボルを執拗に繰り返した事実が端的に示しているように、出版機構の自由に操作しうる《大衆》が登場したのである。

本から始まって、読者・社会・出版社と次々と視線の対象が交代し、メディア史や社会史への視点に繋がっている。メディア史の側からは、永嶺重敏『雑誌と読者の近代』（一九九七、日本エディタースクール出版部）・佐藤卓己『『キング』の時代――国民大衆雑誌の公共性』（二〇〇二、岩波書店）など多くの研究が発表されており、そのような研究と共存することで、より広い視野と可能性を持つことができるだろう。

紅野謙介『書物の近代――メディアの文学史』（一九九二・一〇、筑摩書房）は、本や文献への着眼を外へ広げることで、いくつもの発見をしている。例えば、「書物のリアリズム」の章では、島崎藤村の『破戒』（一九〇六・三）に関して、自費出版という行為の意味を問うて当時の出版事情を見、「地味」な装丁の放つメッセージとその実態を明らかにするために、読者の感想を拾い出し、表紙の印刷について調査する。このような本や雑誌と外の世界との結びつきを明らかにしようとする試みは年々増加し、拡大してきている。最近の成果の例としては、庄司達也・中沢弥・山岸郁子編『改造社のメディア戦略』（二〇一三、双文社出版）などが挙げられるだろう。

以上に見てきたような研究は必ずしも書誌学的な研究という枠に収まるものではないが、書誌学という領域にかかわる研究である。近年の書誌学的な視点を持つ研究が挙げてきた成果は、本や雑誌への注目をきっかけとして、様々な外との繋がりを発見していくことから生まれてきたといえるだろう。したがって、別の視点から文学と社会・文化との関わりを問おうとする研究とも重なる部分が少なくない。

そうした外への越境は、本の受け手への注目からも、本の作り手への注目からも始まる。例えば、木股知史『画文共鳴――『みだれ髪』から『月に吠える』へ』（二〇〇八、岩波書店）は、本や雑誌の装丁・挿画等の形態的要素への注目から、同時代に共存し影響を与えあう文学と美術との交渉を追究していく。先の壽岳の指摘のように、本や雑誌の作り手には、原稿の書き手だけではなく、編集者・校正者・印刷者・装丁者・挿絵画家・出版者など多種の人々が含まれる。

例えば、『明星』辰歳七号（一九〇四・七）一冊を取り上げてみても、表紙は藤島武二の「星姫」であり、挿画として山本鼎の「漁夫」や太平洋画会展覧会の出品画などが並び、美術界の最先端の動きが盛り込まれている。目次の末尾には、写真版の製作者と印刷所、木版の彫師と印刷所、活版印刷所が列記されている。一冊の雑誌に参加している様々な作り手が見え、美術界や印刷工程への視線を促している。清水康次「『白樺』に先行する芸術運動――『明星』『スバル』『方寸』とその時代状況――」（『大阪大学大学院文学研究科紀要』二〇一三・三）も、多くの作り手たちの合作として、『明星』等の雑誌を捉えようとするものである。このような意味での作り手たちへの着目も増えてきており、作り手たちと受け手たちとの作り出す関係も追及されてきている。大澤聡「「雑誌」という研究領域」（『昭和文学研究』、二〇一〇・三）が指摘するように、雑誌だけを取り上げても、様々な視点が成り立ち、領域横断的な研究が必要である。

書誌学は、もともとは、作品の内容を論じる前の「基礎工事」であった。しかし、現在では、様々な方向で作品から外に出ていく手がかりとして、作品と外との関係を考えるきっかけとして機能している。本や雑誌に視線を注ぐとき、向こう側には読者が見え、メディア・社会・文化が望める。先に進むためには、他の研究領域との協力も必要だろう。そうした調査と考察を通して、テクストに結び付いたコンテクストを解明するきっかけとして、書誌学的な研究は今後も有効性を増していくものと考えられる。

＊注
1 引用は、『壽岳文章書物論集成』（一九八九、沖積舎）による。
2 入沢康夫・天沢退二郎『討議『銀河鉄道の夜』とは何か』（一九七六、青土社）、天澤退二郎『《宮澤賢治》論』（一九七六、筑摩書房）参照。
3 山下浩「新『漱石全集』（岩波書店）の本文を点検する」（『言語文化論集』一九九四・九）などの批判も提出されている。
4 松澤和宏「作品論・テクスト論・生成論」（『日本近代文学』一九九四、松澤著前掲書に再録）、戸松泉「草稿・テクスト、生成論の可能性」（『国文学』二〇〇四、戸松著前掲書に再録）等参照。

注釈

宗像和重

はじめから懺悔話になるが、以前、新版『志賀直哉全集』全二二巻（一九九八―二〇〇一、岩波書店）の「日記」の注釈を担当したことがある。生井知子・今岡謙太郎との共同作業で、おおむね生井が志賀の親族・知友や「白樺」関係を、今岡が志賀の足繁く通った娘浄瑠璃や映画などの芸能関係を、私がそれ以外の一般事項を分担している。その一つで、一九〇四（明治三七）年三月二〇日の記事に「上野の巴会に絵を見る」とあって、志賀はその感想を「いづれも土が生じたはかり芋」と書いている。私はそれに「どれも際立った個性がなく、泥臭くて垢ぬけないこと」とだけ注をつけたのだが、校正中にその出典が「菅原伝授手習鑑」であることを教えられた。寺子屋の段で、菅秀才の首実検に臨もうとする松王が、田舎育ちの寺子たちを追い出すときの台詞だったのである。この年一月六日の日記に「舁之助の寺子屋は常に益して面白く聞かれたり、寺子屋は劇にても四度見しものにて」とあるように、志賀にはおなじみの、ほとんど暗唱していたに違いない一節が、見栄えのしない（と彼には思われた）絵を見て自然に浮かんできたのだろう。この箇所については、そのことを補って弥縫を繕った形になっているものの、これまで私が担当してきた種々の「注釈」は、そういう必要なことを書き漏らして、あらずもがなのことばかり連ねてきたような気がしてならない。

もとより、「いづれも土が生じたはかり芋」に注が必要なのかどうか、という立場もあり得る。十把一絡げにして悪口をいっていることは誰にもわかるし、それが寺子屋の一節であることに気がついた読者は、密かにニヤリとすればよい。つまりは「文学は注釈をつけるものではない」ということになるので、あえて「注釈」を加えておくと、この発言は、自作の「ぼくは勉強ができない」が高校教科書に不採用になったことを報じられた時の山田詠美のものである（『毎日新聞』二〇〇二・四・一〇）。特定の児童に対する差別的な言動が描かれていることに配慮が必要で、「注釈をつけるなど方法はある。差し替えを指示したわけではない」という文部科学省の説明に対して、「文学は注釈をつけるものではない。そこまで親切にするから、本が読めない子が育つのではないか」という発言になっているのである。

ここで文部科学省や山田詠美が「注釈」というとき、文字通り教科書の脚注のようなものがイメージされている。そして「そこまで親切に」というように、施注者はその文学テクストの通暁者ないし権威者として振る舞い、初学者の読解を誘って「正解」へと導く親切な（むしろお節介な）役割を担うものと見られている。そこに生ずる啓蒙臭への違和感が、「文学は注釈をつけるものではない」という発言に結びつくのだろう。が、実際に何ほどか「注釈」を試みた者は、「注釈」というのが初学の読者を導くどころか、テクストとの絶えざる対話といった格好の良いものでさえなく、有体にいえば言葉の海に溺れるものでしかないことを知っている。自分自身が漂流しながら、寄りすがる浮輪を探してアップアップするしかないのが実情なので、結局私がいいたいのは、「注釈」はその本文の意味内容を開示するよりも、施注者の狼狽ぶりを、――その知識と感性（の浅さと狭さ）を残酷なまでに開示する、という当たり前のことにすぎない。

しかし一方において、研究・教育の現場では実際に注釈がなければ読めない、という切実な要求があって、好むと好まざるとにかかわらず、誰もが「注釈者」として振る舞うことを、以前にもまして余儀なくされている。「注釈」とは、必ずしも全集の本文類に施すものだけではない。ふと気がつけば、教室でも論文のなかでも、したり顔の「注釈」をしている自分がいて、その時聞こえてくるのは「いわれなき註解となって／きみは／そこへ佇つな」という厳しい審問の声にほかならない。これは、石原吉郎の詩「月が沈む」の一節で、この一節をそのままタイトルに掲げた井口時男の文学教育論（『日本文学』二〇〇七・八）が、「「いわれなき」とは、「そこへ佇つ」正当な理由をもたない、ということだ。だからそれは、「無用の註解」というのにほとんど似ている。しかし、では、「有用の註解」なら「そこへ佇つ」権利をもつのか」と自らに問いかける、その問いかけこそが今日の「注釈」を考える最も大事な視点であるように思われる。

*

ところで、いま「注釈」「註解」と二様の表記を掲げたけれども、『大漢和辞典』第九巻の「注」の項に掲げられている「注釈」には「注解に同じ」とあって、「注解」のほうに「本文の間又は下に注を加へて意義を解釈すること。又、其の注文。注脚。注釈」とある。さかのぼって「注」は、「そそぐ」ことであるとともに「とく。のべる」ことであり、「典籍の文章を解釈すること。又、其の解釈」を意味する。従って、ここでは用語の違いにはこだわらないが、長澤規矩也『図書学辞典』（一九七九・一、三省堂）の「注文（ちゅうぶん）」の項に、「注とは、そそぐ、水をかけて、固い地面をやわらかにするように、難しい本文の意味を易しくすること。故に「注」字が正しい」とあるのが明解なので、私自身は「註」の字は用いない。

いずれにしても、中村幸彦「注釈——古くて新しきもの」(『甲南国文』一九八九・三)が「古典研究は注釈に始まって注釈に終ると云ってよい」というように、「注釈」は「字句の解釈」としての「訓詁」とともに、学問研究の根幹であった。そして、小谷野敦『日本文化論のインチキ』(二〇一〇・五、幻冬舎)の断案に従って、「訓詁注釈というのは、いくつかの古典を、絶対に正しいものと見なしてやるもの」、すなわち聖典(カノン)の存在を前提としているとすれば、近代の文学が「注釈」の対象となるのも、読まれるべき価値のある、そして現代とは断絶のある古典としての意識が生れたからである。それはいつかといえば、やはり関東大震災による膨大な書籍の焼失によって、とくに明治期の文化に関わる資料を収集・記録・考証しようとする機運が生じた大正末期ごろから、というべきだろう。一九二四(大正一三)年に発足した「明治文化研究会」や、『早稲田文学』における「明治文学号」(一九二五—二六)、また『明治文学名著全集』全一二巻(一九二六—二七、東京堂)などの刊行については、あらためていうまでもない。

従って、中島国彦に「近代の文学で「注釈」という形態が最初に見られるようになるのは、おそらく大正の末期、関東大震災前後」という指摘があるのは*1、決して偶然ではない。中島によれば、「改訂註釈」と冠して再刊された『樗牛全集』全六巻(一九二五—三一、博文館)において、編者の姉崎嘲風・笹川臨風が脚注形式の「註釈」を施したのが、「注釈」という形態の早いものであり、また近代の作品を対象とした本格的な注釈の最初と思われるものに、鈴木敏也『草枕評釈』(一九二七・六、目黒書店)があるという。前者は樗牛の引く漢籍仏典や洋語・人名などの語注を中心とし、また後者は「草枕」の本文を適宜区切りながら、それぞれに詳しい「語釈」「評釈」を施したもので、戦前から戦後にかけての同様の試みに、石山徹郎・榊原美文『評釈伝記 樋口一葉』(一九四一・三、日本評論社）や、「続日本古典読本」の一冊として刊行された石山徹郎『漱石』（一九四六・一〇、日本評論社）などがある。

そしてこの間、一九三七（昭和一二）年一〇月の『国語と国文学』では、「国文学研究の根本に横はる主要な問題をとり上げ、従来の諸説を批判すると共に、その帰趨を少しでも明かにし、又未開拓の問題を提示して、問題のありかやその研究方法を探る」という主旨で、「国文学の根本問題」という特集を組んでいる。総論にあたる「研究領域論」を片岡良一が執筆し、また鹽田良平・高田瑞穂・吉田精一らが執筆陣に名を列ねているのを見ても、これは近代文学研究を「国文学」に繰り入れる加入儀礼《イニシエーション》としての特集であったが、その各論の冒頭に「註釈論」を執筆しているのが、右に名前をあげた石山徹郎であった。この時期、近代文学の研究者として「注釈」に最も意識的な一人であった石山によれば、国文学の研究領域には、（一）諸本の蒐集、（二）諸異本の校合、（三）本文批判、（四）成立調査、（五）註釈作業、（六）素材研究、（七）形象研究、（八）思想研究、（九）表現研究、（十）様式研究、がある。そして、「（一）から（四）までは、広い意味での書誌的研究で、作品研究の予備的段階をなすもの」であり、「（六）以下は作品の文芸としての本質に関する研究」で、「（五）の註釈作業は、書誌的研究と本質的研究との中間にあつて、両者を繋ぐ橋梁のやうな位置を占めている」とされている。明治期の文献が「古典」として位置づけられ、近代文学研究が「国文学」として組み込まれたおおよそこのあたりから、近代文学の注釈の問題が顕在化してきたといってよい。

＊

そして戦後、岩波書店による新書判『漱石全集』全三四巻（一九五六―五七）で新たに「注解」が施されたのを契機として、吉田精一監修の筑摩書房版『芥川龍之介全集』全八巻（一九五八―五九）、同じく『森鷗外全集』全八巻（一九五九―六〇）などにおいて、詳しい「語注」が付けられるようになる。

古典においては『日本古典文学大系』（一九五七—六七、岩波書店）の刊行が始まっていた時期だが、近代文学においても「頭注」や「補注」などの詳しい注釈を特色とした『近代文学注釈大系』全一〇巻（一九六三—九一、有精堂）、『日本近代文学大系』全六〇巻別巻一（一九六九—七五、角川書店）などの刊行が相次いだ。自身も『近代文学注釈大系』で「近代詩」（一九六三・九）の校訂・注釈を担当した関良一が、「「注釈」のあり方——近代文学研究における注釈の意味を考えるために」（『文学・語学』一九七〇・六）において、「昨今、「近代文学研究」の分野において一種の「注釈」ブームが起こりつつあり」と記した時期である。

しかし、「「注釈」ブーム」という言葉が示すように、ここには「注釈」の現状に対する懐疑が吐露されていることにも、注意しなければならない。関良一は、右の「「注釈」のあり方」のなかで、「文献・作品とそれの享受主体との間には、常に「断絶」があり、「注釈」は、それを克服しようとする必然の営み」であって、「実際に「注釈」の筆を執る執らぬはともかく、内面に「注釈」的な心の営みを伴わない享受・了解・鑑賞は、あり得ない」ことを強く主張しながら、おおかたの注釈が、辞典の載せる意味を頭注する次元に止まりがちであることも、認めざるをえなかった。同じく注釈の問題をとりあげた「解釈・注釈と鑑賞」（『国文学』臨時増刊、一九六五・一二）では、自ら注釈を担当した「近代詩」のなかの「グレー氏墳上感懐の詩」に関して、「「門閥—家がら。門地。ここでは家がらの高く貴いこと。」などと注しているのは、われながら、まったくばかげた話だと思う」とも記しており、近代文学における「注釈」のあり方が、試行錯誤に満ちた真摯な実践を通して、はじめて問われるようになった。

その後、古典では新たな注釈による『新日本古典文学大系』（一九八九—二〇〇三、岩波書店）の刊行が始まるなか、十川信介は「近代文学の「注釈」」（『文学』一九八九・六）において、「テクストに内包される様々なコードを同時に指摘することができる最良の方法」としての「注釈」のありかたを提唱、その試みが、共同作業による「樋口一葉「十三夜」を読む」上下（『文学』季刊、一九九〇年一・四）、同じく「『少女病』を読む」（『文学』季刊、一九九〇・七）であった[*2]。「樋口一葉「十三夜」を読む」の巻頭には、「近代文学の注釈的な読みの可能性について考えてきた私たちの共同研究の結果」であり、「解釈の一つの方法とみなしてあえて推論をも組み込む立場」とともに、「単に語の意味を記すことに止まらず、そのテクスト内での機能を説明しようとする姿勢」が強調されている。こうした問題意識から、十川らによる座談会「近代文学と注釈」も行われているが[*3]、期せずして同じ時期に、西郷信綱『古事記注釈』全四巻（一九七五―八九、平凡社）の完結を記念して、「方法としての注釈」（『日本文学』一九九〇・七）と題する古典研究者の座談会も開かれている[*4]。近代文学においても、「注釈」が本文の意味を確定する作業としてではなく、テクストを読み解く「方法として」、また本格的な共同作業として実践された新たな試みであった。

　そしてこれを契機として、「注解」を付した岩波書店の新版『漱石全集』全二八巻（一九九三―九九）や、『芥川龍之介全集』全二四巻（一九九五―九八）などの刊行、東海大学の研究誌『近代文学　注釈と批評』の創刊（一九九四・一、注釈と批評の会）、『漱石文学全注釈』（二〇〇〇―一八、若草書房、既刊五巻）の刊行、さらに『新日本古典文学大系　明治篇』全三〇巻（二〇〇一―一三、岩波書店）の刊行等々、石原千秋の言葉を借りれば、「注釈ばやり」ともいうべき活況を呈することになる。石原は、この評言を用いた「注釈という読み方」（『日本近代文学』一九九九・一〇）において、同時代の言説を収集することの意義を十分に認めつつ、「何がテクストの解釈と関わるのか」「いったい誰にとって意味を持つ作業なのだろうか」を問うているが、それは前掲の「いわれなき註解となって／きみは／そこへ佇つな」の筆者井口時男が、「有用な註解」というときの「「有用」とは何にとっての「有用」か」と問いかける姿勢と重なるものだろう。井口は、「そこへ佇つ」こと自体が、「作品という他者への、一人一人のパフォーマティヴな応答」であり、それゆえ「佇つ」ことを選び続けることを宣言するが、それは石原が「注釈とは一つの読み方なのであ」り、「一つの批評のスタイルなのだ」という指摘と、たしかに呼応しているはずである。

「注釈的な読み」という言葉が、今日では、同時代言説（世態風俗）への過度のよりかかりとともに、テクスト内言説（という表現もおかしいが、「人情」のことである）を軽んずる傾向を助長しがちな危惧を自覚する一人として、石原・井口のこうした厳しい問いかけを含む注釈・批評への姿勢に共感するが、あえて語呂合わせを許されれば、「そこに佇つ」ことにもまして、一歩一歩の緩慢な歩みこそが求められているのではないだろうか。「一歩一歩注解することとは、無理矢理テキストの入口を更新することであり、テキストを過度に構造化し、一つの考察から発してテキストを閉じるようなあの構造の付加物をテキストに与えるのを避けることである」とは、いうまでもなく『S／Z』（一九七三・九、沢崎浩平訳、みすず書房）におけるバルトの提言であった。彼はこれを、「テキストを凝縮するかわりに、テキストにひびを入れること」とも述べているが、そのような「ただ一つのテキストを対象とする漸進的分析の構想と、いわばその必然性」とをどのように実現できるかが、今日の「注釈」をめぐるもっとも大きな課題なのではないかと思う。実は私もその真似をして、いま「「石炭をば早や積み果てつ」考」というのを書いている。『舞姫』冒頭の一文を、「石炭／石炭を／石炭をば／石炭をば早や／石炭をば早や積み／石炭をば早や積み果て／石炭をば早や積み果てつ」と、一歩一歩「注釈」していく試みである。しかし、私の場合にはあまりに緩慢すぎて、いつ石炭を積み果てることができるのか、まったく見当がつかないのだけれども。

＊注

1 座談会「近代文学と注釈」（『文学』季刊、一九九〇・一〇）における中島の発言。出席者は、蓮實重彦・鈴木日出男・中島国彦・小森陽一・十川信介。

2 「樋口一葉「十三夜」を読む」の担当者は、紅野謙介・小森陽一・十川信介・山本芳明。『少女病』を読む」の担当者は、石原千秋・十川信介・藤井淑禎・宗像和重。

3 1の座談会に同じ。

4 出席者は、西郷信綱・神野志隆光・伊藤博之・鈴木醇爾・斉藤英喜・杉山康彦。

［付記］本書収録にあたり、拙稿「文学は注釈をつけるものではない」（『日本近代文学』二〇〇二・一〇）の一部を補ったことをお断りいたします。

詩学・詩法

大塚常樹

「詩とは何か」という問いはギリシャ時代から永遠のテーマである。この議論には様々な要素がある。例えば何を表現すべきかに関わる芸術とは何かという美学、哲学的な議論、芸術におけるジャンル論――物語や歌、小説、散文、絵画などとの差違を巡る議論、誰のものかといった階級や政治的な面を巡っての議論、言語機能の究極の可能性といった言語哲学にかかわる議論などである。しかしながら、詩が言語、すなわち記号＝音や形と、記号内容＝概念や意味を媒体とし、音楽性や一定の形式、語彙数の制限、対象の限定など、散文との差異化を求められる以上、表現するものとしての詩の特異性やその新しい可能性が最大の関心であり続けたことは確かだろう。これら詩の表現のあり方や可能性に該当する領域を「詩学」または「詩法」と呼ぶ。近代文学研究の方法という本書のテーマにおいて本「詩学・詩法」では、日本近代文学における、言語芸術としての「詩」の可能性に関する追究自体と、追究した詩人のその詩法に焦点を当てた研究を扱うことにする。

まず日本近代詩の出発点において、詩型の問題として、西洋詩を規範とした「新体詩」が一つのメルクマールとして取り入れられたことは周知の事実だろう。試行錯誤の結果、「新体詩」から新体がとれた「詩」として共通理解を獲得したのは明治末から大正にかけてと思われる。「新体詩」においては和歌や漢詩の伝統を視座にそれぞれに対するものとして、『新体詩抄』（一八八二、丸屋善七）に掲げられた、思想のあるもの、現実に即した主題、現実に即した言語表現などが基準となったと言える。その成立過程では音数律や象徴機能、口語導入を巡る議論が白熱した事が知られている。このあたりの事情は『日本近代詩論の研究』（日本近代詩論研究会編、一九七二、角川書店）や佐藤伸宏の『詩の在りか――口語自由詩をめぐる問い』（二〇一一、笠間書院）が詳しい。

ところで、言語は世界を認識する最も高度な媒体であり、言語機能の新しい発見や拡大は、そのまま新しい世界認識の発見や拡大でもある。ロシア・フォルマリスムのシクロフスキーが異化作用をもたらすものとして「詩」を定義づけたように、詩の新しい表現法は新しい世界認識の発見でもある。日本近現代詩の歴史において、それを最も鮮明に認識して追究し続けた詩人の一人が西脇順三郎だろう。彼の理論書というべき『詩学』（一九六九　筑摩書房）の主旨は、詩作の目的と「ポエジイ」は「新しい関係を発見することである」の一言に集約される。彼によれば隠喩、直喩、パラドックス、イロニイ、コレスポンダンスなどもすべて「二つの相反するものの調和」として集約される。詩の構造に注目する北川透の代表作『詩的レトリック入門』（一九九三、思潮社）も基本的に同じ問題意識に立つ。北川は音数律とソネット、詩の語り手機能、比喩について論じ、直喩と隠喩、コノテーション（共示義）について、詩的レトリックは修辞ではない、という立場から積極的な発言を行った。特に隠喩論に力が入り、共通性を前提としたものという修辞学者の唱える隠喩論に疑義を唱え、「詩的隠喩を、意味とのつながりを隠された（消された）像への転移、あるいは意味との根底を失った〈像〉の表現」

「隠喩とは意味に還元しえないイメージの出現であ」るとし、「一般的な隠喩」と区別される「詩的隠喩」を主張した。

　隠喩論、コノテーションを巡る議論は、詩が多重性、重層性を持つ言語芸術で、だからこそ異化（新しい世界認識をもたらす）作用の強力な武器となるのだ、という認識を背景にしている。これを理論化しようとしたのがミカエル・リファテールの『詩の記号論』（二〇〇〇、斎藤兆史訳、勁草書房）で、リファテールは「詩は間接的に事物を表現する」「詩は何かを語ることによって別のことを意味している」と規定し、「詩の中にある意味の構造を体系的に、そして比較的単純に記述するための図式を示す」記号学的理論を提示した。間接表現は「置換」「歪曲」「意味生成」のいずれかによって成り立ち、いずれもがミメーシス（文学的現実模倣）の原則を脅かすもので、読者はたえず意味を固定し安心感を得ようとするが常に新しい深意を発見せざるを得ず、それによって「詩は絶えず再読可能で魅惑的なものとなる」と結論づけている。

　多重化作用の最も重要な方法は隠喩《メタファー》である。隠喩は提喩《シネクドキー》を二度使うものとするグループμ『一般修辞学』（一九八一、佐々木健一訳、大修館書店）が有名である。佐藤信夫の『レトリック感覚』（一九七八、講談社）や瀬戸賢一『日本語のレトリック』（二〇〇二、岩波書店）等の修辞学者の分析も、「ことばのあや」と規定した多重化を問題とし、文学を題材にしており、北川が批判する程硬直したものではない。コノテーション（共示義）は、比喩であることを明示する記号がないことはもちろん、共通理解の枠組みを内包する隠喩や換喩とも違い、個々の文化や文脈、立場、解釈などから無限に拡大する意味の多重化機能のことで、ウンベルト・エーコの言葉を借りれば「百科事典的定義」とも言える。岩成達也の『私の詩論大全』（一九九五、思潮社）は北川透とのコノテーションを巡る議論を主体としているが、両者の意見の相違も、詩の間接的な表現機能がもたらす異化作用を問題にしていることでは同じ土俵に立っている。

詩を比喩の呪縛から解き放ち、疑似物語性＝語りの機能に注目して新たな詩の構造を提示したのが入澤康夫の『詩の構造についての覚え書——僕の詩作品入門』（所収『入澤康夫〈詩〉集成』一九七三、青土社）で、詩は本質的に「つくりもの」であり、それを明らかにする装置として、作者と作品、作者と読者、主体と客体などの対立的なものを「対立させ、また揚棄統一させつつ流動し持続するものの座としての「構造」」を提示した。この「構造」では、相互依存性、自由性、多義性、矛盾性、不安定性が重要な役割を果たすという。入澤はこの理論を実作品として『わが出雲・わが鎮魂』（一九六八、思潮社）に結実させた。以上、詩が意味の多重性を発揮する装置であることに注目した詩学を紹介してきたが、具体的な日本詩人の詩を論じたものとして、宮澤賢治を例に取上げれば、リファテールの理論を応用したジョン・ホプキンズの「宮沢賢治の詩「春と修羅」の記号学的分析」（『宮沢賢治研究 Annual 9』、一九九九・三）、隠喩と提喩の機能の違いを宮澤賢治の心象スケッチ「岩手山」に焦点化して論じあった、中村三春（所収『修辞的モダニズム』二〇〇六、ひつじ書房）と大塚常樹（所収『宮沢賢治 心象の宇宙論』一九九三、朝文社）の論がある。

詩のもつ多重化（間接表現）機能の一つとして共感覚がある。感覚には視覚、聴覚、嗅覚、味覚、触覚などがあるが、詩は言語を表現媒体とするため、黙読が主体となった近代以降は視覚偏重で聴覚を従とする。従って世界のすべてを表現するためには感覚の移動、他の感覚（特に身体感覚）の覚醒機能が不可欠であるから共感覚は象徴機能（抽象的・非明示的なものを具体的・明示的なものに変換すること）の武器となり、コレスポンダンスを標榜するボードレールが積極的に用いたことで知られる。日本ではボードレールの影響下、トイレタリー会社のコピーライターでもあった大手拓次による、香料や匂いを、詩言語を介して視覚や聴覚、触覚に置き換える実験があった。「ひとつの言葉をえらぶにあたり、私は自らの天真にふるへつつ、六つの指を用ゐる。すなはち、視覚の指、聴覚の指、嗅覚の指、味覚の指、触覚の指、温覚の指である。」(「噴水の上に眠るものの声」)はまさに共感覚の標榜であった。

詩は発生的には「うた」と関係が深いから、視覚を補うものとして何よりも音のもたらす効果が重要視される。音の強弱、高低、質感、組み合わせはそれ自体が身体的な反応や事柄に抱くイメージへと転化しうるからである。中でも最も有効に直接的に共感覚の効果を発揮するのはオノマトペ(擬音語・擬態語)であり、萩原朔太郎や宮澤賢治、中原中也などがその名手として知られる。詩の音楽性は、日本近代詩においては音数律を基盤とする文語を失って以降の口語自由詩のあり方と切り離せず、それは口語詩の完成者と目される朔太郎のアプローチ抜きには語れない。「すべて詩人の悩みと努力は、如何にして今の日本の現代語から、韻律や型式を発見すべきかといふ一事にかかつてゐる」(『純正詩論』一九三五、第一書房)と意気込む朔太郎は内在律を唱えるが、論理的に明確ではなく、彼の実作品の分析に頼らざるを得ない。朔太郎の詩には独特のオノマトペや弛緩した口語のリズムを憂鬱=アンニュイの表象に応用した作品が目立つが、詩の音楽性を追究した詩人でもある那珂太郎の『萩原朔太郎その他』(一九七五、小沢書店)などの取り組みや、最近の林浩平『テクストの思考』(二〇一一、春風社)における朔太郎の漢語のオノマトペ分析などが注目される。宮澤賢治に関する長光太の「賢治詩の音紋」(『現代詩読本12 宮澤賢治』、一九七九 思潮社)も貴重な分析だ。詩人でもある藤井貞和は『自由詩学』(二〇〇二、思潮社)のなかで、伝統詩学である和歌や俳諧との接点の可能性を、韻や音数律、日本各地のアクセントなどとの関連で模索したが、そこには現代詩が「詩学から見ると、リズムも、イメージも、意図して極小に抑えられ、韻律にいたっては、もうないにひとしい」という危機感がある。一九六〇年代を代表する詩誌『凶区』の仲間であった菅谷規矩雄の『詩的リズム』(一九七五、大和書房)は続編も含めて「音数律に関するノート」との副題があるように、音数律や詩のリズムを論じた名著だ。中でも朔太郎詩を母音や拍、音数律などから子細に分析した点が注目される。詩型と結びついた音楽性といえば、ソネット型式が問題にあがり、立原道造と中原中也の詩業を抜かすことは出来ない。ソネットは日本の伝統ではなく、脚韻も成り立たないが利用する詩人たちがいる。これに関しては西欧のソネット型式の知識を援用して論じた山下利昭（『たてに書かれたソネット――立原道造と中原中也』、二〇〇〇、松本歯科大学出版会）などの研究がある。

「詩形」は、詩の長短、文字の選択や並べ方、記号や空白などの視覚的な面と、対句や漸層法、列叙法などの詩の構造あるいはアイロニーやパロディなどの詩内部の論理構造を意味する。

詩の視覚的な面は、大正末から昭和初期にかけて、高橋新吉、萩原恭次郎、平戸廉吉、草野心平、安西冬衛、北園克衛、春山行夫など、モダニズム時代の様々な実験があり、これらについては、特集として和田博文編『日本のアヴァンギャルド』（二〇〇五、世界思想社）があり、個別には四方章夫『前衛詩詩論』（一九九九、思潮社）や和田博文編『近現代詩を学ぶ人のために』（一九九八、世界思想社）所収の小関和弘「アヴァンギャルドの実験」と和田博文「モダニズムの言語空間」などの言及があり、シュールレアリスム詩人である瀧口修造の実験については、言葉同士の衝突や物語性導入などに着目した澤正宏の『詩の成り立つところ』（二〇〇一、翰林書房）がある。

詩の構造や論理構造に関しては、佐藤信夫の『レトリック感覚』『レトリック認識』（一九八一、講談社）でも同様の方法が扱われ、修辞学とリンクしている。実作者である詩人たちは「ポエジー」（詩のインスピレーションとでも言うべき内的な言語エネルギー）優位で、言葉の自立的な力から生じる多重性を好み、規則や論理の導入を「技術」として忌避する傾向があり、修辞学者としばしば対立する。しかし言葉自体が約束事を基本とし、詩がコミュニケーション（発話者と受信者）を前提とする戦略的なテクスト（受信者に対する異化作用）から逸脱するものでない以上、修辞法は学び習得しておく必要がある。受信者すなわち「読者」の解釈という視点に立てば、詩を受容する際に様々な解釈項が導入され、理解や反応が無数に生じるのだとしても、一定の効果をもたらす構造があり、生じる意味の多重性にも一定傾向への帰着はある。またそれらは戦略的に目的化されているものであり、私たちはその力学によって新しい場所に連れ出される（異化される）のだ。この目的＝戦略が無ければ詩の価値はない。これは詩人たち自身が口を揃えて主張している詩の存在意義である。にもかかわらず詩人たちがこうした方法の具体策を明らかにしたがらない以上、それを分析するメタ・テクスト（研究・分析）も少ないのが現状である。隠喩に注目する論はあっても、構造や修辞法を論じるものは非常に少ない。例えば句跨り《アンジャンブマン》は意味の断絶や次行との結びつきによる意味の二重化などをもたらす方法だが、坪井秀人の朔太郎詩の分析（所収『萩原朔太郎論《詩》をひらく』一九八九、和泉書院）などが眼に付くくらいだ。詩を戦略的なテクストとして価値づけるためにはもっと詩学、詩法、詩形などの方法論を広め、多くの受信者（読者）が受容できる共通の場を創り出す必要があるだろう。現在、現代詩を積極的に読む読者は非常に少なく、高校の国語教育の現場では、詩の授業を避ける教員が多いと聞く。理由は「詩が分からない」である。基本的な約束事、スキルが共有されなければ、詩のもつ異化作用が発揮される場もない。詩人だけでなく、詩の研究者もこうした詩学、詩の修辞や型式にもっと自覚的であるべきだろう。

最後に詩学・詩形の基本を学ぶ場として、方法論、比喩や音韻、構造などを総合的に扱った解説、論説をいくつか紹介しておきたい。戦前のモダニズム詩時代のものとして佐藤一英他『詩の作り方研究』（一九三〇、金星堂）がある。戦後詩人のものとして黒田三郎『詩の作り方』（一九六九、明治書院）が、イメージ、メタフォア、行分け、詩の多様性、イメージの転化、日本語の特性などを、山本太郎『詩の作法』（一九六九、社会思想社）が、メロディとリズム、構成法、行かえ、配語法、イメージなどを、初心者にもわかるように解説している。一九五〇年に出た『現代詩講座』その2の『詩の技法』

（一九五〇、創元社）は、村野四郎、丸山薫、吉田一穂、神保光太郎、安西冬衞らの昭和前期に活躍したモダニズム詩人たちを主体として、レトリック、韻律、ボキャブラリー、イメージとその表現、詩型、構成などの項目をそれぞれの立場から論じている。最近のものでは、詩の方法論の普及に積極的に取り組んでいる詩人、野村喜和夫の『現代詩作マニュアル』（二〇〇五、思潮社）が、アナロジーとイロニー、隠喩と換喩、引用・翻訳・間テクスト性、音韻・オノマトペ、構造、散文詩、コノテーション、固有名詞、余白、リズム、音数律、詩的言語、などを取上げ、構造主義言語学の成果も取り入れた最先端の学術的な論考と解説を行っている。本記述は現代詩人たちの方法的な実験や理論などの歴史的な記述も取り入れ、また詩人本人の研究から来る新たな見方も提出し、解説と研究の両方が学ぶ事ができる、現時点でも最も高度で充実した詩学・詩法を学べる書となっている。

教育現場でも活用される事典類を見てみよう。『現代詩の解釈と鑑賞事典』（一九七九、旺文社）は付録として「詩の技法と鑑賞」「詩における比喩いろいろ」「用語小辞典」を設けているが、知識が基礎的で詩の分析例も学術的なレベルに達していない。『日本現代詩辞典』（一九八六、桜楓社）は、隠喩、音数律など数項目の簡単な記述があるのみで、詩学や詩形などへの配慮は薄く詩人と詩雑誌重視の事典となっている。これらに対して、最新の総合詩事典である『現代詩大事典』（二〇〇八、三省堂）は、詩の読解補助を視野に、作られる詩としての詩学用語を大きく取上げている。例えば「メタファー」「アイロニー」「パロディ」などの重要項目の他に、「比喩と象徴」「詩の音楽性」、「詩の視覚性」、「詩の構造と展開」といった大項目の中で、象徴、コノテーション、擬人法、提喩、換喩、リフレイン、韻、音数律、オノマトペ、タイポグラフィー、文字の形、アンジャンプマン、対句・対話形式、列挙法、連用中止法、未決、漸層法など、詩学・詩法のほとんどが詩の具体例と共に取り上げられており、今後の積極的な活用が期待される。

私小説

勝又浩

後にも言うように私小説は多くの謎を抱えながらも一向に「亡び」ず、次々と「新しい形」を切り開いては生き延びて今日に至っている。そして、そうした現実に対応するように私小説に関する批評研究も「新しい形」をとっては次々と「現れて」いる。それらの詳細、最新の情報については近刊の『私小説ハンドブック』(二〇一四、勉誠出版)中の「文献案内」(斎藤秀昭、梅澤亜由美)が網羅的に、また簡潔にまとめて紹介しているので、そちらをご覧いただければ幸いである。ただ、概していうと、近年は私小説を、その周縁の諸ジャンル、諸現象のなかに置き直して、その範疇や性格を捉えなおそう、考え直そうとする傾向が顕著だと言えよう。以下、数例を、ごく簡単にだが見ておこう。

私小説研究の近年の特徴としては、まず海外からの視線と研究がある。エドワード・テッド・ファウラー『告白のレトリック――二〇世紀初期の日本の私小説』(一九八八、カリフォルニア大学)はまだ部分的な訳のみで完訳がないが*1、私小説を日本の正統的な文学として論じているところが我々には大きな刺激であった。次いでイルメラ・日地谷＝キルシュネライト『私小説――自己暴露の儀式』（一九九二、三島憲一他訳、平凡社）は、旧来の日本の言説に捉われすぎたところがあるものの、私小説はまだその定義さえ確立されていないと、そういう形で、私小説問題の根本をついている。それを受けたかのように鈴木登美『語られた自己――日本近代の私小説言説』（二〇〇〇、大内和子他訳、岩波書店）は、私小説はジャンルでもスタイルでもなく、読者の側の読みの問題に過ぎないとして、いわゆる読みのパラダイムを破るうえでも、国内の研究者たちにも強い刺激を与えた。これは、小説自体には日本的な性格など存在しないのだと、一応は理解できるが、もっと推し進めてみると、小説の作られ方だけではなく、その読み方にも日本的な性格は免れないのだ、とも解釈できて、問題はさらに複雑化したとも言えよう。近年の私小説研究は、こうした外国からの発言に強く刺激され促されて一段と拍車がかかったという面は否定できない。

国内では、伊藤氏貴『告白の文学――森鷗外から三島由紀夫まで』（二〇〇二、鳥影社）はタイトルにも明らかなように「告白」という形式、あるいは装置を軸に従来の私小説概念を破って日本の近代文学全体を読もうとしているし、安藤宏の『自意識の昭和文学――現象としての「私」』（一九九四、至文堂）と『近代小説の表現機構』（二〇一二、岩波書店）の二冊も同様、「自意識」、「表現機構」（形式、仕掛け）という観点から私小説を昭和一〇年代文学を中心とした広い創作の現場と問題のなかに置いて考察している。他にも、日比嘉高『〈自己表象〉の文学史――自分を書く小説の登場』（二〇〇二、翰林書房）、山口直孝『「私」を語る小説の誕生――近松秋江・志賀直哉の出発期』（二〇一一、翰林書房。これは明治末期に隆盛した「書簡体小説」との通底を考察している）、樫原修『「私」という方法――フィクションとしての私小説』（二〇一四、笠間書院）、梅澤亜由美『私小説の技法――「私」語りの百年史』（二〇一四、勉誠出版）等々、いずれも表題にも見られるように「私」＝自我の「表象」、「語り」、「方法」、

「技法」といった観点から、近代小説史のなかでの私＝自我表現の変遷を見直し、私小説に集約される性格を洗い直している。ここには挙げきれないが、私小説研究は平成になってからでも二〇種を超える数の単行本が出ているから、今、近代文学研究のなかでも最も注目される研究テーマの一つだと言えるかもしれない。それは、裏から見れば村上春樹研究の物語論、都市論、記号論等々の隆盛現象とよく対照対応しているのである。そして、強調すれば、私小説研究のそれらはみなかつての平野謙、中村光夫、伊藤整らによって敷かれてきた、多分に文壇史的な私小説概念――私小説の発生を田山花袋や近松秋江、あるいは自然主義や白樺派に帰したり負わせたりする見方――から脱して、その起源も歴史も、その範疇も定義も、理念も方法も、さまざまな側面から見直され、再検討されつつある、そういう時代に入ったと言ってよいであろう。私小説はやっと日本文壇史から独立して考えられるようになったのである。そして付け加えれば、こうした流れの、今のところ末端に、以下にその一部を摘記する拙著『私小説千年史――日記文学から近代文学まで』（二〇一五、勉誠出版）がある。

＊

こうしたなかでの私自身の立場を一口に言えば、日本文化としての私小説という性格を突き詰めて行きたいと考えている。それは、一面では小林秀雄『私小説論』を批判的に継承する作業でもある。

私小説は亡びたが、人々は「私」を征服したろうか。私小説はまた新しい形で現れて来るだろう。フロオベルの「マダム・ボヴァリイは私だ」という有名な図式が亡びないかぎりは。

これは改めて示すまでもないほどよく知られた小林秀雄『私小説論』（一九三五・五―八）の結語部分である。ここでは、この一節の再確認から、現在の私小説問題のありようを探ってみたい。

当時の小林秀雄にはプロレタリア文学への期待もあって、「私小説は亡びたが」という断言になったのだが、残念ながらその期待は空振りに終わった。というのは、この頃から転向時代に入ってもいたプロレタリア文学は、たとえば奇しくもこの『私小説論』と同月の同雑誌（「経済往来」）に載った中野重治『村の家』に代表されるように、事実は反って私小説によって歴史に残る名作を生み出していたからである。

昭和四年、「改造」の第一回懸賞評論の一席が宮本顕治の『「敗北」の文学』、二席が小林秀雄の『様々なる意匠』であった事実は時代を象徴する文学的な事件の一つとしてよく引き合いに出されるが、同じように、この私小説の蘇生を占った小林秀雄『私小説論』と、社会運動のなかで圧し潰された自我の再建を私小説再生のなかで果たした中野重治『村の家』とが同月同雑誌に現れたという事実も、私小説史にとってはそれに劣らず大きな象徴的、歴史的事件であったと言ってよいであろう。

こんなふうに私小説はその当時もその後も決して「亡び」てはいないことになる。むろん、小林秀雄のこの「亡びた」は一種の反語でもあって、真意は後に続く「また新しい形で現れて来るだろう」にあることは言うまでもない。その意味で『私小説論』の予言は、大枠のところでは外れなかったとしなければならないであろう。

それで少し注記を加えておけば、私小説は次のように「新しい形」で、何度も蘇り続けてきたのである。まず自然主義の人間性や本能の暴露、という形での旧道徳への反逆が主流であった私小説から、その反動としての白樺派の理想主義、人格主義的私小説。続いて大正時代では私小説という呼称も定まってくるが、そうした隆盛のなかで牧野信一のような実験的なスーパー私小説が生まれ、さらにプロレタリア文学の影響下に小林多喜二や中野重治等の社会的、思想的私小説の時代が来る。これらは一面では白樺派ふうな理想主義的な私小説の素朴な継承であったが、転向時代に入って自我と私小説の新しい結合を打ち出しもしたのである。そして戦後の私小説否定の嵐をくぐってののち藤枝静男や小島信夫の画期的前衛的ウルトラ私小説が生まれる。このあと日本の文学は戦後の高度成長社会の波に乗って、筒井康隆あたりを先頭に小説全体がどんどん軽くなり知的な仕掛けを凝らしたゲーム小説化するが、そうしたなかで生活的にも文学的にも高度成長の波に乗れなかった部分を代表するかのように佐伯一麦や西村賢太の生活派の私小説が出現した。二人は、作風は全く対照的だが、それでも、ともに人間と生活の原点から汲みあげた私小説のいわば底力——表現としても作品の魅力や読者をつかむ力という面においても——を再認識させることになった。

小林秀雄『私小説論』に戻ると、「私小説はまた新しい形で現われて来るだろう」という予測は、具体的にはこんなふうに展開して今に至っているが、この予測の前提には、「人々は『私』を征服したろうか」という一条があった。これは本文中で論じられた「社会化した『私』」という概念を受けたことばである。日本は西洋の近代文学を受け入れてきたが、西洋近代の土台となっている科学的精神や「近代市民社会」が日本ではまだ未成熟、封建社会の「残渣」をたくさん引き摺っているから個人が個人としてなかなか自立独立しない。それゆえ西洋の「第一流の私小説」には、その先に社会や時代が浮かび上がってくるが、日本の私小説に見えてくるものは「作家の顔立ち」ばかりだ、というのである。後に続くフローベールのことばもそれに関わるわけだ。よく引かれる「マダム・ボヴァリイは私だ」とは、砕いて言えば主人公は作者の血の通った分身だということだが、その「作者」が、小林秀雄によれば、フローベールの場合は私生活において「一ぺん死んだ私」、つまり「社会化された私」だったが、それに対して日本の作家たちの「私」はまだ一度も「『私』を征服」したことがない、そこに日本的な顔立ち小説、私小説ができあがっている、と小林秀雄は言うのである。

この「社会化された私」という概念は『私小説論』中の一種のマジックワードで、その真意をめぐってたくさんの議論が交わされてきた。小林秀雄がフローベールなどを例にあげて論じているために市民社会での個人と文学芸術での作家の自我の問題とが一緒になって、事態をいっそう混乱させているからだ。しかし、「社会化された私」という問題だけを取れば、それはなにも「近代市民社会」に限った現象でも問題でもない。封建社会には封建社会なりの「社会化された私」があることは、義理と人情の近松浄瑠璃や黙阿弥歌舞伎、近代なら時代小説の読者であれば誰もが知っているとおりだ。「忠臣蔵」は長い時間をかけて日本人が作り上げてきた話だが、また逆に、「忠臣蔵」が日本人を作ってきたとも言われるのも、みなそこに含まれた「社会化された私」の物語に人々が反応してきたからであるだろう。

一方、芸術家の「私」という問題も、それをフローベールなどではなく、たとえば柿本人麻呂を例にしていればもっと分かりやすかったろう。人麻呂の歌柄が大きかったことと、彼が近代風な個性概念など知らぬ宮廷歌人であった事実とは切り離せない芸術創造の秘密の一つだが、それは小林秀雄が引いている志賀直哉のことば、百済観音像とその無名の作者との関係とぴたりと重なっている。近代的な個性観念の洗礼を受けてしまったフローベールなどを持ってきたために「一ぺん死んだ」などと言わなければならなかったわけだ。「社会化された私」や「私」の「社会化」と文学芸術とは直接の因果関係はない。いつの時代、どこの国でも、現実にはとうてい付き合いきれないような人物が立派な作品の作者であるような例は、現に小林秀雄もドストエフスキー論のなかで言っているとおりだ。

もう一つ言うと、先の結末部には見られないが、『私小説論』には「告白」という問題もある。小林秀雄はルソー『告白録』の冒頭部分を引いて、西欧精神史の常識に従いながら、これが近代個人主義の誕生と、その文学的な意味の濫觴だとしているが、これも、今の私から見れば引いた例が悪かったのである。ルソー『告白録』（一七七〇）が包含している程度の問題は、日本では八〇〇年も前、平安時代の『かげろふ日記』（九七四）によって実践されている。それゆえ、もし『私小説論』が『告白録』ではなく、『かげろふ日記』をもって始めていたら、そのあとの論理展開もずいぶん様相が変わったはずだが、残念ながら当時の小林秀雄の頭脳にはそういうデータが無かったわけだ。全ての規範が西洋にしかなかったための欠落、偏向、不幸だが、これはむろん一人小林秀雄だけの限界でも瑕でもなくて、言うならば日本の近代そのものが持った悲しい性格でもあった。こういうところにも『私小説論』の根本的な見直しの必要が見えていると言えよう。

小林秀雄『私小説論』から八〇年余を経た今、我々としてはむしろ、私小説はなぜ「亡び」ないのか、と問う方がより問題の核心に近づけるのではないだろうか。

私小説はなぜ亡びないのか――そう問うてみれば、そこですぐ思い当たるのは、同じような問いをずっと受け続けてきた短歌や俳句のことだ。短歌俳句は何故亡びないのか。それは結局のところ、日本の民族文学だからだ。つまり日本の風土や文化、民族性やそこから生まれた社会に、そして何よりもそれは文化の全ての土台である日本語の性格に適っているからだ。だが、小林秀雄『私小説論』に決定的に欠落しているのが、この民族文学の伝統への視線、またそれを作り上げてきた日本語の言語の性格という問題であった。

ここに詳しく論ずるスペースはないが、一口に言って、短歌や俳句を作り上げてきたのは、主語を要さない日本語の構造、そして自称詞がすべて待遇関係のなかで決まる、固定した一人称の無い日本語の性格なのだ。そして同じように、その日本語の性格はそれによって生きる人々の自我の性格や社会の形まで決めている。そういうなかで日本の文学伝統も培われてきたのだ。それを言語構造からして異なる西欧の文学理論に安易に当てはめては本質を見誤ることになるが、残念ながら長年、何の疑いもなくそれを重ねてきて、今もそれが続いているのである。私は最近になって、日本の民族文学として短歌俳句の他にも、ジャンルとしての日記があり、随筆があることに気が付いたが、そうした問題を縷々述べたのが前記拙著である。たとえば、日本では『土佐日記』以来、平安時代から日記を一つの文学ジャンルとして持ち、発展もさせてきたが、それはドナルド・キーンも指摘するように世界でも珍しい特異な文化であること。あるいは、西洋のエッセイより日本の随筆の方が単純に言って七〇〇年も歴史が古いのだが、両者は共通しながらも根本的な違いもあって、その違いはちょうどノベルと私小説の違いにも対応している等々の問題である。

明治になって日本は西洋のノベルというものを知って驚き取り入れた。しかし元来固有の民族文化を豊かに持っていた日本人は、それから半世紀掛けて、ノベルをも日本の民族文学と並んでも矛盾しない日本固有の小説に作り直してしまった。一口に言ってそれが私小説なのだが、その私小説の性格で最も重要な点は、夏目漱石も「俳句的小説」などと言って模索していたように、スタイルや方法にもまして、短歌や俳句と並べても背反齟齬しない文学観なのだ。漱石は「俳句的小説」として『草枕』一編を試みただけで、あとは問題自体を放棄してしまったが、当然のことながらその宿題は後の作家たちに継続されてきた。よく知られた久米正雄の『戦争と平和』も『ボヴァリー夫人』も、「結局は偉大なる通俗小説に過ぎない」という大胆な発言も、その根底には俳人としての彼の文学観があったのだ。彼なりに「俳句的小説」の問題を突き詰めたところから出ていたのである。久米発言の背景には、たとえば志賀直哉の心境小説などがあると見てよいと思うが、そうした流れの一つの到達として、私は梶井基次郎の短編小説があげられることを指摘した*2。梶井小説こそ「俳句的小説」の典型、一極地なのだ。

＊注

1 次の部分訳がある。「志賀直哉論――人格者としての主人公」（一九九一・五、六、安藤文人訳、『早稲田文学』）、「序章　私小説における現象と表象」（二〇〇八、伊藤博訳、『アジア文化との比較にみる日本の「私小説」』、法政大学私小説研究会）

2 勝又浩「「俳句的小説」をめぐる断想」（二〇一五・七、『江古田文学』八九号）、「梶井基次郎まで」（二〇一五・九、『季刊　遠近』五八号）

児童文学

宮川健郎

二〇一四年六月八日、児童文学評論家・作家の古田足日が亡くなった。八六歳。それより前、二〇一三年二月一四日、児童文学研究者の鳥越信が亡くなった。八三歳。

古田足日は、『宿題ひきうけ株式会社』『大きい1年生と小さな2年生』『ロボット・カミイ』などの創作や、画家・田畑精一と共作の絵本『おしいれのぼうけん』などで子どもたちによく知られているが、もともとは評論家である。鳥越信も、出発期は評論家だった。一九五〇年代、古田・鳥越という二人の評論家が日本の現代児童文学を提案したのだ。二人の死は、今後、児童文学研究にも大きな影を落としていくと思われる。

古田と鳥越がまだ早稲田の学生だった時代、神宮輝夫、山中恒ら早大童話会のメンバーとともにマニフェスト「「少年文学」の旗の下に!」を発表し(『少年文学』一九五三・九)、「童話精神」から「小説精神」への転換をうったえた。このマニフェストがきっかけになって、それまでの子どもの文学のありかたを見直し、新しい文学を模索する議論が巻き起こる。「童話伝統批判」と呼ばれる議論である。議論を引き受けて、現代児童文学が成立したのは、佐藤さとる『だれも知らない小さな国』や、いぬいとみこ『木かげの家の小人たち』が刊行された一九五九年だと考えられる。

大正から昭和戦後にかけての近代童話は、詩的で象徴的なことばで心象風景を描いた。（小川未明の「赤い蝋燭と人魚」や宮沢賢治の「銀河鉄道の夜」を思い出してほしい。）現代児童文学は、もっと散文的なことばによって、心のなかの景色ではなく、子どもという存在の外側に広がっている状況（社会）、あるいは、子どもと状況の関係を描く。敗戦後の子どもの文学は、戦争や戦争を引き起こす社会を描かないわけにはいかなくなったのである。詩的なものである童話は短編のかたちをとったが、散文性を獲得した現代児童文学は長編化する。

大学を卒業後、岩波書店の児童書編集者をへて、一九六〇年代からは早稲田大学教育学部で教鞭をとるようになった鳥越信は、今度は児童文学研究をデザインしていくことになる。一九七六年に刊行された日本児童文学学会編『日本児童文学概論』（東京書籍）の第五章「児童文学の研究と批評」の第一節「研究の領域と方法」は、鳥越が執筆している。ここでは、児童文学研究の四領域ということがいわれている。四領域とは、「文芸学」「作家・作品論」「文学史」「文献・書誌学」である。最後の「文献・書誌学」については、「いわば三つの研究領域を支える基礎的な分野と言える。したがってここでは事実そのものを押さえることが最も重要であって、……」と述べている。「例えば、小川未明は俗に一千編の童話を書いたと言われているが、その初出発表紙・誌が判明しているのは、半分の五百にも満たない。」ともある。このように書いた鳥越信は、『日本児童文学史年表』1・2（一九七五、七七、明治書院）の編者であり、やがて、『校定新美南吉全集』全一二巻・別巻二（一九八〇―八三、大日本図書）や『日本児童文学大事典』全三巻（一九九三、大日本図書）の編集の中心人物になっていく。鳥越の構想した児童文学研究は、「文献・書誌学」という「事実」を明らかにする領域を基礎とし、「作家」や「作品」や「文学史」という実体をあつかうものだった。「文芸学」については、「児童文学とは何か、という永遠的な命題」を考える領域としている。

日本児童文学学会編の『日本児童文学概論』は、『世界児童文学概論』『児童文学研究必携』と同じ出版社から同時に刊行され、これらは三部作のようになっている。『児童文学研究必携』のⅡ章は、「児童文学研究の四領域」となっていて、この時期、四領域構想が児童文学研究において力をもっていたことがわかる。また、この四領域は、学問分野としてたいへんに若かった児童文学研究が学問としての骨格をそなえようとして、そのころまでの日本近代文学の研究のありかたを踏まえて考えられたものとも思えてくる。

鳥越信の死をきっかけに鳥越の仕事を見直すと、その後の、そして、今日の児童文学研究の向かおうとしているところが、四領域構想とは根本的にちがうことに気づく。四領域構想が、実体としての児童文学を研究対象にしようとしたのに対し、現在、問題として意識されているのは、児童文学という考え方（概念）そのものである。児童文学は、近代になって、子どもが大人とちがった価値をおびた存在として発見されたとき、その子どもに読み物をとどけようとして生まれたものだろう。

やはり、日本児童文学学会が編集した叢書『研究＝日本の児童文学』全五巻（東京書籍）が刊行されたのは、一九九五年から二〇〇三年にかけてだった。この研究叢書には、事実や実体としての児童文学の研究ではなくて、児童文学という考え方の研究へ向かうモチーフが見てとれる。それは、各巻のタイトルを書き出してみれば、わかるだろう。

1『近代以前の児童文学』

2『児童文学の思想史・社会史』
3『日本児童文学史を問い直す――表現史の視点から』
4『現代児童文学の可能性』
5『メディアと児童文学』

『研究＝日本の児童文学』は、思想史、社会史、表現史やメディアという観点から児童文学を考え直そうとしているし、「近代以前」の児童文学ということを想定して、既存の児童文学の枠組みの外へ出ようと試みている。

二〇〇二年一〇月の日本児童文学学会創立四〇周年記念研究大会で行われた「打ちつづく記念シンポジウム 児童文学研究、そして、その先へ」は、『研究＝日本の児童文学』の姿勢をさらに発展させたものになった。やや短い時間のシンポジウムを三回重ね、最後に総合討論を行うかたちをとったのだが、三つのシンポジウムのタイトルは、つぎのとおり。

1 「児童文学研究と子ども性、女性性」
2 「近代文学としての児童文学、教育としての児童文学」
3 「メディアとしての児童文学、メディアのなかの児童文学」

この「打ちつづく記念シンポジウム」は、複数の中心（テーマ）をもつことによって、ありきたりの児童文学研究を解体し、児童文学研究が同時にジェンダー論や近現代文学研究や国語教育研究やメディア論などなどでもあるような場所をつくったと思う。児童文学が現代の諸問題を語る素材の一つになりうることや、児童文学を素材に語ることが、いろいろな場所で現代の諸問題を考えている人たちとつながっていけることも示したのではないか。その後、シンポジウムの報告者たちが当日の内容を踏まえて作った共著『児童文学研究、そして、その先へ』上・下（宮川健郎・横川寿美子編、二〇〇七、久山社）も刊行された。

さて、古田足日が亡くなった直後に、大学の講義で古田の話をしたら、学生たちのあいだから、『おしいれのぼうけん』はその古田の作品だったのかとか、『おしいれのぼうけん』と『大きい1年生と小さな2年生』は古田という同じ作者の作品だったのかというような声が多く聞かれた。私の観察によれば、たぶん十歳くらいまでの子どもたちは、熱中して読んだ本だとしても、作者のことを意識しない。だから、学生たちは、古田足日のことをよく知らなかったのである。子どもの読書のありかたに何らかのかたちで寄りそうのが児童文学研究の理想だとすると、鳥越信が児童文学研究の四領域の一つとしてあげた「作家・作品論」は、あまり意味がないことになる。子どもたちは、「作家」と照らし合わせて「作品」を読んだりしない。子どもたちの前にあるのは「テクスト」なのである。

児童文学を「テクスト」と考えたとき、子ども読者論の領域が開かれるはずだ。しかし、子ども読者論に目立った成果がないことを何度もなげき、反省してきた（宮川健郎「児童文学理論の歩みと未来」、日本児童文学学会編『児童文学研究の現代史』二〇〇四、小峰書店所収など参照）。ここでは、子ども読者に接近する新たな試みとして、三宅興子他編『大正期の絵本・絵雑誌の研究――一少年のコレクションを通して』（二〇〇九、翰林書房）をあげておきたい。札幌市中央図書館所蔵の「池田コレクション」、一九一〇年生まれの少年が愛読した絵本・絵雑誌など二八一冊の研究である。コレクションの内容の調査・研究が中心だが、ここから、大正期の子ども読者の像を描き出すことができないものだろうか。

さて（もう一度、さて、というが）、一九五〇年代の「童話伝統批判」の議論のなかで、批判が集中したのは小川未明の童話だった。古田足日は、未明童話のことばを近代人の心によみがえった呪術・呪文とし（「さよなら未明」、『現代児童文学論』一九五九、くろしお出版所収）、鳥越信は、未明が人が死ぬ、草木が枯れる、町がほろびるなどネガティブな主題を書いたとして批判した（「解説」、『新選日本児童文学』一、一九五九、小峰書店所収）。先に紹介した「研究の領域と方法」という文章で、鳥越は「小川未明は俗に一千編の童話を書いたと言われている」と述べていたが、最近は、未明童話は約千二百編と考えられている。作品を数え足したのは、小埜裕二だ。小埜が編集した『小川未明新収童話集』全六巻（二〇一四、日外アソシエーツ）には、『定本小川未明童話全集』全一六巻（一九七六―七八、講談社）に未収録の三七四編と新しく発見された八〇編が収められている。ようやく、その全貌が明らかになってきた未明童話を読み直す季節がやってきたらしい。それは、小川未明批判をとおして成立した日本の現代児童文学のありかたを考え直すことでもあるはずだ。

現代児童文学を成立させた作品の一つ、佐藤さとるの『だれも知らない小さな国』の刊行後間もなく、石井桃子が子どもたちへの読み聞かせの報告をとおして作品を批判している（「子どもから学ぶこと」、『母の友』一九五九・一二）。石井は、「読んでやったり、口で話したりできないお話は、子どもにはおもしろくない」と考えて読み聞かせをしたのだが、佐藤さとるのほうは、黙読で物語を楽しむ十代の子どもたちを読者として意識していただろう。音読する「声」とわかれた佐藤さとる以降の現代児童文学は、読者層の中心を年上の子どもへと移動させ、黙読される書きことばとして緻密化していく。そのことによって、様々な主題を深めることにもなったのである。現代児童文学を考え直すとき、この「声」の問題は見落とせない。それはまた、巌谷小波の口演童話や、「紙の童話も口の童話も同じジヤンルだと思はれる。」（「童話に於ける物語性の喪失」、『早稲田大学新聞』一九四一・一一）とした新美南吉の童話について新たに考えることにもつながっていくだろう。

〔付記〕宮川健郎他編『児童文学研究、そして、その先へ』（前掲）のまえがきとして書いた文章と一部内容が重複することをおことわりします。

あとがき

本書は「まえがき」に記したように、「文学研究」の自明性を問い直すという動機から日本近代文学会の機関誌『日本近代文学』に連載されたコラムを大幅に改稿して一書にまとめたものである。『日本近代文学』第八九集（二〇一三年一一月）から九一集（二〇一四年一一月）の三回にわたって、連続して「フォーラム　方法論の現在」と題する特集欄が組まれた。企画の意図の一つには、機関誌への投稿論文に、基本文献の見落としや過去の研究経緯への理解不足が目立つことから、投稿をめざす若手研究者に、過去の研究史をよく理解頂き、重要な基本参考文献に目を通しておいて頂きたい、という思いがあった。それぞれの項目に造詣の深い会員にコラム形式で解説をお願いし、対象は二七項目に及んでいる。

連載終了後、その内容はむしろ他領域の方々、卒業論文等を執筆する学生の皆さんにも、広く参考にして頂けるものなのではないか、むしろこれまで類書のない、ユニークな入門書としてまとめることができるのではないか、という声が上がり、ひつじ書房からのお申し出を受けて、このたびの単行本化となった。

人文社会系の学問が大きな過渡期を迎えている今日、学会として若手研究者をさまざまな形でアシストしていく必要に迫られている。同時にまた、近代文学研究の成り立ちを広く周知し、合わせて学会の研究活動の内容を社会発信していくことが求められており、学会編として初めての出版物を刊行することを決定した次第である。

単行本化するにあたっては、あらたに項目名と目次を編成しなおし、各執筆者に大幅な加筆、データの補足をお願いし、内容は一新した形になっている。合わせてキーワードや基本文献を索引化し、利用の便宜を図った。会員だけでなく、文学に関心を持つ多くの読書人の支持が得られることを願っている。

刊行にあたり、本書編集の中心となった前理事の安藤宏、柴田勝二の両氏、刊行をお申し出くださったひつじ書房、ならびに編集担当の森脇尊志氏に心から御礼申し上げたい。

二〇一六年一〇月

日本近代文学会代表理事　関　礼子

ま

や

ろ

わ

人名索引

あ

か

さ

た

な

は

た

な

事項索引

あ

か

さ

執筆者紹介（五十音順。名前・所属・主な著作）

飯田祐子（いいだ ゆうこ）
名古屋大学大学院文学研究科教授
『彼らの物語——日本近代文学とジェンダー』（一九九八、名古屋大学出版会）、『彼女たちの文学——語りにくさと読まれること』（二〇一六、名古屋大学出版会）

＊

岩淵宏子（いわぶち ひろこ）
日本女子大学名誉教授
『宮本百合子——家族、政治、そしてフェミニズム』（一九九六、翰林書房）、『少女小説事典』（共編著、二〇一五、東京堂出版）

＊

大塚常樹（おおつか つねき）
お茶の水女子大学名誉教授
『宮沢賢治　心象の記号論』（一九九九、朝文社）、『現代詩大事典』（共編著、二〇〇八、三省堂）

＊

大東和重（おおひがし かずしげ）
関西学院大学法学部教授
『文学の誕生——藤村から漱石へ』（二〇〇六、講談社選書メチエ）、『台湾の歴史と文化——六つの時代が織りなす「美麗島」』（二〇二〇、中公新書）

＊

勝又浩（かつまた ひろし）
文芸評論家
『「鐘の鳴る丘」世代とアメリカ——廃墟・占領・戦後文学』（二〇一二、白水社）、『私小説千年史——日記文学か

ら近代文学まで』（二〇一五、勉誠出版）

＊

木股知史（きまた さとし）
甲南大学名誉教授
『画文共鳴 『みだれ髪』から『月に吠える』へ』（二〇〇八、岩波書店）、「高村智恵子の表現――芸術の境界線」（『アートセラピー再考 芸術学と臨床の現場から』二〇一三、平凡社）

＊

五味渕典嗣（ごみぶち のりつぐ）
早稲田大学教育・総合科学学術院教授
『プロパガンダの文学――日中戦争下の表現者たち』（二〇一八、共和国）、『言葉を食べる――谷崎潤一郎、一九二〇～一九三一』（二〇〇九、世織書房）

＊

佐藤秀明（さとう ひであき）
近畿大学名誉教授
『三島由紀夫の文学』（二〇〇九、試論社）、『三島由紀夫 悲劇への欲動』（二〇二〇、岩波書店）

＊

清水康次（しみず やすつぐ）
大阪大学大学院文学研究科教授
『芥川文学の方法と世界』（一九九四、和泉書院）、「〈文学環境〉の視点から見た『白樺』――『白樺』の研究・序章」（『待兼山論叢 文化動態論篇』二〇一〇、大阪大学大学院文学研究科）

＊

関口安義（せきぐち やすよし）
都留文科大学名誉教授
『芥川龍之介とその時代』（一九九九、筑摩書房）、『芥川龍之介新論』（二〇一二、翰林書房）

＊

瀬崎圭二（せざき けいじ）
同志社大学文学部教授
『流行と虚栄の生成――消費文化を映す日本近代文学』（二〇〇八、世界思想社）、『海辺の恋と日本人――ひと夏の物語と近代』（二〇一三、青弓社）

＊

高橋修（たかはし おさむ）
共立女子短期大学教授
『主題としての〈終り〉――文学の構想力』（二〇一二、新曜社）、『明治の翻訳ディスクール――坪内逍遙・森田思軒・若松賤子』（二〇一五、ひつじ書房）

＊

田口律男（たぐち りつお）
龍谷大学経済学部教授
『都市テクスト論序説』（二〇〇六、松籟社）、「交錯する「立体」――テクストと作者をつなぐ通路」（『作家／作者とは何か』、二〇一五、和泉書院）

＊

中根隆行（なかね たかゆき）
愛媛大学法文学部教授
『〈朝鮮〉表象の文化誌――近代日本と他者をめぐる知の植民地化』（二〇〇四、新曜社）、「戦後における植民地文学と文学史的な試みについて」（『日本近代文学』106集、二〇二二、日本近代

文学会）

＊

中村三春（なかむらみはる）
北海道大学大学院文学研究科教授
『フィクションの機構』1・2（一九九四、二〇一五、ひつじ書房）、『接続する文芸学――村上春樹・小川洋子・宮崎駿』（二〇二二、七月社）

＊

中山弘明（なかやまひろあき）
徳島文理大学文学部教授
『第一次大戦の〈影〉――世界戦争と日本文学』（二〇一二、新曜社）、『戦間期の『夜明け前』――現象としての世界戦争』（二〇一二、双文社出版）

＊

日高佳紀（ひだかよしき）
佛教大学文学部教授
『谷崎潤一郎のディスクール――近代読者への接近』（二〇一九、鼎書房）、『小説のフィクショナリティ――理論で読み直す日本の文学』（共編著、二〇二二、ひつじ書房）

＊

藤森清（ふじもりきよし）
金城学院大学名誉教授
『語りの近代』（一九九六、有精堂）、「風景と所有権」（『日本近代文学』79集、二〇〇八、日本近代文学会）

＊

堀まどか（ほりまどか）
大阪公立大学大学院文学研究科教授
『「二重国籍」詩人　野口米次郎』（二〇一二、名古屋大学出版会）、「日本語教育の現場で感じる「文学」研究の可能性」（『日本近代文学』94集、二〇一六、日本近代文学会）

＊

松澤和宏（まつざわかずひろ）
名古屋大学名誉教授
『生成論の探究――テクスト・草稿・エクリチュール』（二〇〇三、名古屋大学出版会）、「草稿の解釈学」（『文学』隔月刊第11巻第5号、二〇一〇、岩波書店）

＊

光石亜由美（みついしあゆみ）
奈良大学文学部国文学科教授
『自然主義文学とセクシュアリティ――田山花袋と〈性欲〉に感傷する時代』（二〇一七、世織書房）、「日清戦争後における狭斜小説の調査と分析――芸娼妓、私娼を描くことの評価をめぐって」（『奈良大学大学院研究年報』21号、二〇一六、奈良大学）

＊

宮川健郎（みやかわたけお）
一般財団法人大阪国際児童文学振興財団理事長、武蔵野大学名誉教授
『現代児童文学の語るもの』（一九九六、NHK出版）、『物語もっと深読み教室』（二〇一三、岩波書店）

＊

宗像和重（むなかたかずしげ）
早稲田大学文学学術院教授
『投書家時代の森鷗外』（二〇〇四、岩

波書店）、「古葛籠の中の美妙――早稲田大学図書館本間久雄文庫の資料をめぐって」（『日本近代文学館年誌　資料探索』4号、二〇〇八、日本近代文学館）

＊

山崎一穎（やまざき かずひで）
跡見学園女子大学名誉教授
『森鷗外論攷』、続（二〇〇六、二〇一七、おうふう）完（二〇二二、翰林書房）、『森鷗外　国家と作家の狭間で』（二〇一二、新日本出版社）

＊

山田有策（やまだ ゆうさく）
東京学芸大学名誉教授
『深層の近代――鏡花と一葉』（二〇〇一、おうふう）、『幻想の近代――逍遙・美妙・柳浪』（二〇〇一、おうふう）

＊

吉田司雄（よしだ もりお）
工学院大学国際キャリア科教授
『探偵小説と日本近代』（編著、二〇〇四、青弓社）、「代替の歴史と欲望の転移」（『物語研究』12号、二〇一三、物語研究会）

ハンドブック
日本近代文学研究の方法

The Handbook of
New Paradigms in Modern Japanese Literary Studies
Edited by Association for Modern Japanese Literary Studies

発行　2016年11月25日　初版1刷
　　　2023年8月1日　　3刷
定価　2600円＋税
編者　© 日本近代文学会
発行者　松本功
発行所　株式会社 ひつじ書房
〒112-0011 東京都文京区千石2-1-2 大和ビル2階
Tel. 03-5319-4916 Fax. 03-5319-4917
郵便振替 00120-8-142852
toiawase@hituzi.co.jp https://www.hituzi.co.jp/

印刷・製本所　株式会社 シナノ
ブックデザイン　春田ゆかり

ISBN978-4-89476-812-3

刊行のご案内

卒業論文マニュアル　日本近現代文学編　斎藤理生 他編　定価 一七〇〇円＋税

文学研究の扉をひらく――基礎と発展　石川巧 他編　定価 二二〇〇円＋税

ジェンダー×小説　ガイドブック――日本近現代文学の読み方　飯田祐子・小平麻衣子 編　定価 二二〇〇円＋税

並行世界の存在論――現代日本文学への招待　加藤夢三 著　定価 二八〇〇円＋税

小説のフィクショナリティ――理論で読み直す日本の文学　高橋幸平・久保昭博・日高佳紀 編　定価 四〇〇〇円＋税

村上春樹〈物語〉の行方――サバルタン・イグザイル・トラウマ　山根由美恵 著　定価 六八〇〇円＋税

横光利一と台湾――東アジアにおける新感覚派《モダニズム》の誕生　謝惠貞 著　定価 六二〇〇円＋税

文学と戦争――言説分析から考える昭和一〇年代の文学場　松本和也 著　定価 七〇〇〇円＋税